Arpeggio Lib
Necatrix

Edizioni Arpeggio Libero
Via Ferrabini 26900 Lodi (LO)
Tel 0371 – 942593
e – mail: info@arpeggiolibero.com
web: www.arpeggiolibero.com

LA ROSA VIOLATA

I EDIZIONE SETTEMBRE 2014
ISBN 978 –88–97242–84-0

Illustrazioni in copertina:
Mascheroni Lorenzo
Stampa
2012 2013 **2014** **1** 2 3 4 5 6

Giuseppe Briganti

LA ROSA VIOLATA

ROMANZO

ARPEGGIO LIBERO

Ringraziamenti

Sono sinceramente grato al maestro Andrea Camilleri per avermi consigliato e guidato pazientemente e soprattutto per avermi spronato a scrivere. Lo ringrazio anche per avermi suggerito di usare nei dialoghi il dialetto del mio paese.

Un ringraziamento di tutto cuore va a Daniela L. per la severità delle critiche e i commenti penetranti che non mi ha risparmiato, proprio per l'amicizia che ci lega.

Sono riconoscente a Cesare Battisti per le informazioni specialistiche e i preziosi suggerimenti che ha voluto darmi sullo svolgimento delle indagini e su aspetti e regole attinenti della vita militare.

Ringrazio anche il mio amico Giuseppe Zingrillo per le sue attente osservazioni che mi sono state molto preziose.

Esprimo la mia gratitudine a Manuela Dessole per essere stata sempre disponibile, con la sua solita gentilezza, a ogni mia necessità.

Faccio un sincero ringraziamento a Fabio Dessole per avermi sussurrato dei saggi consigli che sono stati utili al romanzo e lo ringrazio sopratutto di avermi dedicato molto del suo tempo.

Per ultimo, ma non per importanza, ringrazio mia moglie Marcella per la pazienza intelligente con cui mi ha seguito, aiutato e sostenuto in ogni momento.

Questa storia è del tutto inventata. Nomi e personaggi sono di fantasia e qualsiasi riferimento a persone realmente esistite o esistenti, è puramente casuale.

Tutti i luoghi sono approssimativi.

Per il corso delle indagini dei carabinieri e tutti i procedimenti operativi, anche se ho tenuto conto dei consigli di specialisti, non sempre ho rispettato la prassi.

UNO

Erano le sette e dieci di lunedì mattina, dell'ultima settimana di luglio, Fernando Lellini, era nelle sue campagne, nella zona di Sovito Quarto a controllare la fioritura degli ulivi.

Aggrottò la fronte, quando si accorse della sagoma di una persona stesa nell'erba bassa, a una sessantina di metri da lui. Man mano che si avvicinava, aguzzò la vista e notò che si trattava del corpo di una donna, priva di sensi, completamente nudo e con il viso ferito.

«Elisabe', ci è stato a farti questo?»

Si inginocchiò accanto alla ragazza, controllò se respirava ancora e, alzando gli occhi rivolti cielo, ringraziò il Signore.

Si alzò di scatto e corse verso la sua automobile, prese la coperta e la giacca da lavoro dal sedile posteriore, il cellulare dal portaoggetti e ritornò di corsa da Elisabetta.

Dopo aver coperto il corpo e appoggiato la testa della ragazza sulla giacca arrotolata, compose il numero dell'ospedale, ma si bloccò nell'ascoltare la voce della ventenne che bisbigliava: «Aiutami Fernando. Aiutami ti prego,» poi accostò il capo e gli si riempiono gli occhi di lacrime.

«Sta' tranquilla Elisabe'. Sta' tranquilla. Sto chiamando l'autoambulanza.» La rassicurò mentre le accarezzava la testa.

Finì di parlare con il pronto soccorso, poi telefonò ai carabinieri, subito dopo alla moglie e l'avvertì che doveva saltare l'appuntamento delle otto con il dottore e aggiunse: «Telefona a mio cugino Salvatore, digli di veni' subito al mio uliveto, che ho trovato la figlia; sta messa male, ho chiamato già l'autoambulanza e i carabinieri.»

Passarono dieci minuti, Fernando, era fermo sulla strada che portava alla sua proprietà, iniziò a gesticolare con le braccia, appena apparve l'Alfa Romeo dei militari.

«Marescia'! È Elisabetta marescia'! Sicuramente l'hanno violentata e l'hanno anche picchiata.» Avvisò Fernando sconvolto, mentre il maresciallo Saccia e il brigadiere Manetti scendevano dall'auto pattuglia e l'autoambulanza si avvicinava.

□ □ □

Il venerdì mattina Bortolo Mezzaspina era seduto davanti al tavolo nella cucina del suo appartamento, nel centro del paese della salina grande. Faceva colazione con una tazza piena di latte inzuppandoci dei biscotti copiosamente spalmati di Nutella. Dopo essersi *accomodato* lo stomaco, rimase a fissare la tazza ormai vuota, pensò ai suoi genitori e si chiese: "Ma perché mio padre e mia madre si ostinano a chiamarmi Bortolo, mentre tutti gli altri mi chiamano Bo? Che brutto nome mi hanno dato. Ma quanto avevano bevuto i miei, quando si sono recati all'ufficio dell'anagrafe?" Si alzò dalla sedia e, sparecchiata la tavola, lavò la tazza e il cucchiaio nel lavello e li ripose poi nello scolapiatti, come sua madre gli aveva insegnato. Si spostò in camera da letto, si infilò la salopette azzurra da lavoro e prima di tirar su le bretelle, indossò la maglietta con la scritta *Vespa* sul petto.

Era in piedi davanti all'armadio, abbassò la testa e si

guardò le scarpe nuove, poi si trasferì in bagno, si dette una lavata al viso e ai denti. Con i suoi occhioni neri si osservò, vanitoso, allo specchio. Il suo giovane viso dalla pelle olivastra, sotto il sole di fine luglio, si abbronzava tanto da avergli fatto guadagnare, in paese, il soprannome di "vucumprà" oltre a quello di "meccanico matto".

Appena mise la testa fuori dal portone, restò come uno dei bronzi di Riace a fissare il palo dell'illuminazione comunale che gli stava di fronte. La Vespa del suo cliente non era più legata con la catena e lucchetto, dove la sera prima l'aveva ben assicurata al lampione. Ebbe la sensazione di avere del ghiaccio nelle vene: non era mai successo che gli fosse stato rubato un mezzo datogli in custodia. Si guardò intorno, preso dallo sconcerto, e notò che era la solita mattinata, uguale alle altre: i figli della signora Maria aspettavano, fermi sul marciapiede, l'arrivo del bus per recarsi alla spiaggia di Tramontone e di fronte, il signor Francesco, il calzolaio del paese, era intento a sistemare una suola sotto a un mocassino.

Seduto su una vecchia sedia, davanti all'uscio della sua bottega, Francesco, un uomo dalla corporatura bassa e rotonda e dalle guance rosse che sembrava avesse come amante una bottiglia di vino. Il calzolaio quando alzò gli occhi e vide il suo dirimpettaio che si guardava intorno come se si fosse smarrito, rimase perplesso. Appoggiò il martello sulle gambe, si grattò in testa e si domandò: "Questa mattina Bo ha un'aria strana, diversa da quella di sempre, cosa mai gli è successo?" poi azzardò: «Buongiorno Bo! Ce t'è successo? Tieni 'na faccia?»

«Buongiorno signor France', m'hanno rubato a Vespa che, ieri sera, avevo attaccato qua al palo co' la catena.»

«Veramente? Modo'! Mi dispiace; ma è di un cliente?»

«È di Fabrizio, il figlio di Pasquale Muse d' Puerch.»

Il calzolaio rimase a fissare Bo, immobile, poi scosse la testa e sdegnato, commentò: «Certo però, che oggi giorno bisogna davvero sta' attenti dove si lascia la roba. Quand'ero ragazzo io si poteva dormi' pure con la porta aperta, nessuno ti toccava niente.»

«Tieni ragione signor France'. Ci so' parecchi delinquenti oggi giorno.»

Mentre Bo e il calzolaio parlavano, dal balcone al primo piano a fianco della bottega del signor Francesco, si affacciò la signora Maria, la donna che aiutava Bo Mezzaspina a fare le pulizie in casa e si occupava del suo appartamento quando egli si assentava per qualche giorno di ferie. La donna raccontò ai due che la sera prima, verso le undici, era uscita per fumarsi una sigaretta e la Vespa era ancora legata al palo, ma poi verso mezzanotte quand'era già a letto, aveva sentito degli strani rumori di metallo che provenivano dalla strada, ma non avrebbe mai immaginato che qualcuno stesse rubando lo scooter. Dopo aver parlato con il calzolaio e con la signora Maria, Bo tirò fuori dalla tasca il cellulare, chiamò casa dei suoi genitori e avvisò il padre dell'accaduto chiedendogli di passare a prenderlo.

Il ragazzo attendeva ansioso l'arrivo del padre e l'agitazione in lui cresceva a dismisura; pensava a quando avrebbe dovuto riferire del furto al proprietario dello scooter e cominciò a camminare su e giù passandosi nervosamente la mano tra i capelli. Continuava a rimbalzare da una parte all'altra davanti al portone del suo appartamento, si chiedeva chi potesse aver rubato la Vespa e soprattutto perché lo avesse fatto, visto che non aveva un gran valore: “Forse chi se ne è impossessato, era interessato al potente motore che ho montato proprio ieri.”

Si spremette le meningi per ricordare di qualche balordo del paese, che potesse aver saputo, in qualche modo, del nuovo propulsore e aveva pensato di rubarlo. Si bloccò di scatto, alzò la testa ed esclamò, schioccando le dita: «Elviro il furbo!»

Elviro Gratta, detto il Furbo era un uomo di trentuno anni ma dalla corporatura tanto esile da poter essere scambiato per un tredicenne, era il quinto di una famiglia di sei figli di madre alcolizzata e padre ignoto.

Era grazie a Elviro che Bo si era guadagnato il soprannome di "Meccanico Matto".

«Sì! Sicuramente è stato lui» ipotizzò irato e gli riaffiorò in mente quella vecchia vicenda.

Un martedì mattina, nel mese di maggio di sei anni prima, il Furbo gli portò a riparare una moto, per ritirarla poi il sabato successivo. Come previsto, Elviro si presentò il giorno della consegna, avrebbe voluto riprendersi il mezzo senza pagare subito, assicurando che sarebbe passato la settimana seguente per il saldo. Bo, che conosceva benissimo il soggetto, sapeva che una volta portata la moto fuori dall’officina, non si sarebbe più fatto vedere e decise di non dargliela. Elviro Gratta iniziò a passare in officina quasi tutti i giorni, per cercare di convincere Bo a rendergli la motocicletta senza pagarlo alla consegna. Un giorno, però, dopo una settimana di assillo, il meccanico forse perché quella mattina si era alzato con il piede sbagliato o forse perché aveva litigato con la madre o semplicemente perché non lo sopportava più, perse la pazienza: portò fuori dal locale la moto, la mise sul cavalletto, la cosparse di benzina e gli diede fuoco, sotto gli occhi increduli del proprietario e senza curarsi delle conseguenze del suo gesto sconsiderato.

Dopo aver fatto l'arrosto, Bo alzò il braccio e puntando l'indice contro Elviro, con tono minaccioso esplose: «*Mo! T'ha puoi piglia'!*»

Il Furbo, in quel momento sentì il sangue ribollire nelle vene e gli giurò che prima o poi, gliela avrebbe fatta pagare cara.

□ □ □

Enzo Mezzaspina, uno degli uomini più ricchi del paese, aveva sempre desiderato che suo figlio Bo diventasse un avvocato, un ingegnere oppure un dottore. Bo, invece, non finì nemmeno le scuole medie per coltivare la sua passione e diventare meccanico. Enzo, a bordo della sua auto nell'avvicinarsi inarcò un sopracciglio nel vedere il giovane con il casco sottobraccio che digitava nervosamente sul cellulare. "Sicuramente sta mandando un messaggio a Mariella o a qualche suo amico", disse tra sé e sé Enzo, scuotendo la testa nello stesso tempo. Dopo due *strombazzate* di clacson, Bo alzò lo sguardo, ripose il cellulare in tasca e si avviò verso l'auto del padre.

«Buongiorno papà.»

«Buongiorno a te Bortolo.»

«Mica tanto buongiorno visto che m'hanno rubato 'a Vespa. E mi sa, che oggi continua pure peggio.»

«Mah! Te hai detto buongiorno. Potevi di' pure un semplice ciao. Poi che significa che continua peggio?»

«Papà! Io me ne vado al nord.»

Enzo, buttò subito gli occhi al cielo e reagì: «Ancora co' 'ste idee stai? Pensavo che t'erano passate?»

Bo gli avrebbe voluto raccontare: "Papà; negli ultimi giorni sto litigando sempre con Mariella. Non vuole dire al padre che ci siamo fidanzati, per via della sua gelosia. Ha paura della sua reazione e non vuole nemmeno che ci parli io. Eppure ci frequentiamo dalla prima elementare, la dovrei conoscere bene, ma sembra che non sia così. Secondo me, Luciano negli ultimi tempi sa che tra me e la figlia, non c'è più una semplice amicizia e per me, lei ha trovato la scusa della gelosia per lasciarmi. A questo punto che ci sto a fare qui? " Accantonò tutto quel bel discorso e si limitò a dire al padre di voler andar via più lontano possibile da Talsano.

«Va beh! Mo t'è capitato questo, e stai arrabbiato, poi ti passa. Pensa invece, che ti tocca paga' lo scooter a Muse d' Puerch'.»

«Sì lo so! Ma tanto ho capito chi è stato papà.»

«Chi è ?»

«Elviro il Furbo.»

«Andiamo mo a vede' se lo troviamo?»

«No, ci vado io dopo. Mo portami all'officina che tengo da smonta' 'na motocicletta.»

Lasciata la Maserati nel piazzale della sua villetta, Enzo Mezzaspina e il figlio si avvicinarono a Rosaria, che aspettava ansiosa davanti la porta di casa.

«Ce' ti hanno rubato Bortolo?» chiese la madre in modo apprensivo.

«'Na Vespa di 'nu cliente» le rispose il ragazzo, dopo averle dato un bacio sulla guancia.

«E mo?»

«Non lo so mammà. Mo vedo come devo fare. Intanto vado ad aprire l'officina. Ci vediamo dopo, ciao.»

Lasciati la madre e il padre sulla soglia di casa, Bo si recò a passo svelto ad aprire l'officina posta a destra del piazzale della proprietà dei genitori, ricavata dal garage.

Sollevata la saracinesca e aperto il portone, Bo entrò nell'officina, appoggiò il casco e le chiavi di casa sul tavolino, accese le luci, avviò il compressore, alzò il ponte idraulico posto al centro del locale e iniziò a smontare la testata della motocicletta, dando così inizio alla sua giornata lavorativa.

□ □ □

Alla masseria Sarchione, Mariella si era appena svegliata e restava seduta sul letto, a guardare con ammirazione le foto, che aveva scattato al giardino della villetta della sua amica Cristina. Si appoggiò l'indice sulle labbra, si mordicchiò l'unghia, si fece pensierosa e consigliò a se stessa: "Mercoledì al mercato, voglio vedere se trovo un ciclamino rosso uguale a questo".

Quando spostando lo sguardo sulla sveglia, che segnava le otto e venti, si chiese, perplessa come mai il suo Bo, non le avesse ancora telefonato, come faceva tutte le mattine. "Forse è per ieri sera?" si domandò la ragazza, mentre si copriva il corpo snello con la vestaglia di seta bianca, regalatale per il suo compleanno da Rosaria Mezzaspina, la madre del "suo" Bo.

Uscita dalla doccia, Mariella si infilò un jeans azzurro, una maglietta rosa antico e un paio di scarpe dello stesso colore, si diede un'ultima occhiata allo specchio e si spostò al piano di sotto per fare colazione. Scesa in cucina, trovò Anna, sua madre, una signora vicino alla cinquantina, bassa, leggermente in carne, dai capelli ricci e biondi e con una grande passione: la vecchia e buona cucina di un tempo.

Dopo averle dato un bacio sulla guancia, Mariella si sedette e iniziò a prendere a morsi una delle fette biscottate, spalmate con burro e marmellata di fichi, fatta in casa. Alla seconda fetta, però, si bloccò. Le era ritornato alla mente il discorso fatto la sera prima con Bo, mentre erano seduti su una delle panchine di ferro battuto, poste intorno alla piazza Spina e le si chiuse lo stomaco.

Parlavano della gelosia possessiva del padre e del fatto che Bo non sopportasse più di non potersi comportare come una normale coppia di fidanzati, nonostante frequentasse la masseria Sarchione da quando aveva sei anni. Per restare soli dovevano dipendere dalla complicità di Aldo, il fratello di Mariella. Lei continuava a ripetergli che ogni volta che stava per dire al padre della loro relazione, veniva sopraffatta da un terribile senso di disagio.

Anna, dopo aver messo a cuocere le lenticchie sul fornello, si versò del caffè in una tazzina e sedette al fianco della figlia. Titubante, si accorse che la ragazza aveva mangiato poco ed era assorta nei pensieri.

«Mariè', ce t'è successo? Ti vedo preoccupata.»

«Mamma, non so come fare. Come faccio a dire a papà, che io e Bo siamo fidanzati e tra qualche anno ci vogliamo anche sposare? È un mese che ci sto provando, ma la paura mi assale ogni volta che sto per dirglielo.»

«Figlia mia! *Ce ti dico e visto com'è geloso tuo padre, aspetta 'n'altro poco.*»

«*No mamma! Aspetto che faccio sessanta anni perché papà mi dia la sua benedizione*? Tutte le mie amiche non hanno problemi a uscire con i loro fidanzati, io invece... Bo non vuole più aspettare, ieri sera mi ha detto che mi vuole lasciare. Se oggi non riesco a dire a papà del nostro rapporto, è sicuro che da domani rimango zitella. Bo pensa che mi sono scocciata di lui e non mi crede più e io gli ho promesso che entro oggi parlo con papà. Ma ho paura che sarà un buco nell'acqua anche questa volta.»

Anna guardò dispiaciuta la figlia. Si alzò dal tavolo, passeggiò per la cucina, si grattò il mento, poi ritornò vicino a Mariella, la guardò e le propose di parlare lei con il padre.

Mariella sbarrò gli occhi, si alzò, l'abbracciò, le diede un grosso bacio sulla guancia e con un sorriso smagliante, ringraziò la madre.

«Sì! Ma non ci conta' tanto però, eh.» Disse Anna puntando l'indice al cielo, poi il viso cambiò espressione, diventò cupo e proseguì: «Mi sembra che la conosci Elisabetta Marchini, la ragazza che è stata violentata nell'uliveto di Fernando; vero?»

«Sì mamma. Abbiamo frequentato insieme le medie. Certo deve essere una brutta cosa.»

«Speriamo che lo acchiappano subito quel farabutto.» Concluse Anna accigliata.

□ □ □

Bo era intento a smontare la testata della motocicletta, ma collettori, candele e grasso, non bastavano per farlo distrarre dal pensiero della sua Mariella. In lui lievitava ancor più il timore che la sua amica del cuore usasse la scusa della gelosia del padre per lasciarlo. Con il cuore pieno di spilli, si chiese se per l'ora di pranzo, lei avrebbe detto finalmente tutto a Luciano o avrebbe avuto la solita risposta piagnucolosa: "Non ce l'ho fatta Bo; ho troppa paura".

Il suo pensiero, poi, si spostò e si focalizzò sulla Vespa di Fabrizio. Il suo problema non era tanto il fatto di dover ripagare lo scooter al cliente e perdere tutto il lavoro del giorno prima, nonché il denaro dei ricambi, quanto la figuraccia che avrebbe fatto con la gente del paese. Avrebbero detto tutti: "Quel meccanico è un mammalucco, si fa rubare le moto dei suoi clienti da sotto al naso". Lasciato il cacciavite sul ripiano del ponte idraulico, si recò al tavolino, afferrò la cornetta e compose il numero telefonico del suo amico magazziniere Vito Brocca. Era sicuro di trovarlo in casa, visto che da lunedì della settimana precedente era in ferie e ci sarebbe rimasto fino alla metà di agosto.

«Pronto Vito, so' Bo!» esordì il meccanico appena sentì l'amico dall'altra parte del filo.

«Ehi Bo! Dimmi.»

«Tieni da fa' oggi?»

«Poche cose, piccè?»

«M'hanno rubato a Vespa di Muse d' Puerch'.»

«Ah! Piccè a tenevi tu?»

«Sì! Ieri ho finito di montare il motore e po' so' andato a casa, così n'approfittavo per provarla.»

«E quando te l'hanno rubata?»

«Io me ne so' accorto solo stamattina, ma 'na vicina di casa ha sentito dei rumori di metallo verso mezzanotte.»

«Se lo vuoi sape' tutta, è stata rubata ieri sera, verso mezzanotte e un quarto.»

«Ma tu come fai a sape' che è stata fregata verso mezzanotte e un quarto?» avanzò Bo perplesso.

«Ieri sera ero al bar Le Tegole, è arrivato Elviro il Furbo con la Vespa di Muse d' Puerch' e si vantava di averla appena rubata. Poi mentre mi stavo avvicinando per chiedergli dello stereo che mi ha rubato due giorni fa, è scappato come 'nu gatto cu' peperoncino in culo. Per giunta, quell'infame per entrare in macchina mi ha rotto il vetro dello sportello.»

«Ho detto io, che era stato lui» sottolineò Bo con tono gelido, poi la sua voce si fece gentile «senti Vito. Ti va se vieni all'officina e mi dai 'na mano a cerca' Elviro?»

«Sì! Mi va eccome; aspetta che arrivo.»

Riagganciato, Vito si vestì in tutta fretta, scese le scale a passo rapido, salì a bordo della sua Fiat e partì facendo stridere le ruote.

Qualche minuto più tardi arrivò davanti alla bottega dell'amico, lasciò l'auto nel piazzale tra la Maserati di Enzo e la Lancia Delta di Bo. Entrò in officina dalla porta posteriore e notò il meccanico in piedi, vicino al banco da lavoro e, dall'involucro che si era appena infilato in tasca, Vito intuì all'istante che per Elviro tirava una brutta aria.

Chiusa l'officina, Bo salì in compagnia del suo amico su una Aprilia da enduro, partì girando la manopola dell'acceleratore al massimo, tanto da far impennare la moto, mentre Vito si afferrava saldamente al meccanico e pensava che la caccia al ladro del suo stereo era finalmente aperta.

Arrivati davanti a casa di Elviro, Bo si recò alla porta e iniziò a bussare energicamente, Vito, invece, rimase seduto sulla moto. Dalla porta a fianco uscì una ragazzina con un cono gelato in mano e disse a Bo di aver visto Elviro andar via un quarto d'ora prima.

«Come se n'è andato?» chiese il meccanico turbato.

«Con 'na Vespa.» Informò la ragazzina.

Ripartirono e si recarono a piazza della Vittoria, con la speranza di trovarlo seduto su una panchina, in compagnia di un paio di bottiglie di birra a progettare qualche furto o in che modo ricattare il malcapitato di turno. Arrivati, notarono che c'erano solo dei ragazzini che giocavano a palla, tre donne in piedi a parlare tra di loro e due uomini anziani, seduti sulla panchina, a raccontarsi, probabilmente, le loro vecchie storie di guerra. Poi andarono in piazza Manfredi e tra le siepi di alloro e le piante di palme, intravidero seduto sul muretto al fianco della fontana in ghisa, Nicola detto Faccia Scheggiata, cugino di Elviro, un ventiduenne con capelli raccolti a rasta, sarà stato anche chic, ma a loro sembrare avesse un nido di gabbiani in testa. Lo Scheggiato era seduto, tranquillo, a fumarsi un grosso spinello. Sbarrò gli occhi quando vide il Meccanico Matto e quello spilungone di Brocca che gli si paravano davanti.

«Nico'! Do' sta il Furbo?» si rivolse Bo, imperioso.

Il volto di Nicola ritornò a rilassarsi e con un leggero sorriso, commentò: «Menchia raga'! Come è bona quest'erba. Ho fatto do' tiri e già mi sento a capa girà.»

«Do' ste Elviro ti ho detto!» replicò Bo.

Il ragazzo continuava a parlare della qualità della marijuana che stava fumando, poi aggiunse di volersi fare gli affari propri e iniziò anche a far finta di essere tra le nuvole per lo sballo. Vito si adirò, scese dalla moto e con il suo metro e novantacinque di altezza, si avvicinò allo Scheggiato e in tono minaccioso gli disse che quella canna avrebbe continuato a fumarla con due labbra somiglianti a un salvagente. Nel vedere Vito incollerito, Nicola cominciò a pensare di non essere in debito con Elviro e gli venne subito facile dire dove fosse, senza farsi molti scrupoli.

Estorte le informazioni a Nicola, i due ripartirono spediti per il *Taras club*, un locale di ritrovo per ragazzi.

Davanti all'entrata principale del circolo ricreativo, mentre metteva la moto sul cavalletto, il meccanico restò perplesso nell'accorgersi che la Vespa di Fabrizio, non era parcheggiata insieme alle altre moto e nemmeno in prossimità del club. Bo iniziò a credere che forse Elviro l'aveva posteggiata sul retro del circolo o l'aveva già venduta a qualche scippatore della zona, oppure Nicola aveva mentito. Il locale lungo e stretto era costellato da un'immensa fila di giochi elettronici e al centro ben disposti, vi erano biliardi e calcio balilla.

I due amici si fecero strada fra i giovani, cercando di individuare dove potesse essere il Furbo. Vito si bloccò, scostò un ragazzo e vide Elviro Gratta davanti a un videogioco, ma non riuscì a capire bene se stsse giocando o lo stesse sfasciando. Lo spilungone si accostò al meccanico, alzò il braccio e con l'indice gli fece notare il Gratta fermo in fondo alla sala. Bo suggerì all'amico di avvicinarsi senza farsi vedere, per non dar modo al Gratta di scappare dall'uscita secondaria. Ma Elviro, per puro caso, alzò la testa, si voltò verso l'entrata principale e sbarrò gli occhi quando vide che proprio in quel momento veniva fissato dal meccanico piromane e dal suo amico spilungone.

Elviro si avviò di corsa verso l'uscita posteriore, come aveva previsto il meccanico. Vito scattò in avanti e lo inseguì, facendosi spazio tra la gente. Bo invece ritornò all'ingresso principale, uscì dal locale a passo rapido, saltò sull'Aprilia, avviò il motore e si diresse sul retro del club. Nell'entrare nel viottolo però, Bo vide il Furbo partire con la Vespa. Nello stesso istante Vito uscì dalla porta secondaria, saltò dietro al meccanico e i due partirono all'inseguimento. Percorsero il viottolo scansando cassonetti della spazzatura e scatole di cartoni vuoti, poi svoltarono a destra, entrarono in via Sanguzza e puntarono verso Lido Gandoli.

Bo girò la manopola dell'acceleratore al massimo e infilò tutte le marce fino alla sesta, per cercare di accorciare la distanza dal fuggitivo.

Elviro per un attimo distolse lo sguardo dalla guida per voltarsi verso i suoi inseguitori e rendersi conto quanto erano distanti, diventò bianco in volto nel vedere che Bo e il suo amico erano giunti quasi a mezzo metro sulla sua sinistra. Restò terrorizzato, quando intravide l'oggetto che fuoriusciva appena dalla tasca della salopette del meccanico. Sentì scorrere dei brividi per tutto il corpo, nel ricordarsi che Bo era un piromane e soprattutto mentalmente instabile. Preso dal panico, il Furbo schiacciò di scatto i freni fin quasi a cappottarsi, girò a destra e si immise in via Caravaggio per cercare di seminare i due inseguitori. Bo non si fece sorprendere, tirò forte la leva e spinse il pedale del freno fin quasi a spezzarlo fece la stessa manovra e restò incollato al fanale della Vespa. Elviro nello svoltare però, forse in preda alla paura, aveva dimenticato che nella strada imboccata c'erano dei lavori in corso, con cumuli di sabbia e breccia, buche e vari canali per far passare la tubazione del gas. Un percorso non adatto allo scooter, ma ideale per l'Aprilia da enduro. Elviro riuscì a saltare un solco, usando un piccolo mucchio di terra come rampa. Poi evitò un paio di transenne, ma rimbalzò su un grosso pezzo di asfalto staccato dal manto stradale, cascò sul lato destro e finì la sua folle corsa in una buca profonda. Bo inchiodò i freni, scese dalla moto e la lasciò al compagno, si avvicinò a Elviro Gratta, tirò fuori dalla tasca l'involucro e con tono minaccioso, ringhiò: «Do' pensavi di anda'!»

Elviro si mise in piedi di scatto, con pantalone e maglietta sporchi di terriccio, i capelli arruffati e polverosi. Nel vedere il meccanico pronto a colpirlo, s'inginocchiò, congiunse le mani, come se stesse pregando un santo, e supplicò di risparmiarlo, poi aggiunse: «Pensavo che Muse d' Puerch era a casa tua e aveva lasciato la Vespa fuori.»

«Quanto si' bugiardo! M'e visto ieri sera a piazza Spina, quando parlavo co' Mariella, che la tenevo io 'a Vespa di Muse d' Puerch' ! A chi vuoi piglia' pe' culo? La devi pagà! Figlio d'ntrocchia!»

Lo sguardo folle impresso negli occhi del meccanico, Elviro lo aveva già visto in passato, quando aveva dato fuoco alla sua Laverda.

Vedendo la determinazione di Mezzaspina a togliergli la vita e il pensiero di morire come un cane in una buca, che sembrava fatta apposta per lui, lo fece urinare nei pantaloni.

Mentre si preparava a punirlo, Bo abbassò la testa e corrugò la fronte nel guardare Elviro con i pantaloni bagnati. Restò disgustato, scosse la testa e continuò con tono minaccioso.

«Mo no' ti faccio niente, ma sta' attento! A prossima volta no' ci penso due volte....»

Bo rimise in tasca l'involucro, poi sollevò lo scooter, guardò la fiancata danneggiata, il parafango anteriore ammaccato e la serratura del portaoggetti scassinata.

«E lo stereo di Vito? Quando ce lo ridai?» riprese il meccanico.

«L'ho venduto. Tieni! Questi so' quattrocentomila lire, non tengo più niente.»

Bo rimise la Vespa sul cavalletto, si avvicinò, si piegò in avanti e mentre afferrava le banconote, Vito manifestò subito la sua disapprovazione sulla somma.

«Guarda Elviro, che io lo stereo l'ho pagato quattrocentosettantamila lire e c'è anche il vetro dello sportello dell'auto che mi hai rotto.»

Elviro, guardando intimorito prima Bo e poi Vito, disse che per la sera del mercoledì, avrebbe avuto parecchio denaro con sé e avrebbe dato loro il resto.

□ □ □

Dopo la mattinata movimentata, Bo e Vito erano tornati in officina, il meccanico entusiasta per aver ripreso la Vespa, evitando così, di fare la figura del *mammalucco* e Vito per aver recuperato buona parte di soldi dello stereo e soprattutto, di aver messo tanta paura al Furbo.

Mentre Bo componeva il numero del telefono del magazzino ricambi, Vito afferrò l'involucro e disse: «Ma lo facevi veramente?»

«Guarda Vito» avvisò Bo con un sorriso «ca' intra a quella bottiglia di alcool etilico, c'è solo acqua.»

DUE

Erano passate le tredici e, dopo una lunga e faticosa giornata passata nelle vigne di malvasia, Luciano Sarchione insieme al figlio Aldo erano appena rientrati in casa per il pranzo.

Mentre Luciano assaporava il piatto di pasta e lenticchie e di tanto in tanto dava delle sorseggiate al bicchier di vino, Mariella guardava la madre fissa negli occhi, inarcò un sopracciglio e le fece cenno con la testa di intervenire.

«Lucia'. E sentito di Cristina a figlia di Gaetano. È incinta.»

«Ma ci! Quella che se sposata due anni fa cu' coso la, umh... come si chiama... umh: ah sì! Luigi?»

«Sì sì! Luigi. Comunque quello che ti voglio di' Lucia'; è che Cristina nonostante è due anni più piccola di Mariella, è già sposata e ora aspetta 'nu bimbo. Ma ti rendi conto? Gaetano e Lucia, tra qualche mese diventano nonni, che fortuna che hanno. Mi piacerebbe pure a me diventa' nonna, che bello. Ti immagini Mariella nostra, sposata e con un bimbo in braccio?»

"Non ci scherzare tanto mamma. Ho un ritardo di una settimana nel ciclo". Vorrebbe rivelare la figlia, ma restò taciturna nel vedere il padre che si rivolgeva alla madre in modo burbero.

«Bello 'na menchia. Se ero io al posto di Gaetano, a 'sto Luigi, gli davo tanti di quei calci nel culo, da fargli veni' le recchie a sventola.»

«Come! Ce t'ha fatto il ragazzo?»

«Ma no' lo vedi! È 'nu vagabondo, pare 'nu cretino nato, morto di sonno, sempre con l'occhi chiusi e gonfi. Mi sa che la sera, fa l'ammore con parecchi bicchieri di vino. Per giunta, non ci ha fatto vedere nemmeno le fotografie del matrimonio. No, no! Un genero a casa mia! Pe' carità di Dio. Meglio morto.»

Anna guardò la figlia preoccupata e pensò che la cosa migliore da fare era di non insistere sull'argomento, ma di riaprirlo l'indomani e poi il giorno dopo ancora e fare come in cucina: "più è lenta la cottura più è saporita la pietanza". Anna credeva che la ragazza sarebbe riuscita a convincere Bo ad aspettare ancora qualche giorno. A Mariella invece, si scolorì il viso e restò ammutolita a fissare il piatto della minestra. Nell'ascoltare le parole del padre, le speranze di dirgli della relazione con Bo volarono via come fringuelli in una giornata di autunno.

Non sapeva cosa dire al fidanzato, quando avrebbe telefonato subito dopo il pranzo, come d'accordo. Poco più tardi infatti, Mariella saltò dalla sedia e si recò spedita in corridoio, appena lo squillo del telefono risuonò per tutta casa.

«Ce' aspetta 'na telefonata? Chi può essere?» chiese Luciano alla moglie.

«Forse è Bortolo» spiegò Anna.

Vedendo subito la tranquillità affiorare sul volto del marito, azzardò: «Dimmi 'na cosa Lucia', ma non si' geloso che tua figlia pratica Bortolo?»

«Ma che c'entra mo Bortolo!» le rispose secco, poi in modo affabile, proseguì: «È come 'nu figlio per me. No' mi farebbe mai 'nu sgarbo.»

Nel frattempo in corridoio.

«Ciao Marie'! So Bo! »

«Ciao amore! Come stai? Ma è vero che il Furbo ti ha rubato la Vespa di Muso di Porco ieri sera?»

«Sì! Chi te l'ha detto?»

«Tua madre.»

«Ah va beh! Senti Marie', ma e parlato co' Luciano?»

Mariella esitò per qualche istante, poi con apprensione, mormorò: «No. Ma ho parlato con la mamma, troverà il momento buono per parlargli di noi e piano piano, ci spianerà la strada.»

Il meccanico si accalorò all'istante: aveva la sensazione di essere preso in giro. La salutò con voce gelida, sbattendo la cornetta e mentre si spostava fuori dalla casa dei genitori per recarsi al bar Le Tegole, gli venne in mente di non averle detto di avere un appuntamento verso le tredici con Luciano, per far partire la vecchia Moto Guzzi. Mariella restò per un attimo impietrita davanti al telefono, poi mentre appoggiava la cornetta sulla forcella si chiese se da quel momento in poi, la sua relazione con il vecchio amico del cuore fosse compromessa sul serio. Tutto per la gelosia assurda e possessiva di suo padre. Si incolpava di non avere il coraggio di confessare i sentimenti che provava per il meccanico.

□ □ □

Nel pomeriggio Ornella Fiaschi si stava recando a piedi all'agenzia immobiliare di suo fratello Fabio, dove lavorava come segretaria. Ornella era una ragazza dai capelli corti e neri, bassa ma con un corpicino da far girare la testa, fidanzata da otto anni con Davide Indotto, l'elettrauto del paese, entrambi erano amici di Bo, di

Mariella e Aldo Sarchione, di Vito Brocca e Gino Sciame. Dato il periodo, indossava una minigonna verde marino e una camicetta di cotone bianca senza maniche e mentre camminava sul marciapiede del corso Vittorio Emanuele, ebbe la sensazione di essere seguita. Voltò la testa e con la coda dell'occhio si accorse di un tizio alla guida di un Gilera di colore rosso, a una decina di metri dietro di lei, che indossava un casco integrale grigio scuro. A Ornella sembrava di essere seguita al suo stesso passo e di aver visto l'individuo già da quando era uscita dalla casa del suo fidanzato.

Ricordandosi di quella ragazza violentata nell'uliveto, iniziò a sentire i battiti del cuore aumentare. Allungò il passo, terrorizzata, riportò lo sguardo sul ragazzo in motorino e notò che era sempre più vicino e aveva aumentato anche lui l'andatura. Avrebbe voluto correre, ma per via dei sandali con il tacco alto fu costretta a rinunciarvi. Girò l'angolo, si immise in via Roma, le mancavano circa venti passi per arrivare all'ingresso dell'agenzia, ma in quel momento le sembrò che fossero venti chilometri. In preda al panico, cercò di infilare la chiave nella serratura, ma con le mani tremanti non ci riuscì. Senza curarsi dell'individuo, per qualche istante si fermò, fece dei respiri profondi e ci riprovò.

Finalmente, entrata nell'ufficio, chiuse la porta, infilò svelta il catenaccio, appoggiò l'orecchio sull'infisso e ascoltò il rombare del motorino che si allontanava. Si girò e appoggiò le spalle alla porta, fece un lungo respiro e scaricò tutta la tensione. Sentì finalmente che la morsa del terrore stava gradualmente lasciando la presa. Si recò in fondo alla stanza, appoggiò la borsetta, si sedette, cominciò a esaminare gli appunti del fratello, ma non riusciva a smettere di pensare a quell'individuo con il casco grigio scuro.

Pian piano si placò, si alzò dalla sedia, si recò ad aprire la porta e mise fuori la testa. Guardò prima a destra, poi a sinistra e vide che nella via non c'era un anima: era un pomeriggio molto caldo, erano tutti al mare o a farsi un riposino. Si tranquillizzò pensando che forse era solo un ragazzo con il casco in testa, che percorreva solamente la sua stessa strada, magari per tornare a casa dopo una giornata di lavoro.

Richiuse la porta, senza catenaccio e tornò alle sue pratiche. D'un tratto si fermò, le venne in mente che una settimana e mezza prima, anche Teresa Crivaio, era stata aggredita da un uomo che indossava un casco scuro. Le ritornarono le palpitazioni, si alzò e si recò alla porta per infilare nuovamente il catenaccio, ma si bloccò e disse a se stessa: "Pulsano è a circa una quindicina di chilometri da qui e poi, quell'uomo in motorino ha fatto solo lo stesso percorso". Cercava di scacciare i brutti pensieri dalla mente, non voleva confondersi, aveva molte faccende da sbrigare e ritornò alla scrivania a riprendere il suo lavoro. Nelle istruzioni lasciate dal fratello c'erano una sessantina di volantini da fotocopiare. Si diresse alla fotocopiatrice, notò però che il display indicava di inserire della nuova carta. Si recò nello stanzino, posto nel retro del suo ufficio, tirò fuori dall'armadietto la scatola contenente la carta, ma si bloccò appena sentì aprirsi la porta d'ingresso. Si affacciò e restò perplessa quando non vide nessuno. "Eppure mi è sembrato di sentire entrare qualcuno" pensò. Ritornò davanti all'armadietto e sentì di nuovo un rumore che proveniva dall'ufficio del fratello. Uscì dallo stanzino, afferrò il tagliacarte dal ripiano della sua scrivania, a passo lento puntò verso l'ufficio di Fabio, arrivata davanti alla soglia, accese le luci, ma non vide un'anima.

«Chi c'è?» chiese con voce spezzata guardandosi intorno spaventata, poi cercò di calmarsi aggrappandosi a una considerazione: "Forse quel giallo che sto leggendo mi ha suggestionata". Fece spallucce, ritornò davanti all'armadietto e appoggiò il tagliacarte sul tavolino a fianco. Aprì la scatola, prese il pacco della carta ma, quando uscì dallo stanzino, si trovò davanti il tizio con il casco grigio scuro. Le cascò il pacco della carta in terra e restò impietrita.

L'uomo dal casco grigio scuro con una mano l'afferrò per un braccio e con l'altra le strappò via la camicetta e subito dopo il reggiseno, la spinse sulla scrivania e cercò di aprirle le gambe, lei gridava e nello stesso tempo piangeva e cercava di resistere. Ornella con le unghie della mano destra, gli graffiò il braccio sinistro lasciandogli due lunghi e profondi solchi. Lui si mise a urlare dal dolore, le tirò uno schiaffo, gonfiandole il labbro superiore e un istante dopo le strappò via anche le mutandine. L'aggressore, mentre cercava di sbottonarsi i pantaloni con una mano, si sentì afferrare da dietro e poi scaraventare in terra. Si alzò di scatto e tirò fuori un coltello dalla tasca, Fabio che era arrivato all'improvviso, invece, afferrò una sedia, la alzò al cielo e gliela scaraventò addosso, mancando l'uomo dal casco che scappando via dalla porta si dileguò.

Ornella si mise con le ginocchia in terra, si piegò in due, con una mano si teneva lo stomaco e con l'altra la fronte. Il fratello si avvicinò, si inginocchiò al suo fianco, si tolse la camicia, gliela mise sulle spalle e le accarezzò dolcemente la testa. Quando Fabio vide che Ornella iniziava a quietarsi, le propose di sedersi sulla poltrona, lei lo guardò con gli occhi in lacrime e annuì. Si alzò prima lui, poi aiutò la sorella a sollevarsi e la fece accomodare. La ragazza infilò le mani nelle maniche della camicia, poi se la chiuse e mentre continuava a piangere a singhiozzi, con voce fievole sussurrò: «È un miracolo che tu sia qui.»

«Ho l'appuntamento con Bottino alle quindici e trenta e per fortuna avevo dimenticato le foto qui all'ufficio,» spiegò Fabio. Ornella allungò le braccia verso il fratello, lui si chinò in avanti e la strinse forte a sé. Era la sua sorellina e sentiva da sempre il dovere di proteggerla e lo faceva soprattutto da quando era venuto a mancare il padre. Non riusciva a capacitarsi di quello che avrebbe potuto succedere, per fortuna aveva dimenticato quelle foto in ufficio, rifletté Fabio, l'avevano salvata da una violenza e da un trauma inguaribile. Dopo mezz'ora di conforto, Fabio si alzò, le passò la mano nei capelli e le diede un bacio sulla fronte, poi telefonò alla madre e le chiese di portare dei vestiti per Ornella all'ufficio.

«Piccè c'è successo?» domandò la donna allarmata, ascoltando la voce agitata del figlio.

«Niente! Poi quando vieni qua te lo dico.»

«Va bene; mo te li porto.»

Fabio chiuse la telefonata e chiese alla sorella se aveva riconosciuto l'assalitore; lei sempre con voce fioca rispose di non sapere chi fosse ma era sicura di avergli lasciato due unghiate sul braccio sinistro.

«Sì li ho visti. Quei graffi saranno d'aiuto per sapere chi è.»

«Chiama per favore Davide, lo vorrei qui,» disse Ornella avvilita.

Fabio le diede un'altra carezza sulla testa, poi afferrò la cornetta e appena sentì la comunicazione aprirsi, senza dargli tante spiegazioni, invitò Davide Indotto a raggiungerlo, con una certa urgenza, all'agenzia.

Dieci minuti dopo la madre di Ornella entrava nell'ufficio con i vestiti in mano e, dietro di lei, giunse anche l'elettrauto.

Chiusa la porta, Davide restò sgomento nel vedere Ornella indossare una camicia da uomo, aveva il labbro gonfio, gli occhi pieni di lacrime e per terra c'era ancora il reggiseno strappato. Intuì all'istante che era successo qualcosa di brutto alla sua fidanzata. Fabio raccontò di aver sventato lo stupro grazie alle foto dimenticate, di non aver riconosciuto il balordo per via del casco, che si era poi dileguato con il bracco sinistro ferito. La madre di Ornella suggerì di chiamare i carabinieri, ma sia Fabio che Davide, rifiutarono categoricamente il coinvolgimento dell'arma. Non volevano che l'accaduto andasse a finire sui giornali e diventasse poi di dominio pubblico.

L'elettrauto nel vedere la sua Ornella ferita al volto e soprattutto nell'animo, alzò la mano chiusa a pugno e in preda alla collera, giurò di trovare il colpevole e di fargliela pagare cara.

□ □ □

Era l'ultimo giorno del mese di luglio e nonostante nel cielo nuvole bluastre si mettessero di tanto in tanto davanti al sole, il caldo afoso attanagliava il paese della salina grande.

Dopo aver chiacchierato con Gino e sorseggiato una tazzina di caffè, Bo si uscì dal bar Le Tegole, indossò il casco, montò sul suo motorino e si diresse spedito a casa dei genitori. Appena arrivò davanti alla saracinesca della sua officina, trovò l'ingegner Antonio Rinnatazzi, un cinquantenne originario di Mantalcino, suo cliente e grande amico del padre.

Il toscano era proprietario di vari negozi di biciclette in città. Era prassi che Antonio ed Enzo discutessero di compravendite di locali e alberghi o di partite di calcio. Mentre Bo metteva il piccolo bolide a due ruote sul cavalletto, ebbe il sospetto che la loro conversazione, questa volta, non trattasse né di palloni, né di affari, ma da come il padre e l'amico lo fissavano, sembrava che stessero parlando proprio di lui.

Poi notò che Antonio iniziò a sorridere, scuotendo la testa e quasi divertito esordì: «Mah! Il tu' babbo m'ha detto che t'è ripreso il pallino di andar via da Talsano?»

«Sì Anto'! È proprio accussì! Qua no' ci voglio sta' più.»

In seguito alla telefonata con Mariella, Bo era ancora più convinto di prima di andarsene, il più lontano possibile dalle sue delusioni amorose e allo stesso tempo, esaudire un suo desiderio: quello di provare a vivere in una città del nord Italia. Questa volta, era molto più determinato rispetto a tre anni prima.

Antonio gli confidò che tutto ciò capitava come il classico cacio sui maccheroni e gli raccontò che quella stessa mattina, Peppino Tossi, uno dei suoi fornitori di ruote di biciclette, gli aveva telefonato per dirgli che avrebbe ritardato la consegna del materiale, proprio perché non riusciva a trovare una persona di fiducia, capace di mandare avanti l'azienda di Cesena, quando lui e la moglie erano in giro per le varie fabbriche dell'Emilia Romagna a consegnare il materiale. Avevano anche una certa urgenza e visto il loro ritardo sulla tabella di marcia, non potevano nemmeno permettersi di fare le ferie di agosto.

Mentre l'ingegner e Bo parlavano, Enzo guardava l'amico, poi infastidito si domandò se era possibile che in tutta Cesena, non ci fosse una persona di fiducia che potesse dirigere una piccola azienda.

Interessato alla proposta di Antonio, a Bo iniziò a piacere l'idea di gestire un'azienda al nord e gli chiese quando fosse possibile parlare con gli interessati. Antonio rimase a pensare per qualche istante, poi estrasse il cellulare, digitò sulla tastiera e parlò con il proprietario dell'azienda.

Chiusa la comunicazione, Antonio avvisò Bo che l'appuntamento sarebbe stato giovedì pomeriggio alle sedici e trenta in città, nel suo negozio di biciclette.

«Grazie Anto', si proprio n'amico.»

Lasciato il meccanico al suo lavoro, Antonio ed Enzo entrarono nel piazzale di casa Mezzaspina e puntarono verso l'auto per recarsi in città.

«Anto'. Mi potevi prima interpellare però!» sbottò Enzo dopo aver chiuso lo sportello della sua Maserati.

«Perché ?» gli rispose subito Antonio, stringendosi nelle spalle.

«Devi sapere che io e Rosaria, siamo contrari che nostro figlio si allontani da noi» poi dopo una breve pausa riprese: «tre anni fa, abbiamo combattuto per fargli cambiare idea. Proprio come ti stavo dicendo, prima che lui arrivasse all'officina, questa mattina gli è ritornata l'idea di andarsene al nord e ora sapendo che c'è questa opportunità, non lo fermerà nessuno,» quindi con tono amaro, concluse: «quando si mette in testa una cosa, è difficile dissuaderlo.»

«Ascolta Enzo, secondo me, nella vita bisogna fare delle esperienze. Lascialo fare, è possibile che quando vede quanto sia duro prepararsi da mangiare da solo, lavarsi i panni e comincia a soffrire per la lontananza, torni. Vedrai che allora non avrà più voglia di andare lontano.»

Bo intanto aveva il cuore che gli batteva a mille, il pensiero di trasferirsi al nord lo faceva sentire al settimo cielo. Ma iniziò a imprecare quando alzò lo sguardo e vide l'orologio appeso sopra al pannello degli attrezzi. Doveva trovarsi alle tre da Luciano, per far avviare il motore della vecchia Moto Guzzi ed le tre erano passate da un po'.

Portò dentro l'officina la moto del montalcinese, preparò la cassetta degli attrezzi, l'appoggiò sul portapacchi del suo motorino e partì come un fulmine.

Mentre si recava a tutta velocità alla masseria, nella sua mente germogliò un dubbio: "E se Mariella, nel frattempo è riuscita a dire a suo padre del nostro rapporto e Luciano è davanti alla porta della masseria, imbracciando la doppietta? E se, appena arrivo, Mariella mi aggredisce e facciamo un'altra litigata? Oppure lei, per riappacificarsi, mi accoglie dandomi un bacio? Quale sarà, la sua reazione quando le racconterò della possibilità di andare a lavorare a Cesena? "

Nelle campagne della terra salentina, tra uliveti e vigneti, sorgeva la vecchia masseria Sarchione. Seduto su una delle sedie, poste nell'aia, Luciano, un uomo alto, asciutto e con capelli brizzolati, aspettava pazientemente l'arrivo di Bo, in ritardo all'appuntamento.

Luciano stando all'ombra di un salice, aveva la sensazione di stare in pace con il mondo, dopo aver pranzato e bevuto un paio di bicchieri di buon vino, si appisolò inclinando la testa su un lato.

Iniziò a sognare di essere sul lungo mare in città, in un silenzio inverosimile, senza gente, senza traffico, con il mare piatto, senza il fruscio del vento e senza il grido stridulo dei gabbiani. Era intento a raccogliere olive da alberi secolari, piantati lungo il marciapiede, che partivano dal monumento dei marinai fino ad arrivare in piazza Ebalia. Mentre stava raccogliendo uno a uno i grossi frutti ovali verdi, a un tratto sentì un rombo assordante. Alzò la testa al cielo, si mise la mano a palmo aperto sulla fronte per pararsi gli occhi dal sole e notò che, in lontananza, arrivava un elicottero da combattimento, che rombava allo stesso modo di un motorino "smarmittato". Vide l'aeromobile, che s'avvicinava sempre più, tanto che a un certo punto, riuscì a vedere addirittura il pilota.

Si svegliò di soprassalto, con il cuore che batteva tanto forte da sentirlo pulsare nelle orecchie e aveva la fronte bagnata dal sudore. Sentiva il rombare dell'elicottero sempre più vicino e iniziò a chiedersi se dormiva ancora, oppure era sveglio. Ci vollero tre secondi per realizzare che il rombo era quello di un ciclomotore ed era reale e altri due secondi, per notare che il baccano era sempre più vicino. A un tratto si sentirono degli schiamazzi, un tonfo e il rombo che si azzittiva all'istante. Per un attimo ci fu un silenzio, poi si alzò per aria un polverone e poco dopo si sentirono parolacce di ogni genere.

«Ce' cazz è success!» esclamò Luciano, con occhi sbarrati e si avviò in tutta fretta, verso il luogo dove aveva sentito il tonfo. Man mano che la nuvola di polvere si dileguava, intravide la sagoma di una persona a terra. Era Bo steso sulla strada sterrata, con il suo Ciao addosso, e una gallina con il collo a penzoloni incastrata nella ruota anteriore.

«Madonna du' Carmine!» gridò Luciano e, preoccupato, si accinse ad aiutarlo.

«Bortolo ma ce t'è success', come e fatto ?»

«Ah, io no' lo so Lucia', m'hanno attraversato le galline e una l'ho presa in pieno, e lì vedi, non si muove, è morta.»

Nel frattempo dalla masseria si affacciò Aldo dalla finestra della sua stanza e gridò: «Ohhh... ma che è tutto sto casino?»

Aldo Sarchione... soprannominato il Lampascione, era un ventottenne, ma con il cervello "grande quanto una noce", così diceva sempre suo padre. Era due anni più grande di sua sorella e dell'amico meccanico. Era un ragazzo "alla buona", protettivo con le persone più deboli; alto, dai capelli ricci e biondi, centodieci chili di: pettorali, bicipiti e altri muscoli, per essersi allenato e aver partecipato, fino all'anno prima, ai campionati di boxe a livello regionale.

«È Bortolo: s'è scurnat' contro 'na gallina cu' motorino!» gli spiegò il padre a squarciagola.

Aldo per un attimo restò titubante, alzò gli occhi al cielo e pensò: "A gallina cu' motorino si è scurnat' cu' Bo. Ma è possibile? ". Poi continuò: «Papà! Tu mi pigli sempre in giro. Ora mi vuoi far credere di aver insegnato a guidare il motorino a 'na gallina?»

Luciano guardò Bo imbarazzato, alzò gli occhi al cielo, imprecò a bassa voce, poi, senza dire una parola i due si avviarono verso la masseria. Bo zoppicava e aveva escoriazioni qua e là, Luciano al suo fianco portava il motorino, col manubrio storto e la ruota anteriore traballante. Ferma nell'aia, Anna si mise le mani davanti la bocca appena vide arrivare il marito in compagnia del meccanico zoppicante. Infilò lo strofinaccio nella tasca del grembiule, tirò la sedia da sotto al tavolo, aiutò il ferito ad accomodarsi e poi, a passo svelto, si trasferì in casa a prendere la cassetta del pronto soccorso dal pensile in cucina.

Mariella, intenta a lavare i piatti del pranzo, appena vide la madre entrare in cucina a passo rapido, le domandò il motivo del suo stato d'agitazione.

Nell'aprire l'anta del pensile, Anna, in modo apprensivo avvisò la figlia che il suo Bo si era schiantato con il motorino contro le galline ed era cascato, aggiunse: «È seduto fuori e tiene bisogno di medicazioni.»

La ragazza si sfilò il grembiule, lo lanciò sul tavolo, corse fuori nell'aia, vide il suo fidanzato, s'inginocchiò davanti a lui e, preoccupata, gli chiese come stava. Il meccanico confortato dalla sua presenza, la tranquillizzò con un sorriso poi le prese le mani e le tenne nelle sue.

«Mo sto meglio Mariella, grazie!»

«Sicuro? Non è che hai battuto la testa?»

«Sì! Quando era piccolo.» Scherzò Luciano.

I due ragazzi si fissavano intensamente, sembrava che la telefonata di qualche ora prima e la discussione della sera precedente, non ci fossero mai state.

Luciano osservando, perplesso, il modo in cui la figlia e Bo si guardavano pensò tra sé e sé "Sono così affiatati perché amici sin dalle elementari o c'è di più?" Intanto nell'aia arrivò Anna con l'occorrente per la medicazione. Mariella distolse l'attenzione dal suo uomo, si alzò, afferrò la cassetta del pronto soccorso e ringraziò la madre.

«Allora Marie' io vado intra a casa a finì di lavare i piatti.»

Con il cotone in una mano e il disinfettante nell'altra, Mariella cominciò a medicare le ferite del suo ragazzo, Bo invece spostò lo sguardo su Luciano e gli parlò dell'incontro con l'ingegner Antonio, buttando di tanto in tanto un occhio vigile su Mariella per vedere la sua reazione.

«Ce t'ha preso n'altra volta a fantasia di parti'?» obbiettò il Sarchione mentre continuava a guardare come la figlia si prendeva cura dell'amico.

«Sì! Ma stavolta è sicuro, Lucia'. Rinnatazzi ha già parlato con persone che tengono 'na ditta di assemblaggio di ruote di biciclette a Cesena. Se ricordo bene si chiama "Rotanova" e cercano 'nu responsabile per quando loro non ci sono.»

«Scusa n'attimo Bortolo. Ma lì no' sta nessuno pe' gesti' l'azienda? Mi sembra strana 'sta cosa, no ti fida' tanto!»

«Il toscano m'ha assicurato che so' brave persone.»

Finita la conversazione, Luciano si alzò dalla sedia e sempre con un'espressione dubbiosa si recò in casa a prendere una bottiglia di acqua fresca. Mariella dopo aver disinfettato le ferite e messo qualche cerotto, si alzò in piedi, si piegò in avanti e bisbigliò: «Sei proprio convinto allora? Puoi aspettare almeno qualche giorno? Mia madre ci vuole aiutare ma ha bisogno di tempo.»

«So' mesi, Marie', che trovi sempre scuse,» reagì Bo rattristato «mo mi so' stancato. Pare che no' mi voi più.».

«Dai, non fare lo scemo, non dirmi così. Ti amo.»

«Ti amo anch'io.»

Mariella si piegò ancor più in avanti, appoggiò la fronte a quella di lui e gli diede un bacio sulle labbra, senza accorgersi che il padre era davanti alla porta di casa a pochi metri da loro e li stava osservando.

Il Sarchione, nel guardare la figlia, diventò rosso ed esplose in un attacco d'ira: «Strunz! Tutte e doi! Mi avete tradito! Vigliacchi!»

La figlia voltò di scatto la testa verso il padre e spiegò: «Papà! Te lo volevo dire tra qualche giorno!»

«Sta' zitta traditrice! E va intra a casa!»

Luciano andò verso di loro ormai fuori di senno. Con la mano afferrò il polso sinistro di Mariella e la tirò in avanti, poi le appoggiò l'altra mano sulla spalla e la spinse con una certa forza verso il portone di casa, strinse talmente forte, da farle emettere un leggero gemito.

Dopo Luciano alzò il braccio e puntando l'indice contro il meccanico inveì: «T'ho cresciuto da quando eri piccolo! T'ho voluto bene come 'nu figlio! E tu che mi fai? Mi pigli per culo! Ora va via, va via da 'sta casa e no' farti più vedere!»

Bo più rammaricato che spaventato, si alzò dalla sedia, montò sul motorino malconcio, riuscì a far avviare il motore e prima di andar via dalla masseria, affermò: «Io amo Mariella. Sappilo! Voglio sapere se tuo suocero ha fatto con te quello che tu stai facendo con me.»

Poi il meccanico partì, lasciando Luciano irato, e tempo al tempo stesso perplesso. Anna uscì di corsa fuori da casa e mentre si asciugava le mani bagnate sul grembiule, chiese cosa fosse successo.

«Tua figlia! Si baciava co' Bortolo mentre io so' andato a prendere l'acqua dal frigo! Me l'hanno fatta sotto il naso.»
Anna restò ammutolita, abbassò la testa, ritornò in cucina aspettando che gli fosse passata prima di parlargli con calma. Pensò che il suo compito fosse quello di fargli capire che avrebbe dovuto farla finita con la gelosia possessiva che nutriva nei confronti della figlia. Luciano si recò in garage e passeggiò avanti e indietro, passandosi la mano tra i capelli. Era turbato pensando alle parole dette da Bo prima di andarsene.

Mariella, nella sua stanza, stesa sul letto con il viso affondato nel cuscino, piangeva e si disperava convinta che, se il suo rapporto aveva barcollato, ora rischiava di compromettersi del tutto. Poi nella sua mente affiorò il ricordo del sabato sera della settimana prima.

Dopo aver bevuto qualche Campari e gin di troppo nel locale Perla Rosa, lei e Bo avevano deciso di ritornare a Talsano e recarsi sulla spiaggia di Tramontone. Appena arrivati, Bo tirò fuori un asciugamano dal portabagagli dell'auto, lo stese sulla sabbia ancora calda dopo una giornata di sole cocente. Si sdraiarono sopra, lei iniziò a parlare della sua amica Cristina e di quante piante ornamentali aveva collocato in giardino. Lui al contrario senza preavviso, le aveva appoggiato la bocca sulle labbra e aveva incominciato a baciarla appassionatamente. Lei aveva ricambiato, passandogli una mano dietro la nuca e l'altra la aveva infilata nei pantaloni e lasciandosi trasportare dal fuoco che ardeva per tutto il suo corpo. Presa dalla malinconia pensò che era stato diverso da tutte le altre volte, forse per il chiaro di luna all'orizzonte e il fruscio della pineta sovrastante o forse perché nell'aria si sentiva una leggera fragranza di pino misto alla brezza marina. Quella sera sulla spiaggia si percepiva un fortissimo profumo d'amore. "

Affranta si rese conto che il progetto di sposarsi con Bo dopo la sfuriata del padre forse era svanito per sempre, si sentì come se il cuore le venisse trafitto da parte a parte da una freccia lanciata dall'arco di un brigante.

□ □ □

Qualche ora più tardi Bo nel suo suo appartamento, dopo aver acceso il televisore per il notiziario delle venti, si sedette al tavolo, in compagnia di tre birre da tre quarti. Mentre si preparava con l'apribottiglie nelle mani pronto a stappare la prima, si fermò perché il cellulare cominciò a suonare. Lo tirò fuori dalla tasca della salopette e fece un leggero sorriso nel vedere il numero della amica Samantha. Erano due settimane che non si vedevano né si sentivano.

Dopo aver risposto alla chiamata, iniziarono a parlare di quello che avevano fatto negli ultimi giorni, del loro lavoro, delle loro uscite con gli amici. In seguito Bo confidò le delusioni avute in da Mariella e la paura che lei non lo amasse più. Le raccontò anche del bacio nell'aia della masseria e il rimprovero furioso di Luciano.

Samantha incapricciata del meccanico nonostante fosse amica della famiglia Sarchione, si era intromessa più volte tra i due fidanzati facendoli litigare spesso. Sin dall'adolescenza Samantha aveva sempre provato una sorta di invidia nei confronti di Mariella, ma da quando quest'ultima si era fidanzata con il ragazzo più ricco del paese, all'invidia si era aggiunto addirittura dell'odio.

A sentire il malcontento del ragazzo, afferrò subito la palla al balzo e gli svelò che Mariella, un paio di mesi prima, le aveva confidato di voler essere una donna libera, senza avere nessun uomo intorno che le fosse di intoppo per i suoi progetti. Bo restò sconvolto e il dubbio che si era insinuato nella sua mente, ora, con questa rivelazione, diventava certezza. All'improvviso sentì che al posto dei polmoni aveva due marmitte incrostate, tanto da non riuscire più a respirare. Dopo aver spiegato il suo stato d'animo a Samantha, si scusò per non sentirsi in grado di continuare la conversazione, la salutò e riagganciò con la sensazione di aver mangiato cinque carciofi crudi uno dietro l'altro.

Riposto il cellulare nella borsetta, Samantha si recò davanti allo specchio e mentre vedeva la sua immagine riflessa, sussurrò: «Mariella, è arrivata l'ora di fartela pagare cara. Bo sarà mio, costi quel che costi,» aggiunse «ci ha creduto subito l'imbecille.» Poi si lasciò andare a una lunga risata acida.

Bo stappò la prima bottiglia di birra e tra un sorso e l'altro ricordò rattristato qualche anno prima quando lui e Mariella, non erano ancora legati sentimentalmente, ma solo grandi amici. Erano sempre insieme a giocare a casa Mezzaspina o per i vigneti della masseria Sarchione. Si rammentava anche di quando andavano a scuola e svolgevano nel pomeriggio i compiti a casa, di quando giocavano a nascondino insieme ad Aldo, Davide, Vito e Ornella, o di quel periodo in cui lei prendeva la patente e lui gli faceva da istruttore di guida.

Aprì la seconda bottiglia di birra e mentre svuotava

anche quella, si ricordò di quella sera fredda, di fine ottobre di tre anni prima, davanti la scogliera di porto Perone. Fermi in auto ascoltavano l'infrangersi delle onde sugli scogli, stando sdraiati sui sedili con gli schienali abbassati. Iniziarono a tenersi prima per mano, poi si avvicinarono con le labbra, si baciarono, si spogliarono e scoprirono per la prima volta il loro amore.

Finito di bere anche la terza birra, iniziò a sentirsi la testa girare. La confusione cominciava a prendere il sopravvento e quelle parole dette da Samantha erano come un mattone di venti chili cadutogli sulla testa.

L'insicurezza in lui cresceva a dismisura. Cominciava a formulare pensieri strampalati, pensava addirittura che Mariella con l'aiuto del padre avesse architettato una messinscena per allontanarlo. In preda all'ira aumentata dall'alcool, decise di telefonare a casa Sarchione con l'intento di dire a Mariella di essere stata smascherata, ma allo stesso tempo nel caso avesse risposto Luciano, era determinato a cantargliene quattro.

□ □ □

Era dal tardo pomeriggio che Mariella si era improvvisata centralinista, nella speranza di aver notizie da parte del suo meccanico, quando, dopo due telefonate per la madre, finalmente dall'altra parte della cornetta sentì la voce del suo Bo: «Pronto, Marie'!»

«Ciao Bo!»

«Senti! Ma oggi piccè me baciato a casa tua quando tuo padre stava lì? L'hai fatta a posta vero? L'hai programmato bene. Non mi vuoi più! Potevi trovare n'altro modo per lasciarmi!»

«Guarda che io non ho progettato niente Bo.»
«Sì sì! Ci credo guarda, ci credo proprio, mi potevi di' prima che volevi essere una donna libera, che non vuoi nessuno intorno, lo sai quante ragazze meglio di te ci sono? E poi me ne vado a Cesena a lavorare alla ditta Rotanova così non ti vedo più!»
«Sei uno stronzo!» l'apostrofò Mariella, poi proseguì «senti! Anch'io posso trovarmi un altro e poi è solo una scusa che hai. È tanto, tanto tempo che vuoi andartene via. Te ne vai a Cesena e vai al diavolo!»
La ragazza sbatté giù la cornetta, corse in cucina furiosa e urlò: «Papà ti odio! E non ti voglio più vedere!»
Sfogatasi con il genitore, si rintanò in camera sua chiudendo la porta a chiave.

Dopo aver sentito la litigata tra Mariella e Bo, Anna e Aldo fissarono Luciano con un'espressione di ammonizione: lo ritenevano responsabile del contrasto che si era creato tra i due ragazzi.
Il capo famiglia era stizzito e incredulo al tempo stesso. Non se lo aspettava un tale comportamento, quella era la prima volta che uno dei suoi figli gli mancava di rispetto. Con la coda dell'occhio notò la moglie e il primogenito che lo guardavano con odio, si sentì arrossire il volto, chinò la testa e, senza dire una parola, riprese la posata dal tavolo e continuò a consumare la cena.

In tarda sera, dopo aver visto un po' di televisione e aver fatto una doccia fresca, Anna e Luciano si recarono nella loro stanza a coricarsi.
Durante il pomeriggio e per tutta la serata, Anna si

era accorta che il marito stava nascondendo dietro il comportamento da uomo duro un enorme dispiacere e visto che in quel momento era calmo, prima di addormentarsi iniziò a parlagli in modo affabile: «Lucia'! Ce tieni? Ti vedo che ste' male, sa?»

«Non preoccuparti Annì, no tengo niente.»

«Guarda che lo vedo da due chilometri che tieni u' core a pezzi, no' mi piglia' per 'na fessa.»

«Tua figlia e Bortolo m'hanno tradito e m'hanno deluso. E mo sto arrabbiato.»

«Guarda Lucia' che tua figlia ha ventisei anni, no' è più 'na bambina e sa quello che vuole, ti comporti come se fossimo ancora nell'epoca di Pappagone.»

«Sì lo so!»

«E allora Lucia'?»

«Annì ti va di parla' domani?»

«No! Mo amma parla'!»

«Senti Annì! Loro m'hanno pugnalato alle spalle, se mi dicevano le cose come stavano, forse e dico forse, si poteva parla'. Ora non voglio più sape' niente.»

«Guarda! Che se fai troppo il duro co' tua figlia, è sicuro che te l'allontani prima o poi.»

«Vedi che mi dispiace di quello che è successo, sai?»

«Parla co' Mariella Lucia' e fa la pace.»

«Mo aspetta qualche giorno Annì, po' si vede, buonanotte!»

«Va beh Lucia'! Come vuoi tu, buonanotte.»

TRE

Il sabato mattina, il maresciallo Mario Saccia, era seduto davanti alla sua scrivania e stava esaminando alcuni documenti. Si bloccò appena il telefono lo avvisò che qualcuno lo cercava. Allungò il braccio, afferrò la cornetta e al secondo squillo la alzò.

«Pronto carabinieri.»

«Buongiorno Mario, sono Paolo Toghetti.»

Sul volto del maresciallo si disegnò subito un sorriso appena sentì che dall'altra parte del filo c'era il magistrato.

«Buongiorno Paolo, come stai?»

«Mah! Diciamo bene Mario. Le bambine e Marta come stanno?»

«Tutto a posto grazie.»

«Senti Mario. Elisabetta Marchini, quella ragazza trovata lunedì mattina nell'uliveto, come sta? Hai sue notizie?»

«È stata dimessa ieri dall'ospedale. Ho parlato con il padre e mi diceva che partivano stamattina per la Francia. Hanno un parente psicologo che lavora proprio in un centro antiviolenza e ci resteranno fin tanto che la figlia si rimetterà.»

«Povera ragazza,» osservò dispiaciuto il magistrato, poi riprese «hai trovato qualche sospettato?»

«Niente Paolo. C'erano tre individui che sono stati denunciati e processati in passato per stupro. Ma uno è in carcere da due mesi, un altro è da sette settimane in sala di rianimazione in seguito a un incidente stradale e il terzo si è trasferito sei mesi fa nel nord Italia e non riusciamo a rintracciarlo.»

«Con la ragazza hai parlato?» Lo interruppe il magistrato.

«Sì, Paolo. Giovedì mattina. Stando a quello che ha detto, era sua abitudine fare una corsa a piedi nelle campagne ogni pomeriggio subito dopo pranzo. Ha raccontato che un uomo a bordo di un ciclomotore di colore rosso, si è avvicinato e minacciandola con una pistola, l'ha portata prima nell'uliveto poi l'ha fatta spogliare nuda e dopo l'ha stuprata. Prima di andarsene l'ha picchiata con il calcio della pistola accanendosi sul volto, ha perso conoscenza e si è risvegliata il mattino seguente.»

«Suppongo che non l'abbia riconosciuto.» affermò il magistrato.

«No Paolo. Il verme indossava un casco grigio scuro,» poi aggiunse: «dalla descrizione, lo stupratore è alto all'incirca un metro e sessanta, di carnagione chiara, invece come ti stavo dicendo prima, il sospettato che si è trasferito al nord Italia non può essere stato. L'uomo è alto quasi un metro e novanta ed è senegalese.»

«Capisco Mario, capisco. Tienimi informato se c'è qualche novità.»

«Senz'altro Paolo. Ci vediamo e saluta Gigliola.»

«Grazie Mario. Non mancherò, ciao.»

Nella sua officina, Davide parlava con Fabio, il cognato, dell'aggressione del precedente pomeriggio nell'agenzia immobiliare. Si stavano organizzando per trovare l'uomo dal casco grigio scuro e fargliela pagare cara. Fabio era accecato dalla sete di vendetta e aveva nei suoi occhi, ancora il viso terrorizzato della sorella. Non riusciva a smuovere quella brutta immagine dalla mente. Mentre i due complottavano su come individuare il maniaco e se fosse il caso di chiedere aiuto a Bo, entrò in bottega a bordo della sua auto Filippo Fidatini, un ragioniere di trenta anni, originario di Maruggio.

Si era trasferito a Talsano circa tre anni prima e frequentava da qualche mese la comitiva di Bo. Appena uscito dall'abitacolo, il ragioniere chiese a Davide di potergli regolare l'antenna dell'autoradio, lamentandosi che non riusciva a sintonizzarsi su nessuna frequenza.

Fabio fissò Filippo, perplesso e considerò: "Ma può regolarsi l'antenna anche da solo, perché rivolgersi a Davide per una cosa così banale? "

Salutò poi il cognato se ne andò guardando Filippo perplesso. L'elettrauto si avvicinò alla Renault del ragioniere, abbassò l'antenna, entrò nell'abitacolo e mise in funzione lo stereo. Nel frattempo Filippo gli chiese, gentilmente, di poter usare il bagno. L'elettrauto gli fece cenno con la testa in segno di approvazione, poi riportò l'attenzione sull'autoradio e continuò il suo lavoro.

Dopo aver usato il bagno, il ragioniere si riavvicinò all'elettrauto e in modo impacciato chiese se aveva risolto il problema.

«Senti Fili', qua lo stereo va bene, è tutto a posto.»

«Quanto ti devo?»

«Niente, niente, so' stato cinque minuti, che mi vuoi dare; magari mi paghi 'nu caffè stasera, va.»

«Ah! Ho capito. Va bene, allora a stasera Davide, ciao e grazie.»

Mentre il ragioniere usciva dall'officina, Davide si domandò perché Filippo fosse così a disagio dopo essere uscito dal bagno. "Non sarà lui il maniaco che ha tentato di stuprare Ornella?" pensò "Fidatini non è alto più di un metro e sessanta e per nascondere i graffi sul braccio, indossa una camicia a maniche lunghe".

□ □ □

A casa Sarchione, Mariella era chiusa nella sua stanza, seduta davanti al computer a navigare su internet. Sentì un rombo di motore avvicinarsi, si alzò, andò alla finestra e guardò fuori. Si incuriosì quando vide un tipo con un casco grigio scuro in testa, a bordo di un ciclomotore di colore rosso, che si era fermato nella stradina adiacente all'aia. "E quello chi è?" si domandò perplessa "perché guarda verso la mia finestra? Forse cerca Aldo o mio padre? " fece spallucce, ritornò alla scrivania, si sedette di nuovo davanti al computer e continuò la sua navigazione.

Anna era in cucina, preoccupata, si chiedeva cosa stesse facendo la figlia chiusa in camera dal giorno prima. Non si era mai comportata in quel modo.

Decise di andare al piano di sopra e provare a parlarle.

Arrivata davanti la porta, bussò con due tocchi leggeri e la chiamò a bassa voce.

«Marie'! Ce dormi?»

«No mamma, sono al computer.»

«No' sei scesa manco per fa' colazione.»

«Non ho fame.»

«Dai no' fa' accussì, vedrai che si aggiusterà tutto.»

«Lasciami stare mamma, voglio morire.»

«Mi apri la porta e mi fai entrare? E poi piccè devi morire?»

«No mamma! Per favore, lasciami stare.»

Anna si piegò in avanti, appoggiò l'orecchio alla porta e cercò di capire cosa stesse facendo la ragazza, poi insistè: «Mi dovevi da' 'na mano oggi a fa' le conserve di pomodoro. Ti piace tanto 'sto lavoro, dai vieni, così ti distrai.»

«Mamma, ti prego, voglio rimanere sola.»

Dopo aver cercato invano di convincere la figlia a uscire dalla stanza, Anna ritornò in cucina con il cuore amareggiato.

Appena vide in lontananza il trattore del Sarchione uscire dalla vigna, l'uomo dal casco grigio scuro, partì in tutta fretta a bordo del suo ciclomotore rosso. Percorse all'incirca quattrocento metri, si fermò, voltò la testa verso la masseria, tirò un sospiro di sollievo mormorando: «Meno male! Aldo e Luciano non m'hanno visto.»

Poi puntò gli occhi in direzione della finestra di Mariella e commentò: «Cara Mariella, uno di questi giorni ti farò assaggiare il mio manganello e per te terrò un trattamento speciale: dopo averti scopata ti laverò la faccia con l'acido muriatico, così s'impara quel cornuto di Bo.»

All'ora di pranzo, Luciano varcò la soglia della porta di cucina, la moglie lo fermò e, con un tono turbato, dichiarò: «Sta' a senti' Lucia'. Ti chiedo scusa che si stanco ma so preoccupata per nostra figlia, è da ieri sera che è chiusa intra a camera sua e non è scesa nemmeno per fa' colazione.»

Luciano in piedi davanti al tavolo, prima si strinse nelle spalle, poi appoggiò le mani sullo schienale della sedia e con aria aspra rispose che non era un problema suo.

«Lucia'! No' fa accussì, vedi che po' te ne penti» reagì

Anna stizzita, mentre il marito si diresse al bagno di sopra per lavarsi le mani.

"Ma poteva benissimo usare quello di sotto, visto che è molto più comodo. Perché è andato su?" si chiese Anna titubante.

Al piano di sopra, Luciano si fermò davanti alla camera della figlia, sospirò, poi bussò alla porta.

«Marie'.»

«Che vuoi!» gli rispose la figlia in modo freddo.

«Vieni giù! È pronto da mangia'.»

«Non voglio mangiare.»

«Fa' come vuoi, allora.»

Il capofamiglia sbuffò, si spostò in bagno, iniziò a lavarsi le mani e si guardò allo specchio, notava gli occhi gonfi e rossi leggermente lucidi e sentì un grosso peso sul cuore. Pensava mentre si asciugava le mani: "Forse ha ragione Anna? Sono un uomo con il cuore di pappamolla, ma con la testa di sasso."

Uscito dal bagno, accarezzò la porta della camera della figlia, poi fece dei lunghi respiri per riprendersi dall'ansia e, soprattutto, per non far vedere alla moglie il volto rattristato.

□ □ □

Il sabato pomeriggio, Bo, Vito e Davide erano in città davanti all'entrata posteriore del locale Perla Rosa a sorseggiare un boccale di birra. D'un tratto Vito Brocca sorrise, alzò il braccio al cielo e gesticolò verso la pista da ballo. C'erano tre suoi cugini arrivati la sera prima dal nord Italia per trascorrere le ferie nel paese di origine.

«Oh! Raga' mo vengo, vado a saluta' i miei cugini,» avvertì Vito, con un sorriso smagliante.

Davide colse all'istante l'occasione e dopo aver aspettato che Vito si allontanasse, chiese a Bo se poteva fargli un piacere.

«Dimmi! Sempre s'è 'nu piacere che posso fa'.» si prestò subito il meccanico.

«È 'na cosa che deve rimane' tra me e te, non lo deve sape' nessuno.»

«Non preoccuparti Davide. Di cosa si tratta?»

Davide confidò all'amico il tentato stupro a Ornella da parte di un tizio basso e magro con il casco grigio scuro in testa, fuggito via prima del peggio con due grossi graffi sul bicipite sinistro, grazie all'arrivo di Fabio, suo cognato.

«Serviranno per identificarlo,» commentò Davide dopo aver dato un'altra sorso al boccale di birra, poi continuò dicendo che quel pomeriggio era lì al Perla Rosa, solo per raccontargli il brutto episodio e chiedergli un aiuto a trovare il colpevole. Chiese di coinvolgere pure gli amici della comitiva nel caso ce ne fosse stato bisogno, ma Aldo, Vito e tutti gli altri del gruppo dovevano sapere solo che Ornella era stata scippata e picchiata dal tizio.

«Non ti preoccupa' Davide. Contaci. Se vedo 'nu tizio con grossi graffi sul braccio sinistro, te lo faccio sapere.»

Poi Bo gli strinse la mano per rassicurare l'amico di stare tranquillo sull'indiscrezione e Davide con un leggero sorriso, ricambiò la stretta in segno di gratitudine.

□ □ □

Si era fatta sera, Mariella decise di farsi una doccia, di vestirsi e uscire da sola. Non l'aveva mai fatto, il sabato sera era solita uscire con suo fratello e l'amico del cuore. Aprì l'armadio e tirò fuori un miniabito sexy che gli era stato regalato da una sua cugina. Per timidezza, l'aveva solo indossato una volta per prova, sotto la richiesta dell'amica Cristina. Quest'ultima insisteva sempre a dirle che era molto bella e con quel fisico alto e snello e i lunghi boccoli dorati, avrebbe potuto fare benissimo la modella.

□ □ □

Davide a un tratto decise di recarsi da Ornella, dopo che se ne fu andato, il Bo era fermo con gli amici a una decina di metri dall'entrata del locale e teneva nella mano un bicchiere di Coca Cola. Mentre diceva ai compagni di stare attenti al personaggio dai due grossi graffi sul bicipite sinistro, arrivò la Fiat Croma di Luciano e parcheggiò dall'altra parte della strada. Vito fissò l'auto e divertito, commentò: «Oh raga' ! È arrivato u' Lampascione.»

Si voltarono tutti a guardare credendo che fosse Aldo, ma quando si aprì lo sportello, videro uscire dall'abitacolo Mariella, con addosso un vestitino giallo a fiori super corto e ai piedi dei sandali neri con tacco a spillo. Tutta la comitiva rimase a bocca aperta e restarono ammutoliti come se la lingua si fosse messa in sciopero. Non avevano mai visto la loro amica vestita in modo provocante, tanto da richiamare l'attenzione di tutti gli uomini presenti davanti al locale.

Mariella, dopo aver attraversato la strada, entrò nel bar, ma rimase distante dal suo gruppo. Si atteggiava come se sfilasse su una passerella di moda e con aria arrogante, di sfida, salì le scale senza nemmeno degnarsi di voltarsi verso i suoi amici per salutarli.

Alcuni giovani fissavano Mariella che s'avvicinava, le fecero spazio per farla passare e il più alto di tutti, in modo gentile, la invitò a unirsi a loro. Bo guardò la scena accigliato e si ingelosì nel vedere Mariella accettare le attenzioni di quel gruppo di ragazzi. Lei mentre era ferma a parlare, non perdeva di vista il gruppeto dei suoi amici.

Bo si accorse di avere gli occhi della ragazza addosso e fece finta che la cosa non gli interessasse. Mariella a quel punto accarezzò il viso di un giovane. Il meccanico sempre con lo sguardo un po' su Vito e Gino e un po' su Mariella, iniziò a sentirsi come lo Stromboli pronto a esplodere. La gelosia prese il sopravvento quando uno dei ragazzi abbracciò Mariella.

Bo scaraventò in terra il bicchiere della Coca Cola e con occhi iniettati di sangue, puntò verso l'entrata. Afferrò bruscamente Mariella per un braccio, la trascinò in disparte e in preda alla collera, sbottò: «Ma che fai! Ma che menchia combini! Come ti sei vestita! Ma che ti passa per la testa! Sei impazzita?»

«Ma che t'importa signor Bo Mezzaspina! Visto che te ne vai a Cesena!»

«Perché fai la scema con l'altri?»

«Oh ma che vuoi? Non stiamo più insieme!»

«Allora fa' come vuoi!» gridò Bo irato, «tanto non mi importa più niente di te!»

«Scemo!» gli urlò in faccia la ragazza «Me ne vado a casa e non ti voglio più vedere! E non ti voglio più nemmeno come amico!»

Infuriata, partì spedita verso l'auto del padre, salì a bordo, sbatté la portiera e partì sgommando.

Mariella era convinta che vestendosi in modo provocante, lo avrebbe fatto ingelosire e attirato la sua attenzione e avrebbero finito la serata con baci appassionati, invece avevano litigato ancora: "Ho rovinato tutto" mormorò mentre le lacrime le inondavano le guance.

□ □ □

Dopo la discussione infuocata con la figlia del contadino, Bo tornò dai suoi amici e continuò a parlare con loro, nascondendo la tristezza si sentiva con il cuore simile ai pezzi di un puzzle non ancora assemblato.

Vito che si era accorto dello stato d'animo dell'amico, trascorso un po' di tempo, dopo avergli assestato un paio di pacche sulle spalle gli chiese: «Com'è? Ho capito bene Bo, t'ha preso il piccio di parti' n'altra volta?»

«Sì. È sentito bene Vito, vado a Cesena, giovedì tengo n'appuntamento con delle persone, tanto che ci sto a fa' qua. Poi e' visto Mariella? Si sté cerca già n'altro.»

«Ma ce ti passa per la mente Bo, piccè ci devi lascia'? Poi Mariella, non è che lo ha fatto, invece, solo per farti ingelosi', non ci arrivi ?»

Bo gli appoggiò la mano sulla spalla e dispiaciuto gli disse di voler andare più lontano possibile dal paese. Poi, in preda all'angoscia, pensò che stare lì quella sera, non aveva più nessun senso e avvisò gli amici che se ne sarebbe andato a casa.

«Va bene Bo!» gli rispose Vito dispiaciuto «non preoccuparti, ci vediamo domattina in spiaggia».

Gino Sciame, dopo aver visto Bo allontanarsi a bordo

della sua Lancia, con tono perplesso domandò a Vito cosa stesse succedendo tra Mariella e Bo.

«Ce ti dico Gi'. È visto stasera come hanno litigato? Bo e Mariella si so' lasciati per colpa da' gelosia di Luciano e mo stanno sempre a litiga'.»

«Bo e Mariella si so' lasciati?» reagì Gino sbigottito «no' ci credo! Pensavo che avessero solo litigato. Sono anni che stanno insieme e poi so' stati sempre amici sin dalle elementari. No! No' voglio credere».

«Credici invece Gi'! È sentito poi, Bo se ne va a Cesena.»

□ □ □

Bo era diretto a casa, con l'impressione di avere un autotreno fermo con le quattro frecce sullo stomaco. Pensava alla sfuriata di gelosia di mezz'ora prima e si ricordò della litigata della sera precedente al telefono, quando lei gli disse: "Posso benissimo trovarmi anch'io un altro". Poi si chiese: "Mariella è venuta vestita in quel modo al Perla Rosa, per trovarsi subito un sostituto? Perché mi guardava mentre parlava con quei ragazzi? Forse era solo per farmi ingelosire come dice Vito? O per vedere come soffrivo, mentre lei era al centro dell'attenzione in mezzo a quei cinque maschi?". Gli venne in mente anche la conversazione fatta al cellulare con Samantha. La ragazza gli aveva detto che Mariella voleva essere una donna libera, senza nessun impegno. A un tratto si sentì come un cencio vecchio.

Arrivato a casa, Bo, si spogliò, si buttò sul letto e nel buio totale si intuì solo il suo singhiozzare.

□ □ □

All'indomani Bo non aveva voglia di andare in spiaggia con gli amici e rimase in casa da solo a meditare sul da farsi. Era indeciso se telefonare o no a Mariella, parlava da solo.

«Mo la telefono e mi deve dire cosa è venuta a fare ieri sera al Perla Rosa. No! E se lei si arrabbia di più? Meglio di no, va be', la chiamo.»

Incominciò a comporre il numero telefonico, quando all'improvviso si fermò.

«No! Meglio di no, va'. Perché la devo telefona' visto che lei ha detto che non mi vuole più vedere?»

Ripose la cornetta e diede un leggero pugno sul muro. Passeggiava per la casa in preda all'incertezza, poi andò davanti al frigo e tirò fuori la bottiglia della vodka al melone, ne versò un po' nel bicchiere e lo buttò giù d'un colpo, senza pensare che non aveva ancora fatto colazione. Vagava per le stanze passandosi nervosamente la mano tra i capelli. Non riusciva a decidersi se telefonare oppure lasciar perdere tutto. Si riempì un altro bicchiere, poi un altro ancora e ancora un quarto... e svuotò così tutta la bottiglia.

Iniziò a vedere l'appartamento che gli girava intorno. Senza rendesi conto, si era sbronzato cominciò a sentire lo stomaco che si ribellava e voleva uscire fuori.

«Oh mamma mi sento male, oh Dio, mi gira tutto!»

Andò in camera, si buttò sul letto e s'addormentò.

□ □ □

La figlia di Luciano invece, fin dalla domenica mattina era incollata al computer. Anna era più preoccupata del giorno prima, soprattutto perché la sera precedente Mariella per la prima volta era uscita da sola e poi l'aveva sentita rincasare piangendo. La donna si affacciò al corridoio e con la mano fece segno al figlio di avvicinarsi.

«Ce je ma'!»

«Ma tua sorella che fa, è da ieri mattina che sta attaccata al quel computer e po' ieri sera è tornata che piangeva.»

«E io ce saccio mammà cosa cerca sul computer? L'ho chiesto prima: "cosa cerchi su internet" e lei m'ha risposto tutta arrabbiata: "e a te che t'importa scemo."»

«Vacci a vedè e richiedilo!»

«Sì e... io mo vado da lei a chiedere per la seconda volta che cerca sul coso, incazzata com'è dopo quello che è successo ieri sera col meccanico. Che devo anda' per pighia' 'na scarpa in mezzo a l'occhi: no, no, va tè, io no ci vado.».

«Piccé ce è successo ieri sera con Bortolo?» chiese Anna perplessa.

«Ah! Non lo sai?»

«No Aldo, non lo so ce è successo!»

«Come no lo sai? Mammà, in 'sto paese se fai 'na scureggia 'nu poco più puzzolosa, dopo dieci minuti lo sanno tutti, è strano che non sai ancora niente!»

«Mah! Io non ho saputo un bel niente! E po' datti 'na lavata a queddha boccaccia, non hai un altro modo di parlare?»

«Oh mamma, che ho detto mai, per qualche scureggia e 'nu poco d' puzzo!»

«Ma piccè tengo 'nu figlio accussì cretin'!» imprecò Anna, stizzita, alzando gli occhi al cielo.

«Guarda ma'! Che io non so' mica cretino, eh?»

«Va bè! Lasciamo stare. Ce è successo ieri sera a sòrete?»

«Ieri sera mi ha telefonato sul cellulare Samantha Pefido, che conosce la sorella della cognata di Umberto, che a lui lo ha detto Lino il fratello di Gino, che era insieme a Vito, Davide e Bo.»

«Sì Aldo, ma cosa t'ha detto, falla breve!»

«Ieri sera erano tutti lì e Mariella è arrivata vestita come 'na zoccola.»

«Ancora Aldo! Per prima cosa no' di' quello di tua sorella, po' t'ho detto di smetterla con 'sti termini. Chi era lì ieri sera? E dove ? E quando? E sta attento, se nò la scarpa in mezzo all'occhi te la tiro io! Dimmi, dai!»

Anna appoggiò le mani sui fianchi e con il piede tamburellava sul pavimento, aspettava spazientita che Aldo le desse finalmente una risposta sana.

«Allora: Bo, Vito, Filippo, Davide, Gino e non so chi altro, ieri sera erano in città davanti al bar Perla Rosa a chiacchierare come facciamo di solito il sabato sera. Io però non c'ero ieri sera. Ti ricordi? Gaetano è venuto a prendere me e papà per anda' a vede' il trattore che vende Savino.»

«Sì Aldo. Mica so' cicat'. Continua.»

«Allora. A 'nu certo punto è arrivata tua figlia. Dicono che quando è giunta con l'auto di papà, ha tirato il freno a mano, ha fatto 'nu testacoda e po' ha parcheggiato sgommando, dopo è scesa dall'auto con 'na minigonna mozzafiato e 'na canottiera gialla a fiorellini super trasparente. Si è recata nel bar senza salutà né tuo genero e né gli amici. Tutti avevano visto che non portava né le mutandine e né manco 'u reggisen'.»

Anna restò allibita poi, con fronte aggrottata, strillò: «Come senza mutande e con la minigonna! Ma se le mutande e il reggiseno le ho portate io a sòrete quando faceva la doccia e po' no portava 'a minigonna, ma nù vestito giallo a fiori. Mah! Non so! Dà continua va.»

«Mammà! A me accussì m'hanno ditt'. Comunque, mentre tua figlia entrava nel bar s'è fermata a parla' cò 'nu gruppetto di uomini anziani e loro facevano i marpioni con lei, qualcuno le ha messo anche le mani sul culo e a lei piaceva. Allora il meccanico s'è incazzato nero, è andato da Mariella, l'ha presa per capelli e l'ha trascinata in disparte. Hanno litigato di brutto e si so' fatti pure a cazzotti.»

Anna restò a bocca aperta. Poi cambiò espressione del volto e diventò sospettosa, sapendo che Aldo quando faceva un discorso esagerava ma soprattutto era un gran credulone.

Si recò a passo svelto verso la camera di Mariella, trovò la porta socchiusa, l'aprì e debuttò: «Oh Marie' a mamma tova, ma ce successo ieri sera cu' Bortolo? Ho saputo delle novelle. Mi puoi racconta' tu per bene cosa è successo per favore?»

La ragazza lasciò il computer, si alzò dalla scrivania, sedette sul suo letto a fianco della madre e le raccontò dell'intento di fare ingelosire Bo per attirare la sua attenzione e invece, era andata a finire in un'altra litigata.

«Ma vi siete menati?» avanzò Anna perplessa.

«Come? Menati? Come ti salta in mente!» reagì Mariella sgomenta.

«Se' com'è la gente, Marie', quando chiacchiera, da 'nu spillo fanno 'nu trave e po' soprattutto se c'è qualcuno di mezzo che esagera con i discorsi e crede a qualsiasi cosa che gli dicono.»

«Ah! ora capisco, è stato Aldo a dirtelo.»

«Gli hanno detto ‘nu sacco di cavolate e lui come al solito...»

«Eh! Mi sa tanto, mamma.»

Luciano era appena rientrato in casa ed era nel bagno a lavarsi le mani e nel vedere la moglie arrivare in cucina, si informò: «Annì, come stè oggi Mariella?»

«È intra a camera sua e stè male.»

«Stamattina mentre scendevo per anda’ a sistema’ il trattore, sentivo provenire da’ stanza il rumore dei bottoni della tastiera, sicuramente era al computer.»

«Infatti Lucia’, è da ieri mattina che è là vicino, non so quello che fa. So che ieri sera s’ha litigato ancora cu’ Bortolo.»

Anna raccontò tutto il diverbio avvenuto al Perla Rosa e gli fece presente che tra gli amici, c’era qualcuno che stava già raccontando la discussione accesa a modo suo per mettere più zizzania e lo avvisò di non credere a chi gli diceva cose diverse da quello che le aveva detto lei ora. Luciano scosse il capo e rispose nauseato: «Certo, che c’è parecchia gente cattiva e pettegola, ‘nu discorso lo girano a proprio comodo e solo per fa male all’altro. Meno male che abitiamo in campagna, figurati se si abitava in paese, no’ ci voglio pensà!»

□ □ □

Arrivò il lunedì mattina: c’era chi andava nelle campagne, chi stava davanti al computer, chi si recava ad aprire l’officina con un “cerchio in testa”.

C’era poi Filippo Fidatini a bordo sulla sua Renault stava percorrendo via San Domenico; da lontano vide Samantha alla fermata dell’autobus. Accostò, si fermò, abbassò il finestrino e debuttò: «Ciao Sama', come mai stamani sei alla fermata del bus?»

«Ho trovato la ruota dello scooter sgonfia!» spiegò Samantha.

«Lo vuoi un passaggio?»

«Si! Grazie Filippo.»

Lei colse all'istante l'occasione favorevole, come era sua abitudine fare, e nell'entrare in auto, Filippo sentì delle farfalle nello stomaco nel vedere le lunghe cosce ben abbronzate della bella donna che indossava una minigonna grigia, scarpe con tacco alto e una maglietta bianca e corta, tanto da mostrare il piercing sull'ombelico.

Avviati, Samantha si sistemò la minigonna, girando le gambe verso il ragioniere e aprendole leggermente, dopodiché domandò con tono falsamente gentile: «Senti Filippo. Ma ieri sera che è successo tra Mariella e Bo? È vero che lei ci provava con altri?»

«No! Ma che dici!» obbiettò Filippo «entrando nel bar Mariella s'è fermata a chiacchierare con dei ragazzi, ma niente di che, hai capito? È Bo che s'è ingelosito come un cretino e ha fatto tutta una casciara!»

«No Filippo, ti sbagli. Se Bo, si è incazzato nero, significa che è arrivato al massimo della sopportazione. È lei che non sa quello che vuole ed è stata sempre una poco di buono ed è anche viziata! E poi; mah! Non mi far parlare, va. Povero Bo, lo fa tanto soffrire quella vipera.»

«Per me Sama', è lui che non capisce niente. Hai capito?»

«Lo so che ti piace quella cazzo di Mariella, ma perché la devi difendere così tanto? » reagì subito Samantha con tono acido. Poi ritornò a essere gentile «ti ho visto che la guardi sempre e ogni volta che lei ti rivolge la parola, arrossisci. Sei invaghito di lei, vero?»

«Sì! E beh? Bo non merita quell' angelo, è un imbecille ed Elviro Gratta mi ha detto anche che è mentalmente instabile. Quanto mi sta sullo stomaco. Lo odio.»

«Mentalmente instabile Bo?» ruggì la ragazza «a me non mai ha dato questa impressione e poi perché è imbecille? Guarda che lui è uno con le palle. Poi è un bel ragazzo ed è molto intelligente.»

«Intelligente Bo? Ma te non vedi bene allora.»

Filippo spalancò all'improvviso gli occhi, li spostò sulla donna e sorpreso, dichiarò: «Ah! Ora ho capito, ti piace il meccanico?»

«Sì! Bo mi piace un botto e se parte per Cesena, io vado con lui.»

«E a te chi t'ha detto di Cesena?»

«Vedrai, lo sa tutto il paese!»

«Quindi adesso che Bo è libero, ci proverai con lui?»

«Ci puoi scommettere! Tu invece potresti farti avanti con quella strega, così la tieni lontana da Bo.»

Filippo aggrottò la fronte e con tono dubbioso, fece una considerazione: «Sì. Ma se oggi stesso o domani Mariella e Bo si chiariscono e decidono di partire insieme per Cesena?»

Samantha continuava a tenere le gambe girate verso il ragazzo e quando vide che Filippo di tanto in tanto buttava l'occhio, tirò ancor più su la gonna.

Il ragioniere intravide le mutandine di pizzo bianco, spalancò gli occhi, gli si alzò la pressione e non solo. Lei si passò la mano all'interno della coscia e con sorriso malizioso, commentò: «Allora Filippo, se loro due fanno pace e decidono di partire insieme, anche te rimani a bocca asciutta...» s'interruppe e dopo una breve pausa «se Bo va via da Talsano senza Mariella, ti puoi fare avanti.»

«Sì! E come?» rispose il ragioniere con titubanza.

«Ho un piano che fa giusto per noi, caro Filippo!»

Filippo preso dall'entusiasmo le chiese cosa aveva in mente.

«Li dobbiamo mettere uno contro l'altro!» suggerì la donna con ghigno.

«Racconta! Dai.»

«No Filippo! Siamo arrivati in città ed è tardi. Magari ci vediamo stasera così ne parliamo. Intanto tu scopri dove cazzo è stato Bo domenica; so che in spiaggia non s'è presentato e non si è fatto vedere per tutta la giornata.»

«Lo so c'ero anch'io in spiaggia ieri mattina ad aspettarlo, hai capito?»

«Ora però sta' zitto, Filippo! Non parlare con nessuno del nostro piano e mi raccomando.»

«Ho capito! Non preoccuparti Sama', fidati.»

Arrivati nel centro della città, Samantha scese dall'auto e si recò spedita al negozio di abbigliamento Pezzanova, dove lavorava da un anno e mezzo come commessa.

□ □ □

Filippo nel suo ufficio della P.E. s.r.l., una fabbrica di pale eoliche, mentre digitava sulla tastiera del computer il carico e lo scarico del materiale in magazzino, pensò a Samantha e al discorso fatto in auto: "È vero che Samantha è infatuata di Bo? O è solo interessata al meccanico visto che proviene da una famiglia molto ricca? O è invidiosa di Mariella?"

A Filippo, però non l'idea di potersi fare avanti con la Sarchione lo allettava tantissimo. Non riusciva ad aspettare per sapere il piano di Samantha, così decise di affrettare un po' i tempi. Afferrò la cornetta e compose il numero telefonico dell'officina di Bo.

«Pronto sono Filippo.»

«Dimmi Fili'.»

«Niente, sto fermo con il lavoro e ti ho telefonato così per fare due chiacchiere, hai capito?»

«Ah bene! Almeno ti riposi 'nu poco.»

«E capito allora? Senti Bo! Ieri stavamo tutti alla spiaggia dell'Angelo Azzurro e t'aspettavamo, ma non sei venuto nemmeno nella serata, ma cosa t'è successo?»

«Non mi sentivo bene! Stavo giù d'umore per sabato sera. Ieri mattina ero indeciso se telefonare a Mariella per sapere se stava al Perla Rosa per divertirsi con altri uomini o solo per farmi ingelosire e mentre mi decidevo, per farmi 'nu poco di coraggio a telefonare mi sono scolato 'na bottiglia di vodka e po', no' sò più niente fino a stamatina.»

«Allora hai preso una sbronza?» scherzò Filippo «ecco perché non sei venuto» e si lasciò andare in una risata.

«Sì. L'ho presa bella grossa.» ammise Bo.

«Almeno non hai pensato più a Mariella, tanto non ne vale la pena visto quello che ti ha fatto. Hai capito?»

«Sì. Ma sabato sera davanti al bar, non so se era lì per farmi ingelosire o per divertirsi. Tengo 'na confusione in testa...»

«No, no! Io intendo dire dopo che sei andato via.»

«Perché, che ha fatto? È tornata lì al bar?»

«Sì! È tornata.»

«E che ha combinato? Mi cercava?»

«No! No! Niente.»
«Come niente! Dimmi c'è qualcosa che non so?»
«No... è che non so, è che non mi va... devo andare, può arrivare il capo reparto, devo chiudere, ciao Bo!»
«Filippo! Come niente, dimmi aspe'!»
«Dai Bo, non è il caso di dirtelo ora, ci possiamo vedere domani? Così ti racconto. Hai capito?»
«No! Dimmelo mò!»
«No Dai Bo! E poi sta arrivando il capo reparto. Hai capito?»
«Va bene Filippo, mò però mi fai stare con l'ansia fino a domani.»
«Dai Bo non fare così, capito, ti saluto ciao.»
«Ciao Fili'.»

Filippo riagganciò, poi rialzò la cornetta, telefonò a Samantha e le raccontò la conversazione con il meccanico e aggiunse che Bo era stato tutta la domenica chiuso in casa, ubriaco.
Samantha s'arrabbiò appena ascoltò che Filippo aveva preso delle iniziative da solo senza averla interpellata. Gli spiegò che lei voleva programmare tutto con calma e con la massima complicità tra di loro per non sbagliare, non voleva rischiare di perdere questa opportunità.
«Ho capito!» ammise Filippo «a stasera, allora, ciao. »

□ □ □

Bo era in bottega e mentre lavorava si domandava: "Cosa sa Filippo su Mariella? Perché è ritornata al Perla

Rosa ? Forse mi cercava? O è ritornata per incontrarsi con uno di quei ragazzi?"

Pensando che avrebbe aspettato fino al giorno dopo per sapere cosa fosse successo sabato sera in quel locale, venne assalito dall'angoscia, tanto da sentirsi mancare il respiro. Uscì fuori dall'officina per prendere una boccata d'aria e per distrarsi.

Guardando la fila di auto che si era formata all'incrocio del semaforo, si accorse di Elviro accovacciato dietro un auto parcheggiata di fronte. Conoscendo bene l'elemento, Bo era sicuro che il malvivente stesse architettando qualche azione illecita nei suoi confronti. Sembrava che la lezione di venerdì mattina non fosse servita a niente. Il Furbo appena si accorse di essere stato scoperto, corse via, saltò su un motorino e partì come un razzo.

Il meccanico afferrò la prima moto che gli capitò a tiro, salì e lo inseguì. Purtroppo però si era scordato che la moto lasciata la mattina dal cliente, aveva un difetto di alimentazione. Sembrava che non arrivasse la benzina al carburatore e, infatti, dopo circa duecento metri, iniziò a perdere colpi e si fermò del tutto.

Il Furbo vide dallo specchietto Bo che cercava con la pedivella di riavviare il motore. Intuì che il meccanico avesse dei problemi. Si fermò, sorrise e rimase distante, a una trentina di passi. Scese, mise il motorino sul cavalletto, si voltò verso Bo e lo derise. Gli gridava parolacce di ogni genere e nel contempo gli faceva dei segni con il dito medio. Mezzaspina si sentì un povero idiota, a restare in panne e vedere Elviro che si divertiva a offenderlo. Si irritò tanto da pentirsi di non avergli dato fuoco insieme alla moto sei anni prima e dopo aver ascoltato, anche le offese su Rosaria, sua madre, con tono minaccioso, urlò: «Mo si n'omo morto Elviro! Si muert! È capito!»

Elviro gli fece una grossa pernacchia, risalì sul motorino e si avviò canticchiando.

Bo, al contrario, tornò in officina a piedi. Appena rientrato, appoggiò le mani sul banco, restò a fissare la morsa e serrò le mascelle. Poi sentì uno starnazzare di un clacson provenire dalla strada e un istante più tardi pronunciare il suo nome da una voce fine e delicata. Era Paola Intromisi, una ragazza di città, dal corpicino esile e dai lunghi capelli lisci e biondi, frequentava anche lei il Perla Rosa ed è lì che i due ragazzi si erano conosciuti.

Per i suoi atteggiamenti da civetta, era stata anche lei qualche volta causa di litigio tra Mariella e il meccanico.

QUATTRO

Stufa di stare in casa, Mariella decise di andare in paese a girare per negozi e guardare vetrine e magari comperare qualsiasi cosa, pur di distrarsi un po' dalle sue ansie e soprattutto distogliere il pensiero da Bo. Uscì dalla masseria, salì a bordo dell'auto del padre, si avviò e si immise sulla strada sterrata che portava direttamente sulla provinciale. Mentre teneva il volante stretto tra le mani, iniziò a sudare freddo e avere degli attacchi di nausea. Sentì lo stomaco andare su e poi giù. Fermò l'auto, uscì dall'abitacolo, andò sul ciglio della strada, si inginocchiò e vomitò la colazione.

Rimessa in piedi, ebbe la sensazione di vedere la campagna ondeggiare, si chiese, avvolta nell'incertezza: "Forse è il mio stato d'animo che mi fa stare male? Oppure è per il caldo afoso? O forse ho mangiato qualcosa di avariato? ".

Rientrò in auto e con lo stomaco in subbuglio ripartì. Fece qualche metro e passò davanti al piccolo vigneto di malvasia, con al centro un grosso albero di mandorlo. Si ricordò che nei mesi di marzo e aprile, ai piedi dell'albero tra un filare e l'altro delle viti, crescevano margherite e fiori di camomilla, formando un tappeto variopinto di colori. Lei e Bo in passato si erano sdraiati spesso all'ombra della grossa pianta a guardare le nuvole e a fantasticare sulle forme che assumevano. Nel ricordare quei bei momenti, le batté forte il cuore. Aveva nostalgia degli abbracci di BO, delle sue battute buffe, dei suoi baci. Tanto forti erano i suoi bei ricordi, che decise di passare dall'officina per chiarire la litigata di venerdì al telefono e quella di sabato sera e mettere una volta per tutte la parola fine ai loro problemi.

Arrivata davanti all'officina però, vide Bo in compagnia di Paola. Lei sedeva sul proprio scooter e lui in piedi, che dava le spalle alla strada. Era così intento a parlare e scherzare con la biondina da non accorgersi dell'arrivo di Mariella, la quale osservò la scena dall'autovettura e pensò che quella smorfiosa, saputo della loro rottura, stesse cercando già di accalappiarsi il suo uomo. Uscì dall'auto e, scura in volto, si diresse a passo svelto verso quella sfacciata. Qualche metro prima di avvicinarsi ai due, a voce alta e piena di collera, sbottò: «Ma tu cosa vuoi dal mio ragazzo? Strega! E da settimane che ci provi! Te l'ho già detto un paio di volte! Ignorante! Devi stare lontana da Bo! Hai capito?»

Bo sobbalzò nel sentire Mariella e si voltò di scatto a guardarla con occhi spalancati restando meravigliato di quella sua sparata. Nel frattempo la biondina scese dallo scooter e con aria di sfida, ribatté: «Guarda che la strega sei tu! E poi non è più il tuo ragazzo! Vedi di toglierti dalle palle!»

«Cara Paoletta dei miei stivali, meglio che te ne vai! E subito pure! Altrimenti ti faccio vedere io ora...»

Le ragazze continuarono a discutere e mancò poco che arrivassero alle mani. Il meccanico nel vedere le due donne prossime ad accapigliarsi, intervenne. Afferrò Mariella per un braccio e mentre l'accompagnava in officina, chiese gentilmente a Paola di andarsene. La biondina guardò il ragazzo con espressione delusa, montò sullo scooter e partì.

Bo e Mariella rimasero soli in bottega, si fissarono per qualche istante, poi il meccanico, con tono irato, le disse che per lui, Paola, era solo una cliente e una amica, non c'era bisogno di avere attacchi di gelosia. Inoltre, loro non erano più fidanzati e non aveva più motivo, né diritto di fare scenate del genere. Lei abbassò lo sguardo, voltò le spalle e andò via di corsa. Lui si sentì stringersi lo stomaco, appoggiò le spalle al muro, poi alzò la testa al cielo e fece dei respiri profondi. Non riusciva a capire quello che voleva Mariella e si pentì di non averla stretta a sé e baciata. Ricordandosi poi del colloquio telefonico con Filippo si intristì ancora di più.

Dopo dieci minuti, Bo si recò in casa da sua madre per farsi fare un caffè e per cercare di allentare la tensione. Lasciò l'officina aperta giusto il tempo di sorseggiare la bevanda aromatica e fare due chiacchiere coi genitori.

Dopo aver raccontato a Enzo e Rosaria la litigata tra Mariella e Paola, decise di tornare al lavoro. Percorreva il piazzale di casa e, quando fu quasi sul retro bottega, vide Filippo partire a tutto gas a bordo della sua auto. Bo uscì di corsa dal cancello e lo chiamò, ma Fidatini sicuramente non lo sentì perché continuò la sua corsa senza far nessun cenno. Mezzaspina rimase perplesso per quella visita inaspettata del ragioniere e si chiese titubante: "Perché Filippo è qui? Ha solo un'ora e mezza di pausa pranzo e per andare e tornare dalla fabbrica ci vuole un'ora? Forse mi cercava per dirmi di Mariella? "

Dopo pranzo Bo era con i suoi soliti amici davanti al bancone del bar Le Tegole e mentre Davide, Vito e Aldo, sorseggiavano un bicchierino d'amaro, Bo, reduce da una sbornia colossale a base di Vodka al melone, gli faceva compagnia limitandosi a bere una tazzina di caffè. La loro conversazione venne immediatamente interrotta nel vedere spalancarsi la porta d'ingresso ed entrare Gino Sciame con gli occhi sgranati e il respiro affannoso. Tutti i presenti, fissarono Gino perplessi e si chiesero cosa mai gli fosse successo. Gino si appoggiò con i gomiti sul bancone e dopo aver bevuto dell'acqua fresca, annunciò: «Oh ragazzi! Hanno trovato 'nu muert' vicino 'a spiaggia di Tramontone.»

Bo e gli altri si guardarono in faccia con stupore, subito dopo nel locale si alzò un ronzio di voci che venne interrotto quando Aldo, in modo scherzoso, chiese all'amico se aveva visto un film con il bollino rosso. Gino si accigliò e ribatté con fermezza: «No! Ci sono anche i carabinieri! U' muert tiene a capa chiusa intra a 'nu sacchetto di plastica nero e 'nu cacciavite infilato intro u' piett'.»

Gino non fece in tempo a pronunciare l'ultima frase che Bo e tutti gli altri nel locale, presi dalla curiosità, partirono in fretta per Tramontone, svuotando il bar in un istante e lasciando Simone, il barman, da solo a imprecare per dover restare al lavoro senza poter andare anche lui a vedere chi era il morto ammazzato.

Arrivati a Tramontone, Bo e Aldo misero i loro motorini sui cavalletti, Davide e Vito scesero dall'auto, si avvicinarono alla cerchia dei ficcanaso già presenti sul posto, si fecero spazio tra la folla e videro un uomo dalla corporatura esile con un cacciavite in pieno petto. Era steso per terra, adiacente agli scogli, con la testa chiusa in un sacchetto di plastica, proprio come aveva riferito Gino. Il morto distava circa una decina di metri dal mare e tre dalla strada sterrata che portava dalla baia di Tramontone a quella di Porto Cupo, divise quest'ultime, da una scogliera dove si potevano trovare di ricci di mare, cozze, patelle e, da quel momento, anche un cadavere.

Tutti si chiedevano chi fosse, alcuni dei presenti fecero il nome di Nicola Faccia Scheggiata, il fumatore di spinelli, un altro disse che era Ciccio Capa Grossa, qualcuno fece anche il nome di Franco Senza Culo.

Il brigadiere Manetti e l'appuntato Frado delimitavano con del nastro bianco e rosso il luogo, mentre il maresciallo Mario Saccia nell'attesa dell'arrivo della squadra per i rilievi tecnici e del pubblico ministero, faceva alcune domande alla gente presente, nel tentativo di trovare qualche testimone.

Bo e gli amici erano a Tramontone da una mezz'ora circa, quando giunsero sul posto sia il magistrato Paolo Toghetti che i tecnici della scientifica. Scesi dall'auto di servizio, i due uomini della scientifica tirarono fuori un paio di valigette e una borsa nera dal bagagliaio. Si armarono di macchina fotografica e incominciarono a scattare le foto. Successivamente il funzionario più robusto, sicuramente il superiore in grado visto che impartiva ordini all'altro, si piegò sulle gambe, davanti al cadavere, appoggiò la borsa per terra, l'aprì, estrsse le forbici e tagliò il sacchetto nero che avvolgeva la testa dell'ammazzato. Era il momento che tutti aspettavano: guardarono attentamente lo sfilare dell'involucro e appena il viso venne scoperto, dalla calca si alzò un brusio di voci. Il maresciallo Saccia scosse la testa, poi spostò lo sguardo sul magistrato e annunciò: «Toghetti, il corpo senza vita, è di Elviro Gratta detto il Furbo, un personaggio a noi noto. È strano però, non fa parte di nessuna organizzazione a delinquere, è solo un comune balordo che commette piccoli reati.»

Elviro il Furbo, giaceva privo di vita davanti alla scogliera con occhi vitrei che fissavano il cielo e la bocca aperta. Aveva fatto la fine che molti talsanesi speravano che facesse.

La gente presente, i carabinieri e il magistrato osservavano il tecnico della scientifica, mentre estraeva dalla borsa un sacchetto di carta di colore bianco. Lo aprì, tirò fuori uno stecchino e lo tamponò sul manico del cacciavite. Lo esaminò con attenzione, l'annusò e lo ripose in una bustina di plastica trasparente; poi frugò nelle tasche della vittima, si alzò in piedi, appoggiò la mano destra sul fianco e con quella sinistra si grattò il mento. Si incamminò a passo lento in direzione della strada e guardò intento verso il basso. Arrivò al nastro che delimitava la scena del delitto, tornò indietro e si fermò davanti al cadavere. Alzò la testa e rivolgendosi un po' al magistrato e un po' al maresciallo, dichiarò: «Secondo me, è stato ucciso all'incirca un paio d'ore fa, poi l'autopsia confermerà la mia ipotesi. Un'autovettura è venuta a marcia in dietro, ha scaricato il corpo e se n'è andata...»

«Mi scusi» lo interruppe il magistrato Paolo Toghetti «questo significa che è stato ucciso altrove?»

«Sì dottore. Ora le spiego: dalla ferita è uscito parecchio sangue, la maglietta è molto impregnata, addirittura fino al fianco sinistro. Per terra avrebbe dovuto esserci del sangue e qui non ce n'è. Ho detto che è stato scaricato da un auto, perché qui ci sono queste tracce di pneumatico lasciate sul suolo.» Il tecnico allungò il braccio, puntò l'indice verso il terreno e proseguì: «Vengono dalla strada verso il cadavere e poi si allontanano. A prima vista sembra che la misura del battistrada sia il centosessantacinque. Comunque poi faremo una colata di gesso e approfondiremo in laboratorio.»

«E dell'oggetto che ha nel torace? Cosa mi dice?» chiese il magistrato.

«È un cacciavite di marca Usag, sono molto diffusi, persino io ne possiedo più di uno. Il bordino rosso intorno al manico, indica che è un cacciavite a taglio, mentre in quelli a croce il bordino è celeste. Poi, dalla grandezza del manico posso dire con certezza che si tratta di misura media. Sempre sul manico ci sono tracce di grasso motore, c'è un odore a me familiare, ma adesso non mi viene in mente di che si tratta. Poi sul cavallo dei pantaloni ci sono impronte di scarpa da ginnastica. Sembra che qualcuno gli abbia dato dei calci nei co... pardon, nei genitali.»

Il magistrato guardò, meditabondo, il corpo, poi si voltò verso il maresciallo e gli domandò se ci fosse stato qualche testimone.

«No Toghetti. Ho chiesto: ma nessuno ha visto niente.»

«A che ora è stato ritrovato il cadavere?» indagò in magistrato.

«Ci ha chiamato una signora intorno alle due,» lo informò il maresciallo.

«Forse l'assassino ha aspettato l'ora di pranzo per far svuotare la spiaggia dalla gente » suppose il magistrato.

Il maresciallo Mario Saccia increspò subito la fronte e perplesso, ipotizzò: «Scusami Toghetti, se non voleva essere visto da qualcuno, perché lasciare qui il corpo?

Qui nei dintorni ci sono dei posti parecchio più isolati. Perché proprio qui invece?»

«Domanda da due miliardi di lire maresciallo. Forse l'assassino voleva che trovassimo subito il corpo o forse lo voleva buttare in mare ma non c'è riuscito per qualche motivo.»

Il maresciallo ipotizzò che l'omicidio non fosse premeditato e l'assassino preso dal panico, avesse agito irrazionalmente.

«Può darsi maresciallo, i risultati delle indagini, ci daranno una risposta su quello che è successo» concluse il magistrato Paolo Toghetti con tono autorevole.

Bo, dopo aver sentito il discorso tra il tecnico della scientifica, il magistrato e il maresciallo, si voltò verso Davide per dirgli che quel cacciavite gli era famigliare. Quest'ultimo nel sentirsi gli occhi del meccanico addosso, arrossì. Bo guardò l'amico e si chiese: "Come mai Davide appena si è accorto che lo guardavo, è diventato rosso come un peperone? Cosa nasconde? Forse sa qualcosa?"

Profondamente colpito dalla macabra scena, decise di lasciare gli amici a curiosare e tornare in officina a lavorare, anche perché avrebbe dovuto averla aperta già da quasi un'ora.

Era a bordo del suo motorino e mentre faceva ritorno al paese, Bo non riusciva a togliersi dalla mente il colorito della faccia di Elviro che sembrava quello della mollica di pane andata a male. Poi quel cacciavite, quei venti centimetri di ferro, infilati in pieno petto e quel corpo minuto, che sembrava un pupazzo di pezza buttato come un vecchio giocattolo inutile e malandato. Poi tutta quella gente curiosa, che si accalcava per vedere chi sa che spettacolo.

Entrato in bottega, sedette e appoggiò i gomiti sul tavolino dove teneva il telefono e la documentazione fiscale. I pensieri gli vagavano per la mente come moscerini intorno a un frutto ormai maturo: la morte del Furbo, l'aggressione di Ornella, le litigate con Mariella. Pensava anche alla sua amica Paola, rimasta delusa, dopo che lui l'aveva mandata via per evitare il peggio con la Sarchione e sentì all'improvviso dentro di sé, un'angoscia tale da mettersi quasi a piangere. Venne sopraffatto da un senso di colpa, per aver mandato via dall'officina Mariella in lacrime. Si alzò, afferrò la cornetta e telefonò alla masseria Sarchione con la banale scusa di parlare con Aldo. L'intento invece era di avere notizie di Mariella, di come stava, di cosa faceva e per dirle soprattutto che l'amava.

Fu Anna dall'altra parte del filo che rispose alla chiamata e appena ascoltò il meccanico che cercava il figlio, scosse la testa e con un sorriso compiaciuto, propose: «Senti Bortolo! Se vuoi a Mariella te la chiamo, è su intra 'a camera che dorme.»

«No no! Lasciala fa'!» Dopo una breve pausa. «Come sta?»

«Come deve sta' secondo te Bortolo. Stè giù di umore ed è arrabbiata.»

«Va be' dai , ti saluto. Dille che l'ho chiamato, ciao Anna.»

«Non mancherò Bortolo, a come si sveglia glielo dico, ciao.»

□ □ □

Iniziava a calare la sera e Filippo era da un quarto d'ora seduto nella sua auto, ad aspettare Samantha che usciva dal negozio di abbigliamento. Sobbalzò nel vedere spalancare di colpo lo sportello dal lato passeggero e la commessa che entrava con una certa fretta.

«Ciao Fili', dove mi porti a cena?»

«Ah! Perché avevamo detto che ti portavo a cena?» rispose Filippo.

«Come vuoi Fili', se ti va di parlare del mio piano.»

«Questo mi sa di ricatto!» osservò Filippo con un sorriso.

Samantha si accigliò e scattò: «Che ricatto e ricatto del cazzo! Andiamo spilorcio, pago io. Pensavo che fossi un gentiluomo» si interruppe per un istante, poi riprese con tono, improvvisamente, sensuale: «sai, sono stata tutta la giornata a decidere se dopo la cena e dopo aver parlato come mettere quei due contro: quasi quasi...»

«Ma dai Samantha, l'ho detto solo per fare una battuta, non volevo offenderti, dai andiamo a mangiare e pago io, hai capito? E poi che significa "quasi, quasi"? Cosa vuoi dire?»

«Niente, niente. Andiamo Filippo.»

Avviati per recarsi al ristorante, il ragioniere restò perplesso sull'ultima frase di Samantha e commentò con se stesso: "Cosa vorrà dire quel "quasi, quasi"? E perché mi guardava anche come una troia?"

Il locale dove Filippo voleva portare la ragazza era situato nel quartiere più degradato della città, in una strada stretta, frequentata da uomini di malaffare e donne dal comportamento equivoco.

Parcheggiarono l'auto a una ventina di metri dall'entrata dal ristorante, uscirono dall'abitacolo, si guardarono intorno con occhi sospettosi e si recarono al locale a passo svelto, prima che qualche individuo, poco raccomandabile, si facesse avanti con strane richiesta.

All'interno Filippo chiese al proprietario un tavolo lontano da occhi indiscreti. Il ristoratore lo guardò con un sorriso e annuì, poi chiamò il cameriere e i due ragazzi vennero accompagnati in fondo a destra della sala. Il cameriere tirò le due sedie da sotto al tavolo, con un gesto delle mani invitò la coppia ad accomodarsi e dopo consegnò loro il menù.

Mentre mangiavano, parlarono del piano, lo studiarono nei minimi dettagli: cosa raccontare a Bo, cosa dire a Mariella, l'importanza di essere coerenti tra loro per non insospettirli. Dopo aver svuotato del tutto la bottiglia di vino, finito di mangiare e architettato il complotto, Filippo si alzò dal tavolo e si recò alla cassa a pagare, mentre Samantha prima di uscire dal locale, andò in bagno a darsi una rinfrescata.

Dorante il ritorno in paese, mentre lui era assorto alla guida, lei allungò il braccio verso il parabrezza, accese la luce dell'abitacolo, si spostò in avanti con il bacino, si accorciò ulteriormente la minigonna, girò le gambe verso il suo complice e le aprì leggermente. Guardò Filippo in modo malizioso e si schiarì la gola per attirare l'attenzione e fargli notare le sue grazie. Filippo spostò gli occhi sul viso della ragazza, poi li fece cadere sulle gambe e dopo ritornò a guardarla in faccia. Con un timido sorriso sulla bocca, Filippo tolse la mano dal volante e l'appoggiò sulla gamba di Samantha, l'accarezzò quasi a sfiorarla e pian piano la portò su, sempre più su. Si accorse che le mutandine di pizzo bianco, che lei portava la mattina, non c'erano più. Restò a bocca aperta, il sangue gli salì più velocemente su per la testa e sentì i battiti del cuore accelerare. Prima di arrivare in paese, Filippo svoltò a destra e si immise sulla strada provinciale 104 e dopo un paio di chilometri, si fermò in un campo di ulivi per finire la serata in bellezza. "Ecco cosa significava quel quasi quasi. " Disse tra sé e sé Filippo.

□ □ □

Il martedì, Filippo essendo incaricato del secondo turno, avrebbe cominciato a lavorare dalle quattordici. Aveva la mattinata libera e diede inizio alla seconda fase dell'infame piano.

Arrivò davanti all'officina di Bo, scese dall'auto e, spedito, si recò all'interno della bottega.

«Ciao Bo, come stai?»

«Ciao Fili'. Come devo sta' secondo te?»

«Dai non fare così, hai capito?»

«Sì, ma tu cosa volevi di' ieri a riguardo di Mariella? E po', sempre ieri verso mezzogiorno e mezza, l'una meno un quarto circa, sei passato di qua, perché?»

«No niente! So venuto in paese perché avevo un problema da risolvere, poi so' passato da te e ho visto che non c'eri in officina e so' andato via. Senti, io non voglio che litighi con Mariella, nemmeno mi va che qualcuno venga a sapere quello che ho visto e non sono sicuro se raccontartelo.»

«Come! Cosa e' visto Fili'. Da' parla.»

«Non so Bo. Ho paura. Se poi succede un casino?»

«Hai paura? Ma si scemo allora? Ma che casino e casino deve succedere, dimmi quello che hai visto.»

«Sì, ma giura che non rimani deluso e che non fai

discussioni con Mariella. Quello che ti dico ora deve rimanere tra me e te. Hai capito?»

«Va be'. Va be'. Dai lo prometto, mò parla.»

«Sabato sera, Bo, dopo un'oretta che tu sei andato via dal Perla Rosa, mi ha telefonato Samantha, mi ha chiesto di andarla a prendere. Lei aveva forato la ruota davanti dello scooter. Quando sono uscito dal locale, c'era Mariella che parlava sempre con quel gruppetto di ragazzi,» fece una breve pausa, poi riprese: «sono tornato in paese, ho preso Samantha e invece di ritornare in città, siamo andati alla spiaggia di Tramontone e una volta sul posto, abbiamo riconosciuto l'auto di Luciano; dentro si vedevano due persone che facevano sesso.»

«Sesso? Veramente? E chi c'era nella Croma di Luciano?»

«Aspetta Bo. Ora te lo dico. Io e Samantha pensavamo che era Aldo e ci siamo nascosti dietro le piante delle canne per spiarli; sai, così dopo potevamo prendere in giro il Lampascione, alla fine però è sceso un tipo dalla macchina e mi è sembrato che era uno di quei ragazzi che erano al Perla Rosa a parlare con Mariella. Subito dopo... mi dispiace dirtelo Bo, ma è scesa lei, si è infilata le mutandine e si è sistemata il vestito. Sono rimasti fuori dall'auto a parlare, poi si sono baciati, dopo sono tornati in macchina e sono andati via.»

Bo aveva la sensazione di essere stato travolto da un escavatore. Restò per un attimo ammutolito, poi mormorò che non era vero.

«Mi dispiace Bo, se non mi credi chiedilo a Samantha, hai capito?»

«No' posso crederci. M'ha fatto le corna 'sta stronza!»

«Per dirtela tutta Bo, Samantha mi ha detto che Mariella

è un mese che si frequenta con questo tipo e non te lo ha detto l'altra sera al cellulare, per non farti soffrire.»

Bo restò disgustato, poi si passò nervosamente la mano tra i capelli, scosse la testa, iniziò a girare per l'officina e sdegnato, commentò: «'Sta suina! Dopo tant'anni che la conosco, pensavo di stare tutta la vita con lei invece... Tenevo ragione allora a pensare che non mi voleva più e la gelosia del padre era tutta 'na scusa. Ma mica immaginavo che stava n'altro nella sua vita. Per quanto mi fa schifo, non la voglio più vedere!»

Filippo nel notare lo stato d'animo del meccanico, cercò di fare l'amico. Lo fermò, lo afferrò per un braccio e tentò di persuaderlo con tono pacato: «Vuoi un consiglio da vero amico Bo? Guarda: tu, per me, sei come un fratello e ti devi fidare. Non perdere il tuo tempo dietro a persone che non ti meritano, devi star male per lei? Non ci pensare proprio, non ne vale la pena. Guardati intorno, ci sono tante donne. Sei un bel ragazzo, lo sai quante ne trovi di femmine. Io, se fossi in te, inizierei subito a uscire con un'altra per far vedere a Mariella che non ti importa un cazzo di lei, visto che lei ti ha preso per il culo. Ascoltami Bo, io ora te lo dico, però tu no' dirle niente. C'è 'na topona che è innamorata pazza di te, non fa altro che gonfiarmi la testa a parlarmi di quanto sei bello e di come sei in gamba e ti vuole molto bene, hai capito?»

Nel vedere il volto del meccanico che iniziava a placarsi, Filippo calcò la mano sempre con quel tono di voce caldo.

«Perché invece di perdere la testa dietro a una che ha fatto finta di volerti bene, non ti dedichi a una ragazza che ti è devota già da tempo?»

Il meccanico si voltò a guardare Filippo in modo dubbioso,

riflettè un attimo, poi incuriosito domandò:«Veramente 'sta ragazza tiene 'na cotta per me?»

«Te l'ho detto Bo. Sì, ha una cotta per te.»

«E chi è?»

«Samantha.»

«Samantha ! Lo so già e s'è litigata parecchie volte con Mariella, proprio perché è da tempo che mi viene dietro e a dire il vero, lei mi piace anche. Ma tanto è inutile che perdo a' testa dietro n'altra femmina, tra pochi giorni me ne vado a Cesena.»

«Ah! Perché sei davvero intenzionato ad andartene?»

«Sì!» ammise secco Bo, poi si voltò e appoggiò le mani sul banco da lavoro. Filippo sorrise, si avvicinò alle spalle del meccanico e insistette: «Ci sono donne che sono proprio delle stronze e zoccole e Mariella è una di quelle. Mi spiace Bo di doverti dire questo, però è così. Lo sapeva tutto il paese. Mi era venuto all'orecchio tempo fa che lei non ti era tanto fedele, ma non ci credevo. Poi sabato sera invece, ho avuto la conferma.»

Poi tornò sull'argomento Samantha, dicendogli che era una brava ragazza, devota alla famiglia, sincera e che sarebbe stata anche disposta ad andare a Cesena con lui.

Bo spalancò gli occhi e voltò la testa di scatto verso Filippo e meravigliato, proruppe: «Samantha verrebbe con me a Cesena? Tu come lo sai?»

«Me l'ha detto lei sabato. Scusa Bo! Ma c'è un pezzo di figa che farebbe di tutto per te e tu non ti butti? E poi senti. Prima esci con Samantha e prima riduci i tuoi dolori, così almeno non pensi più a quella poco di buono di Mariella.»

Bo annuì e pensò che sarebbe stata proprio la cosa migliore da fare: frequentare la Pefido, iniziare a dimenticare Mariella e nello stesso tempo vendicarsi e farle vedere che lui non stava male, che frequentava già un'altra donna, con la quale per giunta proprio lei aveva litigato più volte per gelosia. Il meccanico si grattò il mento, poi con un leggero sorriso, annunciò: «Lo sai Fili'! Tieni proprio ragione.»

«Dai Bo Mezzaspina! Chiamala al telefono e parla con lei, prendi un appuntamento ed esci insieme almeno per una sera, se non altro i tuoi pensieri, le tue preoccupazioni e la tua delusione volano via. Poi, a mio parere, Samantha è la ragazza che fa giusto per te, siete fatti l'uno per l'altra. Hai capito?»

Il meccanico si avviò verso il tavolino dei documenti, ma si bloccò di scatto e chiese: «Scusa Fili'! Ma sabato sera tu e Samantha siete andati lì in spiaggia a fare che? A fare del sesso anche voi per caso?»

«No! Ma che dici Bo! Ma scherzi? Voleva solo uscire con me, per avere informazioni su di te e dopo aver visto Mariella con quello è stata male, pensando a quella stronza, cosa ti faceva alle spalle e mi ha chiesto di essere accompagnata subito a casa, hai capito?»

«Avveramente? È stata male per me?»

«Sì davvero Bo! Dai chiamala!»

Bo afferrò la cornetta del telefono e compose il numero del cellulare di Samantha e riuscì a fissare un appuntamento per la sera stessa, davanti al negozio di abbigliamento Pezzanova.

Filippo invece, dopo la fatica per aver messo nel sacco Bo, andò via dall'officina con un sorriso maligno e si recò spedito in città a riportare a Samantha tutta la conversazione.

□ □ □

Dopo aver appoggiato la cornetta sull'apparecchio telefonico, il maresciallo Mario Saccia, si recò spedito fuori dal suo ufficio ed entrò nella stanza a fianco, dove trovò il brigadiere Lorenzo Manetti e l'appuntato Luigi Frado, intenti a smontare il pannello laterale della fotocopiatrice.

«Manetti devi venire con me, dobbiamo andare in un posto.»

«Sì maresciallo. Un attimo, spiego all'appuntato come sostituire la cartuccia e vengo.»

I due militari erano a bordo della Uno di servizio e prima di arrivare a San Donato, una piccola frazione a circa cinque chilometri dal paese della salina grande, il maresciallo svoltò a sinistra e si immise su una stradina bordata da vigneti. Percorso un centinaio di metri, si fermò e girò la chiave nel quadro per zittire il motore.

Il brigadiere Manetti si incuriosì e perplesso chiese al suo superiore il motivo per cui si erano recati nel bel mezzo della campagna. Il maresciallo staccò gli occhi da un grosso grappolo d'uva regina, si voltò verso il collega e gli spiegò che erano lì, lontano da occhi indiscreti, per incontrare Iliano e Rocco Linguetti, due fratelli muratori, soprannominati nel paese Starsky & Hutch, un nomignolo dato dai talsanesi perché sospettati di essere "infami di questura". Il maresciallo gli raccontò che per le loro delazioni, i due fratelli erano stati qualche volta vittime di atti intimidatori, anche molto gravi. Era per questo motivo che gli incontri ora dovevano avvenire in luoghi isolati. Mentre il superiore continuava a spiegare al brigadiere Manetti come questi due personaggi erano stati utili alle indagini per le loro informazioni, arrivarono Iliano e Rocco a bordo di una station wagon grigia metallizzata. I carabinieri sgusciarono fuori dalla Fiat, i fratelli Linguetti si fermarono, scesero dall'auto e nello stesso tempo scrutarono attorno in modo guardingo.

I fratelli riportarono solo una notizia poco rilevante per l'omicidio di Elviro Gratta, si trattava di una minaccia di morte fatta alla vittima da parte del meccanico Bortolo Mezzaspina, la mattina stessa del ritrovamento del cadavere. Sullo stupro di Elisabetta, invece, buio totale. I nomi dei maniaci sessuali rivelati dai fratelli erano i soliti tre: il senegalese, quello che era da due mesi in carcere e il ferito in sala di rianimazione. Poi Rocco, mentre guardava il maresciallo, informò: «Comunque marescia'! Sarà difficile trova' a chi l'accis'. Nel paese parecchia gente lo voleva morto. U' Furb' faceva più danni che il resto.»

Il carabiniere non potè fare a meno di nascondere la delusione. Serrò le labbra e fece un cenno di rassegnazione con la testa.

Poi chiese se Elviro frequentasse qualcuno abitualmente. Iliano alzò un sopracciglio, gesticolò con la mano tenendo l'indice alzato al cielo e raccontò che aveva, recentemente, visto la vittima più volte in compagnia di Francesco Marangia, detto Arsenio Lupin, un balordo di poco conto. Il maresciallo comprese all'istante: il soggetto se lo ricordava benissimo perché aveva forzato un posto di blocco tre mesi prima. Al termine della conversazione, il maresciallo ringraziò i due muratori, aspettò di vedere la sagoma della station wagon scomparire dalla stradina, poi quatto quatto si avvicinò al vigneto, si guardò intorno, staccò il grappolo d'uva regina dalla vite e salì a bordo della Uno di servizio.

«Io la denuncio, maresciallo,» scherzò il brigadiere.

«Allora Manetti, finiamo questo grappolo d'uva prima di arrivare alla stazione, così diventi mio complice.»

Nel percorso per tornare al paese, il maresciallo chiese al Manetti di trovare l'indirizzo di Francesco Marangia appena fossero rientrati in stazione e aggiunse: «Visto che domattina era già in programma di girare per le officine del paese e dintorni, per indagare a chi appartiene quel cacciavite trovato nel petto del Gratta, la bottega di Barcolo Senzaspina sarà la prima.»

«Si chiama Bortolo Mezzaspina, maresciallo.»

«Ah! Già. Bortolo. Che razza di nome che gli hanno dato. Vorrei sapere cosa avevano fumato, quel giorno, il padre e la madre.»

□ □ □

Arrivò il pomeriggio, nell'aia della masseria Sarchione, Mariella era intenta a innaffiare le ortensie dopo averle ripulite dalle foglie secche e dalle erbacce. Anna invece, armata di scopa, era indaffarata a togliere delle impronte di terra dal pavimento del garage. Dopo alcune ramazzate qua e là, Anna si fermò per spostare una scatola di cartone, alzò la testa e guardò la Moto Guzzi del marito. Continuava a fissarla perplessa. Di scatto, spalancò gli occhi appena si ricordò della telefonata di Bo. Uscì fuori dal garage come il vento, con lo sguardo intento a cercare di individuare dove fosse Mariella, senza curarsi però di dove metteva i piedi. Nell'uscire inciampò, cadde e sbatté la testa contro il gran vaso dei gerani.

Mariella sentì un tonfo provenire dalle parti del garage, buttò via la manichetta dell'acqua e corse in direzione del rumore appena sentito. Prima di arrivare davanti al portone, vide la madre stesa in terra che cercava di alzarsi senza riuscirci. Mariella si piegò subito in avanti per aiutarla, mentre Anna si lamentava perché si sentiva confusa e aveva la vista offuscata. Aveva una lacerazione sulla tempia destra che iniziava a sanguinare. Mariella ancora piegata in avanti, tirò fuori dalla tasca del pantaloncino un fazzolettino, lo appoggiò sulla ferita e lo premette con delicatezza, la fece restare seduta e l'aiutò ad appoggiare la schiena sull'enorme vaso di terracotta. Pregò la madre di non alzarsi e di corsa andò in casa a telefonare a Luciano. Arrivò in corridoio trafelata, afferrò la cornetta compose il numero del cellulare del padre.

Dopo alcuni minuti Luciano e Aldo arrivarono sul posto, agitati, aiutarono la donna ad alzarsi, la portarono sottobraccio vicino all'auto, la fecero salire a bordo, partirono per l'ospedale e Anna.

□ □ □

La sera in città, davanti al negozio di abbigliamento Pezzanova, Bo era in auto che tamburellava sul volante mentre aspettava Samantha, la quale, nel frattempo, era in bagno a prepararsi per la serata.

Barbara, la proprietaria del negozio, donna dal carattere affabile, sapeva dell'appuntamento tanto importante della sua commessa e le aveva concesso di staccare mezz'ora prima, per darle modo di farsi bella.

Mentre era intento a cambiare stazione radio per trovare un brano orecchiabile Bo, con la coda dell'occhio, intravide la sagoma di una persona uscire dal negozio. Si voltò di scatto e vide avvicinarsi Samantha, non potè fare a meno di notare che la ragazza era poco vestita.

Samantha era una donna alta, con un fisico attraente e un seno prosperoso, oltre a essere molto bella. Era intelligente e sapeva come attirare l'attenzione degli uomini. Quella sera indossava dei sandali neri con tacco a spillo, una minigonna bianca super corta e un piccolo top nero con tre bottoni al centro.

«Ciao Bo. È da tanto che aspetti?»

«Sì. È un bel po'!»

Bo si sentì soffocato e aveva la sensazione di avere uno sciame di vespe nell'addome. Non riusciva a staccarle gli occhi di dosso. Lei notò che il modo di vestire provocante aveva colpito in pieno il meccanico e pensava compiaciuta, che poteva dominare il ragazzo come e quanto voleva.

Fu lei a parlare per prima, visto che lui aveva la lingua incastrata da qualche parte.

«Mi dispiace di averti fatto aspettare Bo, è che ho avuto da fare fino all'ultimo secondo. Sai, Barbara la titolare del negozio, è una vera stronza, non mi fa mai staccare prima dal lavoro, ma piuttosto qualche minuto dopo. È un'approfittatrice! Non mi va più di lavorare per lei.»

Il ragazzo scosse la testa e fece una smorfia di disgusto, poi allungò la mano verso la chiave d'accensione, avviò il motore e partì.

«Questo do' lavori, è un negozio di abbigliamento solo per donne o vendete anche vestiti per uomini?» chiese Bo.

«Solo per donne e dei migliori stilisti italiani.» spiegò la ragazza con aria altezzosa.

Dopo aver attraversato tutto il corso Umberto, Bo le

propose di andare a mangiare una pizza e delle patate fritte in un locale posto sulla strada per Martina Franca.

«No, dai» obbiettò Samantha «ti dispiace se invece mangiamo del pesce, sai ci tengo alla linea, la pizza e la frittura non sono l'ideale per la mia dieta.»

«E dove andiamo a mangia' il pesce?» domandò curioso il meccanico.

«A Talsano, al ristorante *Lo Scoglio Bianco*, lì il pesce lo sanno cucinare bene ed è anche vicino casa!»

Bo la guardò e annuì, poi riportò gli occhi sulla strada e si chiese: "Come mai Samantha ha scelto il ristorante Lo Scoglio Bianco? Lì possiamo incontrare Luciano, Anna e i miei".

Poco prima di arrivare al bivio per Lama, Samantha domandò in modo sorpreso: «Come mai mi hai invitata stasera? E Mariella che dice? Non è che si arrabbierà?»

Il volto del ragazzo cambiò espressione, si fece serio, le rispose di essersi lasciato con Mariella e aggiunse: «M'ha fatto anche le corna e so che l'hai vista anche tu insieme a Filippo, è vero?»

Lei lo guardò e con aria dispiaciuta, ammise: «Sì, è vero, l'ho vista anch'io sabato in spiaggia con quel tizio. Mi dispiace che ti ha fatto soffrire così tanto. È una stronza e farsi scappare uno come te, è da veri incoscienti. Io invece Bo, ti amo tanto, tu mi piaci davvero e vorrei tanto stare con te.»

Bo si voltò di scatto verso la donna, le fece un sorrisino, le afferrò la mano e gliela tenne stretta. Si sentiva orgoglioso di ascoltare Samantha esprimere i suoi sentimenti.

Arrivati in paese, prima di andare al ristorante, Samantha chiese a Bo di accompagnarla al negozio di tabaccheria della sua amica Beatrice.

Uscita dall'auto, Samantha entrò nel negozio, prese un pacco di gomme e uno di preservativi e si spostò davanti al banco per pagare. La tabaccaia, vedendo quello che aveva comprato l'amica, diventò curiosa e bisbigliò: «Ce tieni da fa' stasera ? Piccé hai comprato 'sti preservativi?»

«Tu che dici?» rispose Samantha radiosa.

«Umh ..... E chi è il fortunato?»

Samantha conosceva molto bene Beatrice, sapeva che oltre a essere una gran ficcanaso era anche una gran pettegola e non per niente, nel paese la chiamavano tutti "Il Giornale".

Fatte le sue compere, Samantha salutò la compagna e prima di allontanarsi le fece cenno, con la testa, di guardare fuori. Uscì dal tabacchino, si diresse verso l'auto, ma prima di entrare nell'abitacolo notò che sul marciapiede di fronte, c'erano degli amici della famiglia Sarchione che la fissavano. Dentro l'abitacolo, lei con la mano afferro il mento del meccanico e gli diede un lungo bacio sulla bocca.

Gli amici di Luciano e Anna spalancarono gli occhi, si guardarono stupefatti e iniziarono a spettegolare tra di loro.

Con il viso schiacciato sulla vetrina del suo locale, anche la tabaccaia assistette alla scena e, meravigliata, commentò con se stessa: "Non credo ai miei occhi, il meccanico cresciuto in una famiglia ben vista e benestante, innamorato di Mariella Sarchione, ora sta con quella troia e arrivista di Samantha? "

CINQUE

I componenti della famiglia Sarchione erano appena rincasati dal pronto soccorso, per la medicazione e i punti di sutura alla ferita di Anna. Mariella si recò subito in cucina e iniziò a preparare la cena, la madre invece, afflitta da un'emicrania e con un senso di nausea, si congedò dando la buona notte a tutti e si raccomandò con il marito di non fare troppo tardi.

Gli uomini della famiglia invece, uscirono per riporre l'attrezzatura nella rimessa, dimenticata fuori a causa del trambusto del tardo pomeriggio. Passato un quarto d'ora, Aldo rientrò in casa e si recò in cucina per avvisare la sorella di non preparare per lui. La informò di avere un appuntamento con Vito, Davide e Gino, per una cena a base di pesce poi, a passo svelto, andò nella sua stanza a prepararsi.

Dopo qualche minuto squillò il telefono. Appena rientrato, Luciano si diresse spedito nel bel mezzo del corridoio e si affrettò a rispondere: «Pronto.»

«Pronto! Sono Filippo, con chi parlo?»

«So' Luciano, Fili' ! Che vuoi?» reagì il Sarchione stizzito.

«Vorrei parlare con Mariella, ci sta?»

«Sì! È in cucina che prepara la cena, mò t'a chiamo, aspè.»

Luciano s'accigliò, appoggiò la cornetta, si spostò in cucina e con tono aspro avvisò la figlia che c'era Filippo al telefono.

Mariella guardò il padre meravigliata. Poi spense i

fornelli e incuriosita si recò al telefono, Luciano invece iniziò ad apparecchiare la tavola, ma nel frattempo restava con un orecchio puntato verso il corridoio.

«Ciao Filippo, che c'è ?»

«Ciao Mariella! Voglio sapere se ti va di uscire con me una di queste sere.»

«Ma che ti passa per la testa? Anche se ho litigato con Bo, non significa che ho chiuso con lui.»

«Io so invece che lui ti ha lasciata per sempre. Hai capito?»

«Chi te l'ha detto? Abbiamo solo litigato. Mi telefonerà presto. Lo conosco bene, so come è fatto.»

«Io non penso proprio! Primo: perché me l'ha detto lui stesso che non vuole più vederti. Secondo: s'è fidanzato con Samantha e se non mi credi, più tardi verso le dieci e mezza ti posso portare sulla spiaggia di Tramontone, così vedi con i tuoi stessi occhi.»

«Cosa? Ma che dici ? Ora faccio un macello!»

«Dai non fare così, non arrabbiarti, non ne vale la pena e poi senti, è un mese che Bo e Samantha si vedono a tua insaputa. Hai capito?»

«Come è un mese?»

«Sì Mariella! È un mese, anzi, forse qualcosa in più. Il tuo amico Bo, m'ha raccontato stamattina che è un bel pezzo che non ti ama più, stava con te solo perché gli facevi pena. Lui preferisce Samantha, già che non ha un padre geloso come il tuo e poi dopo tanti anni si è scocciato di stare con la solita mummia e mi ha detto anche, che se ne fa di una con il seno piccolo e che a letto non è un gran che. Così mi ha detto lui, capito!»

L'espressione di Mariella si incupì all'improvviso, si era fatta sempre dei complessi sul proprio seno.

«Che bastardo! Ecco perché l'altra sera mi ha telefonato dicendomi che sono io che non voglio stare più con lui, è poi mi ha detto anche che ci sono altre ragazze disponibili. Ora capisco tutto, era solo una scusa. Ce l'aveva già l'altra ragazza 'sto stronzo!»
«Senti Mariella. Non gli dire assolutamente niente di quello che ti ho raccontato ora. Quello è capace di ammazzarmi sai come è fatto.»
«Non preoccuparti. Non gli dico niente a quell'imbecille, anzi con quello non ci voglio più parlare. Non ci posso credere. Pensavo che fosse l'uomo della mia vita, invece mi seminava le corna sulla testa e sicuramente mi derideva anche con la sua amica Samantha. E poi sabato sera davanti al Perla Rosa, ha fatto finta anche di essere geloso. Che bravo commediante.»
Sul viso di Filippo, sentendo la ragazza in collera con il meccanico, si stampò un sorrisino di soddisfazione e a quel punto rincarò la dose: «Secondo me, ha recitato la parte del geloso, solo per farti sentire in colpa. Poi, senti: nel paese lo sapevano tutti di Samantha e di lui, solo tu eri all'oscuro di tutto, anche quando andava con Gigliola e in quel periodo la gente ti rideva alle spalle e a me questo non piaceva affatto. Lui raccontava in giro anche, che tu stavi con lui solo per i suoi soldi. Io te l'avevo detto tre settimane fa di stare con me e di non perdere tempo con quel viscido serpente ti ricordi Mariella?. Era proprio per questo motivo. Ora ingannerà anche Samantha, hai capito?»
«Come con Gigliola» reagì Mariella sconcertata «Gigliola chi? Anche con questa m'ha cornificato?»
«Sì! Anche con lei ed è Gigliola Peletti quella che lavora al negozio di ricambi. L'ha ingannata bene, la ragazza.

Questo me lo ha raccontato proprio Gigliola, che è una mia amica. Le aveva promesso che ti lasciava, invece si è divertito per quattro mesi e poi ha cominciato a frequentare Samantha.»

«Quattro mesi... Ma tutti gli amici della comitiva lo sapevano? E mio fratello? Sapeva anche lui tutto?»

«No! Aldo non sa niente. Anche Vito e Davide non sanno niente, ma il resto della comitiva quando non c'eri ti rideva alle spalle.»

Mentre Filippo era intento a calunniare un po' di persone, Luciano era seduto in cucina, tamburellava con le dita sul tavolo. Aspettava che Mariella lo facesse cenare ed era già da un quarto d'ora che la ragazza era al telefono.

L'uomo iniziò a borbottare tra sé e sé, dopo un poco, chiese alla figlia con tono stizzito, se era intenzionata o no a farlo mangiare. Mariella cercò di tagliar corto per via del padre brontolone e Filippo prima di lasciarla, le propose una gita a Matera. Lei restò meditabonda per qualche istante. Prese in considerazione la proposta: "Forse una gita in questo momento, è proprio quello che mi ci vuole, per distogliere un po' di pensieri e nello stesso tempo vendicarmi di quello stronzo. E soprattutto gli farò vedere che anch'io sono capace di trovarmi subito un altro."

Prima di mettere fine alla conversazione, Mariella gli diede appuntamento per le cinque di pomeriggio del giorno dopo, visto che a quell'ora Luciano era ancora nelle campagne a lavorare.

La ragazza chiuse la telefonata e tornò in cucina per continuare a preparare la cena. Mentre era davanti ai fornelli, pensava alle parole dette dal ragionière e nel frattempo continuava a dare le spalle a Luciano, per cercare di non fargli notare il suo stato d'animo.

Era rimasta sconvolta da quello che aveva detto Filippo: quindi Bo stava con lei solo per compassione, che stava con lui solo per soldi, che lei non sapeva fare bene l'amore e soprattutto si lamentava del suo seno piccolo; tutti nel paese lo sapevano ed era lo zimbello della comitiva. Le si inumidirono gli occhi nel pensare che si era fidanzato proprio con quella arrogante di Samantha e le venne un nodo alla gola, quando rifletté sul tradimento con Gigliola del magazzino ricambi si chiese: "Chissà, se la intende anche con Paola Intromisi, visto che lunedì mattina davanti all'officina, i due erano così tanto in confidenza."

Sentì la testa esplodere, il tremore alle mani e due budini al posto delle gambe. Pensava a tutti gli anni trascorsi insieme, un po' amici e un po' amanti, anni di amicizia e di sentimenti, sfumati in soli pochi giorni, svaniti come il fumo che esce dal comignolo di un camino in pieno inverno.

Il padre sedeva davanti al tavolo e fissava la figlia. S'accorse che Mariella, dopo la telefonata aveva cambiato umore ed era taciturna. La ragazza nell'agitazione fece cadere il coperchio della pentola e nel raccoglierlo, Luciano non poté fare a meno di notare la guancia rigata da una lacrima e preoccupato le chiese cosa fosse successo. Lei restò zitta, non gli rispose e resisteva a fatica alla tentazione di scoppiare in un attacco isterico.

Luciano intuì che c'erano altri guai con il meccanico e si rese conto, che era anche per colpa della sua gelosia e per quel rimprovero furioso riguardo al bacio. L'uomo iniziò a provare rimorso e in lui crebbe l'apprensione. Si alzò dal tavolo, s'avvicinò alle spalle della figlia e le accarezzò la testa con affetto. Lei si girò di scatto e lo abbracciò forte, appoggiò il capo sopra il petto del suo papà e si lasciò andare in un pianto liberatorio. Luciano la strinse di più a sé, con una mano le accarezzava le spalle e con l'altra le teneva la nuca. Dopo aver sfogato un po' di tensione, Mariella si scostò, si sedette davanti al tavolo e raccontò al padre la rivelazione fatta da Filippo.

□ □ □

Nel ristorante Lo Scoglio Bianco, situato nei pressi del paese vecchio, Bo e Samantha sedevano al tavolo uno di fronte all'altro. Tra un boccone e l'altro, parlavano del lavoro a Cesena, di come avesse saputo del posto di responsabile e dell'appuntamento con i coniugi Tossi.

Samantha era molto interessata all'opportunità del meccanico e lo informò che lei aveva sempre sognato di andar via dal paese, però non aveva mai avuto il coraggio di farlo e condividere ora questa sua idea con un'altra persona, le piaceva. Samantha gli rivelò che sarebbe stata felice di andare in Romagna con lui, di vedere posti nuovi, di cominciare un nuovo lavoro e di fare nuove amicizie. Raccontava al ragazzo anche di sua zia Mafalda, la sorella del padre, che viveva proprio a Cesena da sola in una casa molto grande ed era disposta anche a ospitarla per qualche tempo. Bo distolse lo sguardo da Samantha e s'accorse che a un tavolo vicino c'erano i suoi amici, tra cui Aldo che lo guardava accigliato. Davide, Vito e Gino invece, colmi di meraviglia cercavano di fingere disinteresse parlottando tra di loro.

Bo si chiedeva cosa mai si stessero dicendo. Aveva la sensazione di essere un imputato in tribunale e si sentiva così a disagio, da non riuscire a far più nessun discorso con Samantha e non aveva nemmeno voglia di continuare a cenare. Attese che la ragazza terminasse di mangiare, poi senza mostrare il suo imbarazzo le chiese di andar via per finire la serata da un'altra parte.

Appena fuori dal locale, il meccanico e Samantha si diressero verso il parcheggio: lei sicura di sé come una domatrice di leoni, lui a mangiarsi il fegato a pensare cosa si stessero dicendo gli amici. Montarono sull'auto e partirono alla volta di un locale dove bere con tutta tranquillità un bicchiere di buona birra gelata.

Percorso tutto viale Kennedy, Bo svoltò a destra e si immise sulla Litoranea Salentina con la speranza di trovare un bar affacciato sul mare, per terminare la serata sorseggiando guardando il cielo stellato. Al contrario, le intenzioni che giravano in testa a Samantha erano tutt'altre. Accese la luce dell'abitacolo, si sbottonò il top e fece intravedere il capezzolo destro, tirò su la minigonna, girò le cosce dalla parte del meccanico e le aprì. Bo, non poteva fare a meno di guardare, gli si impastò subito la lingua e gli occhi sembravano prossimi a esplodere. Lei nel vedere il meccanico eccitato, si sentì soddisfatta e importante come una dea. Appoggiò il mento sulla spalla del ragazzo, iniziò a mordicchiargli l'orecchio, gli aprì la cerniera del pantalone, gli infilò la mano all'interno e con voce sensuale gli propose di andare a Tramontone a fare un bagno tutti nudi.

«Come mai t'è venuta st'idea Sama'?»

«Sono tutta un fuoco e sto morendo dal caldo. Dai Bo! Così guardiamo anche l'Orsa Minore, mentre lo facciamo.»

«Va bè! Andiamo a guarda' questa Orsa Minore.» l'assecondò Bo stringendosi nelle spalle.

Giunti davanti alla spiaggia, scesero dall'auto, si tolsero le scarpe e si recarono a riva. Rimasero in piedi sulla battigia ad ammirare il riflesso della luna sul mare piatto, lei d'un tratto si tolse il top, si sfilò la minigonna e restò nuda, poi chiese a Bo di spogliarsi anche lui.

«Non ho il costume!» le rispose il meccanico imbarazzato. Lei lo guardò con occhi maliziosi insistette a farlo spogliare.

«Dai no! Non mi va, qualcuno mi può vede' nudo.»

La ragazza bella come la venere nel vedere la timidezza del Mezzaspina, prese l'iniziativa. Prima l'abbracciò e poi gli appoggiò le labbra sul collo e gli diede dei piccoli morsi, dopo gli afferrò le mani e se le appoggiò sul sedere ben sodo. Lui era molto eccitato, aveva dei brividi per tutto il corpo, ma proprio in quell' istante gli apparve nella mente, il volto in lacrime di Mariella. Sentì la gola seccarsi e il respiro mancargli. Con delicatezza allontanò la ragazza e rattristato confessò di non sentirsi pronto.

«Pensi a lei vero?» chiese la ragazza delusa.

«Sì. È vero. Penso a lei. Non riesco a togliermela dalla testa, mi devi scusare.»

Samantha si stizzì , raccolse i panni da terra e sdegnata commentò: «Non ti capisco Bo. Quella cazzo di strega ti ha fatto tanto soffrire e ti ha tradito con un altro uomo e tu la pensi ancora?»

«Tieni ragione Sama'! Mi dai 'nu poco di tempo? Ti va bene? Ti chiedo ancora scusa.»

«Sì! A me va bene tutto Bo, l'importante è che mi prometti che te la togli dalla testa. Ora mi rivesto e mi accompagni a casa.»

Si allontanarono dalla spiaggia, lei afflitta per non essere riuscita a sedurre il ragazzo e lui, abbattuto come un cane bastonato per averla rifiutata. Per tutto il tragitto in auto, non si rivolsero la parola, lui intento a guidare e lei al cellulare a scrivere messaggi a qualche sua amica.
Arrivati davanti l'appartamento di Samantha, si fermarono, si guardarono negli occhi e restarono per un istante in silenzio, lei poi si piegò verso il ragazzo e gli diede un bacio sulle labbra. Un bacio, amaro pensò, perché non era riuscita a sedurre il meccanico come intendeva fare. Lui invece la guardava con occhi tristi, affogato nella mortificazione, poi la vide allontanarsi verso la porta di casa sotto la luce fioca del lampione.

□ □ □

Erano un bellissimo mercoledì mattina, il maresciallo Mario Saccia era partito dalla stazione dei carabinieri insieme al brigadiere Manetti, e si stavano dirigendo verso le varie officine del paese e dintorni, con l'intento di scoprire a chi appartenesse il cacciavite usato per uccidere il Gratta. Come già avevano prestabilito il giorno prima, la loro prima tappa sdarebbe stata l'officina di Bo Mezzaspina.

I due militari, chiuse le portiere dell'auto pattuglia, puntarono verso l'ingresso del locale.
«Buongiorno signor Mezzaspina» lo salutarono i carabinieri appena varcarono la soglia.
Il meccanico era piegato sulle gambe a cambiare la lampada del fanale anteriore a una vecchia Lambretta e appena si sentì salutare, voltò la testa, si alzò e rispose al saluto.

«Senta, siamo qui per farle alcune domande su Elviro Gratta. Sappiamo che lei lunedì mattina ha minacciato di morte la vittima. Come mai? Ce lo può spiegare?»

Nel sentire che il maresciallo era al corrente delle minacce, Bo iniziò a sentirsi come se avesse cinque chili di bulloni nello stomaco.

«Marescia'! Io non tengo niente da spiega'. Non ho minacciato proprio nessuno. Se sta qualcuno che dice il contrario, me lo dica, così lo denuncio per calunnia.»

«Si calmi con le denunce Mezzaspina. A me risulta il contrario invece.»

«Io non ho minacciato nessuno! Lo giuro.»

«Va bene, va bene Mezzaspina. Senta, di che marca sono i cacciaviti che usa per lavorare?»

«La marca è Usag, come quella che teneva nel petto Elviro.»

Il maresciallo aggrottò subito la fronte e gli chiese come mai sapeva dell'arma del delitto.

«Lunedì pomeriggio,» spiegò Bo, «c'ero anch'io a Tramontone ed ero al fianco du' tecnico da' scientifica. L'ho sentito quando glielo diceva.»

«Ah! Ora è chiaro,» poi continuò, «mi fa vedere la sua serie di cacciaviti per favore?»

«Sì marescia'!»

Si spostarono in fondo a destra del locale, dove sopra al banco da lavoro era appeso il pannello degli attrezzi. Il maresciallo afferrò uno a uno i cacciaviti, li mise in fila uno accanto all'altro sul banco e dichiarò: «Mezzaspina, qui non c'è quello a taglio di misura media, proprio come l'arma usata per uccidere Elviro Gratta. Come mai?»

«Marescia' no' lo so..., ora vedo se ci sta in giro.»

Bo iniziò a cercare l'attrezzo per tutta l'officina.

Il maresciallo Saccia e il brigadiere Manetti invece, guardavano attentamente tutti i suoi movimenti, con aria sospettosa. Bo cercò l'attrezzo: sotto al ponte, sotto al banco, nei cassetti, persino in bagno, ma del cacciavite non c'era traccia.

«Marescia' no' saccio dov'è, qualcuno l'ha preso. Sa, qui viene sempre gente, l'officina è aperta al pubblico e forse me l'hanno rubato.»

«Mezzaspina, se risulta che quel cacciavite è suo, deve darci parecchie spiegazioni.»

«E io che le devo di' marescia'. Io i cacciaviti li uso solo per lavorare non per ammazza' la gente e po' ribadisco che in officina, vengono parecchi clienti e soprattutto ragazzi.»

«Sì sì, Mezzaspina, trovi un'altra scusa. Mi dica un'ultima cosa. Dove è stato lunedì dalle tredici fino alle quattordici?»

«Siccome avevo litigato con la mia ragazza, ho chiuso l'officina all'una, ho gironzolato con il mio motorino sulla litoranea. Verso l'una e mezza, mi sono fermato giù alla spiaggia di Saturo, ho mangiato un panino e bevuto 'na Coca Cola al bar e ho parlato per un po' con il gestore. Poi sono ritornato in paese e sono andato al bar Le Tegole. Dopo circa cinque minuti è arrivato Gino Sciame e ci ha detto del delitto.»

«Come si chiama il gestore del bar giù a Saturo?»

«Feliciano.»

«Va bene. Ora noi andiamo, ma si tenga a disposizione. Le auguro buona giornata.»

«Eh! Buon giorno 'na pippa» bisbigliò il meccanico, mentre i militari erano già fuori dalla bottega e ritornavano alla gazzella.

Appena entrò in auto, il maresciallo aprì la cartellina, tirò fuori il suo blocchetto e annotò la conversazione fatta con Bo Mezzaspina e il nome del gestore del bar di Saturo. Il brigadiere Manetti invece lo bollava come primo sospettato dell'omicidio e informava il suo superiore che gli si leggeva benissimo sul volto che nascondeva qualcosa, credeva più alla soffiata fatta dai fratelli Starsky & Hutch che a lui, senza contare la sparizione del cacciavite e aggiunse: «Poi maresciallo, l'alibi non sta per niente in piedi.»

Dopo aver fatto visita ad altre due officine, i carabinieri scesero dall'auto pattuglia e si recarono dall'elettrauto di Davide Indotto.

«Buon giorno signor Indotto.»

«Buongiorno a voi.»

«Senta Indotto. Stiamo indagando sull'omicidio di Elviro Gratta, avvenuto ieri pomeriggio nei pressi della spiaggia di Tramontone.»

«E da me cosa volete?» scattò subito Davide.

«Stiamo girando tutte le officine meccaniche, elettrauto e carrozzerie di Talsano e dintorni,» reagì il brigadiere con voce autorevole.

Il maresciallo Saccia restò perplesso per la reazione l'elettrauto e insospettitosi gli chiese dov'era tra le tredici e le quattordici del lunedì pomeriggio.

«Ero al bar Le Tegole insieme agli amici miei, dopo 'nu poco, è venuto Gino Sciame, ci ha detto dell'omicidio e siamo andati tutti a Tramontone.»

«Va bene. Senta Indotto. Mi può far vedere i suoi cacciaviti, se è possibile?»

«I cacciaviti? Sì. Sì! Com' no. Accomodatevi.»

Davide portò i militari davanti al quadro dell'attrezzatura, il maresciallo si piegò in avanti, afferrò i cacciaviti e sempre con tono sospettoso, continuò: «Vedo che anche lei ha la stessa marca di cacciaviti del Mezzaspina e noto che anche qui manca quello a taglio, come il cacciavite trovato nel petto del Gratta.»

«Che vuole insinuare Marescia'! È di sicuro qui da qualche parte. Ora vedo di trovarlo.»

Davide guardò per tutta la bottega, ma dopo qualche minuto si rese conto di aver girato invano.

«Marescia' no' lo riesco a trova', sicuramente l'ho dimenticato in qualche auto o qualcuno me l'ha sgraffignato.»

Il maresciallo buttò gli occhi al cielo ed espresse con stizza: «Va bene, va bene Indotto! Dite tutti la stessa cosa. Non è che invece l'ha usato in qualche altro modo questo cacciavite?»

«Marescia'! Ma che volete insinuare?» reagì l'elettrauto preso dalla collera.

«Si calmi signor Indotto. Stiamo facendo solo il nostro lavoro. Ora noi andiamo via, ma si tenga a disposizione. Arrivederci.»

Passò un'oretta e mentre i due carabinieri si dirigevano all'ultima officina, dalla stazione chiamò, via radio, l'appuntato Frado e avvisò il maresciallo di una telefonata anonima fatta cinque minuti prima.

«L'uomo al telefono marescia', ha riferito ca' u' sacchetto usato per copri' 'a capa du' cadavere, è uguale a quelli che usa u' Taras club nei cestini getta carta.»

«Grazie Frado. Controlliamo l'ultima officina e poi andiamo a parlare con il titolare del club. Non ti ha detto nient'altro l'anonimo?»

«No marescia'! Solo questo.»
«Va bene, va bene. Passo e chiudo.»

□ □ □

Seduto davanti alla sua scrivania a leggere un giornale, il gestore del Taras club, appena si vide i due militari di fronte, si tolse gli occhiali da lettura e in modo cordiale, salutò.

«Buongiorno a lei» fece di rimando il carabiniere «sono il maresciallo Saccia, questo è il brigadiere Manetti, siamo qui per farle alcune domande, se non le dispiace.»

«Io sono Fulvio Fresta piacere. Ditemi pure maresciallo.»

«Senta, sembra che il sacchetto usato per coprire la testa del Gratta, il ragazzo trovato morto lunedì pomeriggio giù a Tramantone, sia uguale a quelli che usate nei cestini della carta straccia.»

«E come posso aiutarla, Maresciallo?»

«Mi fa vedere cortesemente uno di questi sacchetti, se non disturbo?»

«Sì!» accettò il gestore mentre si alzava dalla scrivania per spostarsi davanti all'armadietto, continuò: «comunque, maresciallo, il Furbo era un delinquente nato, lo sa in quanti lo volevano morto? A me sfasciava sempre i videogiochi per rubare i soldi,» aggiunse, «in ogni caso, maresciallo, chiunque qui dentro può aver preso 'sti sacchetti, basta sfilarlo dal cestino.»

Il maresciallo Saccia serrò subito le mascelle e con tono aspro, abbaiò: «Mah! Mi dica! Avete tutti il vizio di dire che è un luogo pubblico e chiunque può rubare? A chi il cacciavite, a chi il sacchetto. Insomma!»

«Maresciallo e io che le devo dire. Perché s'arrabbia?»

In seguito, il gestore estrasse i piccoli sacchi di plastica da una scatola di cartone e li appoggiò sulla scrivania. Il maresciallo ne afferrò uno e chiese gentilmente se poteva prenderlo.

«Nemmeno la bocca deve aprire maresciallo. Prendete quello che vi serve.»

Ringraziato il gestore del circolo ricreativo, i militari uscirono, montarono sulla gazzella e partirono per far rientro in stazione.

Mentre il brigadiere Manetti era concentrato alla guida, il maresciallo fissava fuori dal finestrino, pensava a Bo Mezzaspina e a Davide Indotto: "Cosa aveva da nascondere il meccanico durante il colloquio? E perché parlando con l'elettrauto, il ragazzo è partito subito in difesa? Cosa hanno da celare i due? Forse è solo un loro atteggiamento per la presenza della divisa?" poi il pensiero del maresciallo cadde sull'amico di Elviro Gratta.

«Manetti, hai preso l'indirizzo di quel Francesco Mar.. Marcagna, Maragna, di quel carciofo ammuffito, insomma.»

«Si chiama Francesco Marangia, maresciallo, comunque sì, l'ho preso e se ricordo bene abita in via Martini. Ce l'ho scritto sul mio blocchetto in ufficio» poi ribadì «io maresciallo, sono sicuro che è stato il meccanico a uccidere il Gratta.»

Il superiore inarcò un sopracciglio, lo fissò e replicò: «Non lo so Manetti, non lo so.»

□ □ □

Filippo era nel suo appartamento a pensare che scusa trovare con il suo caporeparto, per saltare il lavoro e andare all'appuntamento che aveva fissato la sera prima con Mariella. Dopo aver fatto una decina di volte dalla cucina alla camera da letto e viceversa, si sedette davanti al tavolo, afferrò il cellulare e telefonò all'azienda. Dall'altra parte gli rispose la centralinista; poco dopo gli passò l'ufficio del capo reparto: «Buongiorno signor Stampella, sono Filippo Fidatini!»

«Buongiorno Fidatini, mi dica.»

«Purtroppo oggi non posso presentarmi a lavoro, mia madre è caduta scendendo le scale. Ora sono in ospedale, sto aspettando che esca dalla stanza del pronto soccorso, ha capito?»

«Cosa s'è fatta?» chiese il capo reparto preoccupato.

«Eh! Mi sa che s'è spezzato un braccio e si sia rotta anche il femore.»

«Oh mamma! Mi dispiace Fidatini, spero che sua madre si riprenda presto, poverina! Non si preoccupi, stia accanto a sua mamma e mi faccia sapere.»

«Grazie di tutto signor Stampella, non mancherò.»

Riagganciato, sul volto del ragioniere si disegnò un sorriso, al pensiero che la madre invece, era in vacanza sull'isola di Maiorca, senza contare anche, che erano ormai tre anni che non si parlava con lei, per via di una truffa escogitata da Filippo ai danni del padre e del fratello Luca.

Dopo la telefonata al capo reparto, Filippo decise di andare al Car Service, un noleggio di auto sportive, per affittare una fuori serie per l'appuntamento con Mariella. Era fortunato perché dato il brutto momento economico, senza nemmeno aver prenotato trovò parecchie auto a sua disposizione comprese delle Ferrari. Lasciò centocinquantamila lire di acconto per una Testa Rossa: pensava che fosse l'auto giusta per far colpo sulla ragazza.

□ □ □

Nello stesso momento Bo era in officina che lavorava su un carburatore di una Vespa e non riusciva a togliersi dalla mente la serata passata con Samantha. Nel ricordare che gli mordicchiava l'orecchio e nello stesso tempo gli metteva la mano nel pantalone, sentì la pressione del sangue salire. Iniziò a pentirsi di averla rifiutata, aveva voglia di darsi uno schiaffo in faccia.

Con la testa che gli bolliva come una pentola a pressione, andò al tavolino, afferrò la cornetta e compose il numero del cellulare di Samantha.

«Pronto! So' Bo.»

«Ehi ! Ciao amore mio, dimmi.»

«Ciao Sammi'! Come stai stamatina? Sei ancora arrabbiata con me?»

«Io sto bene grazie! E poi perché devo essere arrabbiata con il mio fidanzato?»

«Azz! Siamo già fidanzati?»

«Penso di sì! Perché, non lo vuoi anche tu?»

«Sì sì co voglio. Avere una che può fa' a poppe model come fidanzata, no capita tutti i giorni.»

«Dai , non esagerare e poi non si dice poppe model ma top model.»

«Va be'! Come caspita si dice si dice, sò che si bella. Senti, ti ho telefonato per dirti se stasera ti va di uscire co' me. Tu che dici?»

«Sì che mi va. Vuoi che mi vesta come ieri?»

«Certo che di vestito ieri sera tenevi poco, comunque vestiti come vuoi, tanto io so' già pronto da mo.»

Samantha a voce bassa, quasi da non sentirsi nemmeno lei, domandò: «Benissimo! Poi un'altra cosa Bo, te l'ho già detto, ma non mi hai dato nessuna risposta, ti va di portarmi con te a Cesena?»

Bo per un attimo restò zitto, si passò la mano nei capelli, buttò fuori un respiro e poi dichiarò: «Sì va bene. Però no' so' sicuro, ma si parte tra qualche giorno, forse a fine di questa settimana o l'inizio dell'altra non lo so. Questi due coniugi tengono molta fretta di trovare un responsabile.»

«E vai! Sì! Non preoccuparti, incomincio a organizzarmi.»

«Va bene allora. Ora devo andare, ciao Sammi' a stasera allora.»

«Ciao amore mio.»

Appoggiata la cornetta, il meccanico, perplesso, disse ad alta voce: «Chissà perché Samantha parlava a bassa voce quando ha detto di Cesena, forse non vuol far senti' niente alla proprietaria del negozio? Chissà come mai.»

SEI

Nella quieta campagna salentina echeggiava il rombo di un potente motore. Era Filippo, con la Ferrari presa a noleggio, che si stava dirigendo a casa Sarchione per l'appuntamento con Mariella. Arrivato davanti al piccolo vigneto di malvasia con il grande mandorlo al centro, spinse il pedale del freno, si fermò e telefonò alla sua complice, per sapere cosa raccontare a Mariella.

Dopo la conversazione durata un buon quarto d'ora, Filippo riavviò il motore, ingranò la marcia e partì spedito per la masseria, felice come una pasqua, per aver saputo che il meccanico si sarebbe portato Samantha a Cesena.

□ □ □

Finito di fare rifornimento di gasolio al trattore e riposta la tanica nella rimessa, Aldo si preparava a partire per dirigersi nei campi. Restò perplesso nel vedere arrivare una fuoriserie rossa fiammante seguita da una nuvola di polvere bianca.

Aguzzò la vista e notò che al posto di guida c'era Filippo, che appena entrato nell'aia, parcheggiò nel bel mezzo del piazzale, intralciando l'uscita. Sceso dall'auto Filippo, con aria arrogante com'era sua abitudine fare, si avvicinò ad Aldo che era già nella cabina del mezzo agricolo, pronto a girare la chiave d'accensione. Aldo non sopportava Filippo per il modo di comportarsi e gli aveva dato il soprannome "Capito", per il fatto che quando faceva un discorso, il ragioniere metteva sempre di mezzo la parola capito. Aldo infastidito, riaprì lo sportello e guardò verso il basso per sapere da Filippo cosa voleva, ma il ragioniere l'anticipò.

«Ciao Aldo! Tua sorella è in casa?»

«Sì, è intra a casa. Ma che Ferrari è quella?»

«Ti piace? È una Testa Rossa, l'ho comprata usata una settimana fa, l'ho pagata settanta milioni, ha avuto solo un proprietario di ottantanove anni, hai capito?»

«Sì...? Veramente...? Mo però, devo andar via cu' stù trattore e se non sposti subito quella capocchia arrossata, le passo sopra.»

Filippo spalancò gli occhi e, con il terrore stampato in volto, corse immediatamente a parcheggiare meglio il magnifico bolide di Maranello.

Aldo si avviò, fece alcuni metri, poi frenò, attese che Filippo sistemasse l'auto, dopo riaprì lo sportello e con aria dura gli chiese cosa voleva da Mariella.

«La porto a Matera a cenare,» spiegò subito Filippo.

Il contadino titubante obbiettò: «Piccè qua so' falliti tutti i ristoranti?»

«No! Andiamo a Matera a vedere i Sassi e poi ceniamo in un tipico ristorantino lucano.»

Aldo lo guardò, perplesso più di prima, si grattò il mento, poi voltò il capo in direzione del vigneto e fissò lo sguardo per terra, dopo guardando nuovamente Filippo espresse il proprio pensiero: «Ma scusa 'nu minuto! Da quanti sassi che stanno qua, devi anda' fino a Matera a vederli ? Ma si proprio scem' allora!»

«Senti Aldo! Sono delle grotte che la civiltà antica usava come abitazioni, hai capito? Ma che puoi sapere tu!»

«Mah! È arrivato ù professor'! Va be, va a Matera va! Ciao "capito" e vafancul', va!»

Aldo chiuse lo sportello, ingranò la marcia e partì.

«Ciao Aldo!» salutò il ragioniere portando la mano in aria, poi sussurrò: «Che stronzo!»

Mariella era appoggiata con il gomito sul davanzale della finestra in cucina e parlava con la madre. S'accorse che fuori nell'aia c'era Filippo che aspettava e Aldo che si allontanava col trattore. Avvisò la madre che usciva e che sarebbe tornata la sera tardi e di non aspettarla.

Anna si avvicinò per sistemarle il colletto della camicetta e notò con la coda dell'occhio, un'ombra fuori dalla finestra. Si voltò di scatto e vide il ragioniere nell'aia, poi ritornò a guardare la figlia e le chiese dove sarebbe andata con Filippo.

«Esco ma'. Mi porta a cena fuori.»

«Già da mò! Mi sembra 'nu poca presto per cenà.»

«Dobbiamo andare a Matera a visitare i Sassi e dopo mi porta a cena in un ristorante del luogo.»

«A me quello no' mi piace per niente, si vede, ha l'occhio cattivo.»

«Oh mamma! Mica me lo devo sposare o chissà cosa!»

«Sta' attenta Marie'!»

Dopo la predica della madre, Mariella si chinò in avanti, le diede un bacio sulla guancia, poi si recò fuori nell'aia e insieme a Filippo, partirono per la Basilicata.

«Che bella quest'auto Filippo. È una Ferrari vero?»

«Sì. È una Ferrari Testa Rossa, ti piace?»

«Sì. È molto bella.»

«Lo sai Marie'? Quando mi sposerò, quest'auto sarà di

mia moglie. Tu che dici? Ti piacerebbe possederla? Hai capito?»

«Non sono pronta per sposarmi e poi non sono capace di guidare quest'auto.»

«Dai, non fare così, io ti voglio bene.»

«No! Tu mi vuoi portare solo a letto.»

Passarono una ventina di minuti circa e dopo aver attraversato la città vecchia e la zona industriale, Filippo imboccò la strada statale Jonica.

"Come mai ha preso la Jonica? "chiese Mariella a se stessa, "per arrivare a Matera, so che dall'Appia si fa prima. Mah! Chissà ".

Oltrepassarono il bivio per Ginosa Marina, Mariella staccò gli occhi dal paesaggio, li posò sul ragioniere e con disprezzo commentò: «Certo che Bo e Samantha fanno una bella coppia insieme, tra qualche mese dovranno piegare la testa per entrare in casa, visto come sono bravi a tradire.»

«Sì! È vero, Mariella, è proprio vero.» rispose il ragioniere con una risatina, poi riprese «la sai l'ultima? Lei parte con Bo per Cesena.»

«Tu come fai a saperlo?» ruggì la ragazza.

«Me l'ha detto Bo, prima di venire a prenderti. Mi ha detto anche che stasera vanno alla spiaggia di Tramontone per passare la serata insieme da soli, a fare scintille. Sai cosa intendo vero?»

«Sì che ho capito cosa intendi,» reagì lei stizzita.

«Ora però parliamo di noi due, Mariella. Qui vicino c'è una spiaggia e c'è anche un bellissimo ristorante, che dici se ceniamo e poi andiamo a stenderci sulla spiaggia e ci divertiamo come fanno Bo e Samantha?» “Se cerco di portare il discorso sempre sui rapporti intimi tra il meccanico e la commessa, forse Mariella per vendetta si concede?” pensò Filippo eccitato immaginando Mariella nuda.

«Portami dove vuoi Filippo, tanto non ho voglia di divertirmi.»

«Dai non fare così ora, per quel serpente del meccanico ti devi rovinare la serata? Non lo pensare più, hai capito?»

Prima di arrivare all'incrocio per svoltare a destra e imboccare la Basentana per dirigersi a Matera, Filippo cominciò a ridurre la velocità e con un leggero sorrisino, avvisò: «Ecco! È l'incrocio per Metaponto. Se svolto a sinistra si va a quella spiaggia. Andiamo? Dai non mi dire di no. Vedrai ci rilasseremo stando vicino al mare, mentre ceniamo e poi è più vicino a casa e possiamo stare anche più tempo. Magari dopo mangiato ci stendiamo un po'sulla spiaggia a goderci il tramonto e la brezza marina come fanno Bo e Samantha, che dici allora?»

Mariella restò ammutolita, si voltò, guardò fuori dal finestrino, alzò gli occhi al cielo e commentò con se stessa: “Questo è cretino, dai!” poi riportò lo sguardo su Filippo e con tono gelido gli replicò di portarla dove voleva, tanto con l'umore uguale a un cencio vecchio, per lei non faceva nessuna differenza.

□ □ □

Grazie a quella soffiata dei fratelli Starsky & Hutch, i due muratori spioni, il maresciallo Saccia e il brigadiere Manetti stavano attraversando il paese per dirigersi a casa di Francesco Marangia, l'amico di Elviro Gratta.

Quando furono davanti all'abitazione del sospettato, videro partire in tutta fretta una Punto e al posto di guida, Francesco Marangia che li guardava con aria di disprezzo mentre si allontanava.

I due carabinieri nel vedere Arsenio Lupin fuggire come una lepre, si guardarono per un istante perplessi, il brigadiere Manetti si mise immediatamente all'inseguimento; il maresciallo Saccia allungò il braccio verso il centro del cruscotto e mise in funzione la sirena.

Il brigadiere inserì la seconda marcia, schiacciò a fondo il piede sul pedale dell'acceleratore e in pochi istanti riuscì ad avvicinarsi e incollarsi al paraurti della Punto. Arrivarono all'incrocio, l'inseguito e gli inseguitori svoltarono a destra, si immisero in via Sanguzza e, a gran velocità, andarono verso il mare.

Francesco Marangia, nell'intento di seminare i due militari, sfrecciò nel traffico a folle velocità, facendo sorpassi azzardati. Arrivò al bivio di Minnulo sempre con la gazzella dei carabinieri attaccata alla marmitta. Invece di prendere la strada a destra che portava su viale Kennedy, decise di imboccare quella a sinistra, la più impegnativa, con molte curve pericolose e grosse buche. La strada conduceva direttamente a Leporano, un paesino appollaiato con il suo palazzo dei principi su un leggero rilievo ed era proprio nel paese che Francesco Marangia pensava di far perdere le proprie tracce, tra gli stretti vicoli e i pedoni.

Il fuggitivo prese male una curva a sinistra e per via della velocità eccessiva, non poté fare a meno di andar con la ruota anteriore destra in una voragine, procurando sia la rottura del cerchio che la foratura del pneumatico. Per sua fortuna riuscì a tenere l'auto stabile e a gran fatica si fermò sul ciglio della strada, con il copertone incastrato tra il passa ruota e il cerchio stesso. I militari si bloccarono a tre metri dietro la Punto, saltarono fuori dall'abitacolo e si avvicinarono al sospettato tenendo le mani sulla fondina, pronti a estrarre le pistole. Un istante più tardi Francesco scese dall'auto e con tono ispido reagì: «Marescia' non ho fatto niente! Che volete?»

«Sì? E perché fuggivi?»

«Allergia ai carabinieri!»

«Ora ti faccio vedere io l'allergia Marangia, andiamo va'!»

Fermi sul posto dell'arresto, il maresciallo Saccia parlava via radio con l'appuntato Frado. Gli chiedeva di telefonare al soccorso stradale e di mandare un carro attrezzi sulla provinciale 63, per prelevare l'auto del Marangia e portarla alla stazione.

□ □ □

Nell'ufficio del comandante.

«Dimmi tutto Marangia! Hai ucciso tu il tuo amico?»

«No marescia'! Domenica sera gli ho prestato quattrocentocinquantamila lire. Se lo avevo ammazzato io, i soldi chi me li dava poi?»

«Questo è vero! Anche se i soldi li hai persi uguale. Dimmi. Il Gratta, era entrato in qualche giro strano? Droga, prostituzione, pizzo? Parla Su!»

«No marescia'! Nessun pizzo, nessuna prostituzione, niente di quello che dice lei. C'è un fatto, però. So che è stato trovato il corpo intorno alle due di lunedì pomeriggio e il giorno che il Gratta è morto, marescia', teneva 'n appuntamento co' 'nu tizio verso l'una. Doveva barattare della cocaina in cambio di settecentomila lire.»

«Senti Marangia, ti ho chiesto ora se il tuo compare era in qualche giro strano e tu mi hai detto di no.»

«Infatti marescia'! Non era in nessun giro di droga, ma il Furbo m'ha detto che quando ha fregato 'a moto proprio a 'sto tizio dell'appuntamento, ha trovato 'nu sacchetto di plastica co' della cocaina dentro al cassetto. Marescia'! Fino all'una meno venti Elviro il Furbo era vivo.»

Il maresciallo lo guardò, appoggiò la spalla allo schienale della poltrona, poi proseguì: «Ascolta! Come fai a dire che era vivo fino all'una meno venti. L'hai visto nella mattinata per caso?»

«Stavo seduto sulla panchina a piazza Spina, Elviro è arrivato verso le dodici e un quarto, le dodici e venti. Abbiamo fatto due chiacchiere ed è stato lì che mi ha detto che teneva 'sto appuntamento. Poi all'una meno venti, io me ne sono andato a casa mia e lui a casa sua.»

«Chi è questo tizio dell'appuntamento?»

Il volto di Francesco Marangia diventò subito bianco e tagliò corto dicendo che Elviro non gliel'aveva detto.

Il maresciallo non poté fare a meno di notare la paura che gli si leggeva negli occhi e insistette: «Su, dai Marangia! Parla! Perché hai paura? Chi è? Ti proteggiamo noi. Maledizione! È un tipo pericoloso? Su parla dai!»

«No marescia'! No saccio niente! No saccio niente.»

«Marangia dimmi un'altra cosa e poi ti lascio stare per oggi. Qual è il motivo dell tua fuga? Perché scappavi?»

«Io non sto mai a posto co' a legge e pe' questo mi sono spaventato e so' scappato.»

Il maresciallo si accarezzò il mento, lo guardò pensieroso e si chiese: "Ma il Marangia chi sta nascondendo? Perché è tanto terrorizzato? Il tizio dell'appuntamento dell'una deve essere un tipo pericoloso?" In seguito, chiese al brigadiere Manetti di portare il fermato in cella.

Oltre all'accusa per resistenza a pubblico ufficiale, guida pericolosa, eccesso di velocità, a Francesco Marangia, vennero contestati anche alcuni reati più gravi: nel perquisire la sua auto durante l'interrogatorio, erano stati trovati cento settanta grammi di hashish, in una scatola nascosta sotto il sedile di guida e, nel portaoggetti, una pistola Glock 9x21 con il colpo in canna e la matricola abrasa.

□ □ □

Filippo e Mariella erano usciti dal paese di Metaponto già da un quarto d'ora abbondante e percorrevano la strada sterrata che portava al ristorante sulla spiaggia. Mariella notò però che il percorso era quasi al termine e non c'erano né la spiaggia, né l'ombra di un ristorante, ma solo un piccolo lembo di sabbia, priva di qualsiasi forma di vita a parte loro due. C'erano invece, erbacce spontanee, qualche piccola pianta di pino qua e là e un canneto alle loro spalle.

Un luogo isolato nonostante fosse estate. Filippo si fermò, spense il motore, si voltò verso Mariella, le afferrò la testa e l'avvicinò a sé. Cercava di baciarla ma lei lo rifiutava, lui insistette con forza e lei continuò ad allontanarlo spingendolo energicamente. Filippo cercò di strapparle la camicetta, ma Mariella gli sferrò un pugno sulle labbra e gliele spaccò, poi gliene diede un altro sul naso facendolo sanguinare, infine un altro ancora lo spianò sull'occhio facendogli diventare l'orbita assomigliante a una noce completa di mallo di colore viola.

Infastidito dal rifiuto della ragazza e soprattutto gonfiato, tirò fuori un coltello dalla tasca del pantalone, lo aprì e la minacciò di tagliarle la gola.

La fece scendere dall'auto sotto l'intimidazione dell'arma e se ne andò lasciandola sola, in un posto isolato, lontano da casa e per giunta senza cellulare.

La ragazza si guardò intorno, spaesata, confusa, arrabbiata con se stessa, per essere caduta nella trappola del Fidatini.

Non si rendeva ancora conto della situazione, credeva di essere in un incubo e pensò che si sarebbe svegliata.

Vedendo, invece, il sole che iniziava a nascondersi sotto la linea dell'orizzonte, cominciò a preoccuparsi. Nonostante ciò le affiorò un sorriso ripensando che era valsa la pena guardare Aldo, mentre si allenava per i campionati regionali di boxe: le aveva dato modo di difendersi e di spaccare la faccia a Filippo. Poi si avviò verso la statale, prima che la grande stella andasse a riposare.

□ □ □

Bo e Samantha erano in città davanti alla trattoria di cucina tipica Toscana, alle venti e trenta come prestabilito dalla prenotazione.

Entrarono nel locale, notarono subito il bel pavimento in mezzane di terracotta e i vecchi tavoli di massello, ben restaurati, sparsi qua e là per la sala. Si percepiva un leggero profumo di sandalo e si sentiva in sottofondo, una musica orientale molto rilassante. Si sedettero a un tavolo e mentre consultavano il menù, arrivò il gestore che diede loro la buonasera. L'uomo appoggiò sopra al tavolo, una brocca d'acqua fresca e il cestino del pane, poi chiese ai ragazzi cosa volessero ordinare.

Entrambi optarono per pici al ragù di cinghiale e, per accompagnare il pasto, Bo chiese all'uomo di portare una bottiglia di buon Brunello. Il meccanico, nell'attesa che arrivasse il primo, era occupato a consultare la lista dei secondi, ma ogni tanto toglieva l'occhio dal menù per guardare affascinato i quadri appesi al muro, raffiguranti uomini e donne dell'epoca rinascimentale. Mentre il ragazzo spostava lo sguardo sulle foto suggestive delle colline e dei paesini toscani, Samantha ricevette una telefonata sul suo cellulare da parte di Filippo.

Guardò Bo, preoccupata, riuscì a dissimultare l'imbarazzo il Mezzaspina, infatti, non si accorse di nulla. La ragazza chiese scusa, si alzò dal tavolo, uscì dal ristorante e bisbigliando diede inizio alla conversazione.

«Che c'è? Sono con Bo, sei un coglione! Vuoi far saltare tutto? Poi non dovevi stare con quella puttana?»

«È andato tutto a monte Sama'!» ansimava Filippo «Parlavamo di Bo e s'è incazzata come 'na demonia, m'ha dato un pugno in bocca, uno sul naso e l'altro sull'occhio, hai capito?»

«Ma che cazzo hai combinato?»

«Niente! Quella è pazza! Pazza! Pazza da legare. Parlavamo semplicemente e mi ha aggredito ed io l'ho lasciata lì!»

«Lì dove?»

«Su una spiaggia, vicino Metaponto!»

«Ma sei impazzito? Ora Luciano e Aldo ti cercheranno e te la faranno pagare. Adesso per colpa tua salterà tutto,» s'interruppe, per un attimo, pensierosa, poi proseguì «trovati un posto, nasconditi e rimanici per un bel po' di tempo. Ora ti lascio, Bo m'aspetta ciao.»

«Ehi! Ehi! Ehi! Non lasciarmi così! Hai capito?»

«Scusa! Ma io ora che cazzo dovrei fare, me lo spieghi?»

«Va bene! Sì dai. Hai ragione, ora vado a passare un po' di giorni alla villetta a mare, così mi tolgo dalle palle, ciao.»

Dopo la conversazione con Filippo, Samantha prima di ritornare nel ristorante cercò di placare la tensione. Dopo un paio di minuti, ritornò dentro il locale, sedette al tavolo e continuò a chiacchierare col meccanico, come se nulla fosse.

Finito di mangiare, Bo e Samantha uscirono dal locale e si recarono diretti alla spiaggia di Tramontone, per finire la serata con un bagno in mare tutti nudi, come lei già desiderava già dalla sera prima. Giunsero sul posto, uscirono dall'auto, lui con la sensazione di avere delle formiche che gli giravano nella testa per via del Brunello, lei invece soddisfatta di poter portare avanti il suo piano e di essere vicina a mettere il guinzaglio al leone, quasi domato.

Si guardarono negli occhi, si spogliarono, corsero, mano nella mano, verso mare e si tuffarono nelle calde acque del golfo. Si abbracciarono, si baciarono e sotto la luna piena, col sapore del sale e lo strofinio dei loro corpi, ormai infuocati, si lasciarono andare alla passione totale.

□ □ □

Sulla costa della provincia di Matera invece, Mariella

era immersa nel buio, ancora sulla strada sterrata e non si sapeva orientare. Era stanca e delusa cperché continuava si domandava come fosse potuta cadere nell'inganno teso da Filippo. Era spaventata per non essere riuscita ad arrivare alla statale prima del calar del sole. Grazie a un lieve alone di luce lunare, riuscì a intravedere un sasso abbastanza grande dove potersi sedere e aspettare con pazienza l'arrivo dell'alba per rimettersi in viaggio.

□ □ □

Era notte fonda, alla masseria Sarchione erano tutti agitati per il lungo ritardo di Mariella. La ragazza non era solita fare così tardi, anzi, non era mai successo. Rientrava sempre verso le undici, mezzanotte al massimo, sempre in compagnia del fratello e del suo amico del cuore. Anna sedeva davanti al tavolo, logorata dall'apprensione e nello stesso tempo si disperava per non aver cercato di convincere la figlia, a non uscire con quell'individuo.

Luciano più preoccupato della moglie, era al telefono, chiamava: ospedali, carabinieri, polizia. Aldo invece decise di prendere l'auto del padre e andare in paese alla ricerca della sorella.

Arrivato davanti l'appartamento di Filippo, scese dall'auto e si avvicinò all'ingresso. Il pensiero che la sua famiglia stesse passando delle ore d'angoscia per il comportamento strafottente di quel ragioniere lo faceva andare in escandescenza, non si capacitava nemmeno del fatto che Mariella fosse uscita con quel tipo.

Costatato che in casa non c'era nessuno, Aldo venne

preso dallo sconforto e in lui la preoccupazione crebbe.

La sua mente si affolò di brutti pensieri: “E se sono usciti fuori strada e si sono fatti male e nessuno se n’è accorto? E se per strada qualche farabutto li ha fermati e derubati, privandoli dell‘auto, del cellulare e soldi? O forse è successo qualcosa di peggio?” Adocchiò l’orologio, le lancette segnavano le tre di notte. Al quel punto in preda alla disperazione, prese il cellulare e chiamò Davide.

Aldo si scusò con l’amico per via dell’orario, gli raccontò dell’uscita di Mariella con Filippo e del loro eccessivo ritardo. Prima di riagganciare, si fece dare il numero del telefonino di Filippo e chiusa la comunicazione con Davide, telefonò subito al ragioniere. Il telefono squillava, ma non c’era risposta. Provò per la seconda volta, ritentò una terza, quest'ultima volta la voce di servizio lo avvisò che il telefono poteva essere spento o non raggiungibile. Girò per un’ora buona per il paese e nei dintorni, poi stanco, assonnato e preoccupato, ritornò a casa.

Erano le sette di mattina, Aldo era addormentato sulla sedia con la testa appoggiata al tavolo. Si svegliò di soprassalto, appena sentì canticchiare il cellulare. Lo tirò fuori dalla tasca, lo aprì e rispose. Dall’altra parte c’era Vito Brocca che lo avvertiva che lui e Davide erano già sulla strada per Matera alla ricerca di Mariella e Filippo.

A casa Sarchione iniziò un giovedì pieno di ansia. Luciano e il figlio si muovevano preoccupati intorno al tavolo, Anna invece, era ai fornelli a preparare la colazione. Aldo si fermò per un attimo e s’accorse che era circondato dal silenzio, alla preoccupò per la sorella, si aggiunse quella per i suoi genitori che erano in uno stato pietoso. La madre fissava il pentolino del latte sul gas, il padre girava come uno zombie con lo sguardo rivolto in terra. Aldo non ce la faceva ad assistere a quella scena e decise di tornare in paese a cercare qualsiasi indizio potesse metterlo sulle tracce della sorella. Si recò a casa di Bo, per sapere se avvese notizie di Mariella. Arrivato davanti all'appartamento del Mezzaspina, suonò il campanello: dopo un istante vide aprire la porta e affacciarsi la bellissima Samantha. Il contadino rimase sconcertato dalla presenza inaspettata della ragazza, fino a una settimana prima, il suo amico Bo stava con la sorella e ora conviveva già con un'altra.

«Do sté Bo! Gli voglio parla'.» esordì Aldo.

Lei era ferma davanti alla porta come un mastino, voltò la testa verso il corridoio e, in modo infastidito, chiamò il meccanico.

Bo si alzò dal letto, ancora con gli occhi mezzi chiusi, indossò i pantaloni e si recò alla porta. Pensava che Aldo volesse litigare per la sua rottura con la sorella. Samantha rimase sull'uscio e si spostò solo di poco per dar modo a Bo di affacciarsi.

«Dimmi Aldo, che c'è?»

«E visto o sentito Mariella? È da ieri pomeriggio che manca da casa e 'no teniamo più sue notizie.»

Al primo impatto Bo si allarmò, ma con Samantha al suo fianco, dissimulò e rispose all'amico: «No' l'ho vista e né sentita. Ma come mai è sparita?»

«È uscita con "capito"! Coso la, come si chiama, muh... con l'agitazione che tengo in corpo non mi viene in mente il suo nome. Quel faccia da carciofo, là. Mamma mia ce vuoto di memoria. Comunque va be, è venuto a pigliarla co 'na Ferrari e dovevano anda' a Matera, ma so' spariti nel nulla.»

Il volto di Bo diventò all'istante rosso dalla collera: «Cap' d' cazz'! Cu' 'na Ferrari so' usciti sti strunz' e po' , so' proprio curioso di sape' chi è 'sta faccia da carciofo che dici tu! Allora, mo tu ne vai da n'altra parte a cerca' tua sorella, che tengo da fa'. Mi devo preparare per andare in città che tengo 'n appuntamento importante. Poi devo accompagnare Samantha a lavoro. E dillo a tua sorella quando la trovi, che Samantha viene cu' me a Cesena...»

Sbatté la porta in faccia all'amico.

Aldo restò impietrito davanti alla soglia per qualche istante. Poi puntò verso l'auto, ma si fermò e scosse la testa nel rendesi conto che Bo, con quell'atteggiamento, aveva dimostrato di tenere ancora a Mariella.

□ □ □

Il sole già da un pezzo che si era fatto vivo e faceva sentire generosamente il suo calore. Vito e Davide viaggiavano a bordo dell'auto dell'elettrauto ed erano appena arrivati nella città dei Sassi, speranzosi di trovare il Fidatini e la Sarchione.

Entrarono in un ristorante, chiesero di una bella donna alta e snella, con capelli ricci e biondi che viaggiava con una fuoriserie rossa, in compagnia di un uomo basso e brutto più di un rospo.

«Ieri era giorno di chiusura» spiegò il ristoratore.

Si spostarono di qualche isolato e si fermarono in un albergo.

«No! Qui questi due non li ho mai visti,» ribadì con gentilezza il gestore.

In seguito alle risposte deludenti di altri albergatori e ristoratori, si rivolsero alla stazione di polizia e subito dopo al comando dei carabinieri.

«Niente da fa', pare che in quest'angolo di mondo, Filippo e Mariella non ci so' mai stati,» dichiarò Davide all'amico Vito in modo preoccupato.

Dopo aver girato anche nei bar e altri locali dei paesi limitrofi, l'elettrauto e il magazziniere si guardarono tristi e decisero di tornare verso casa.

Nell'abitacolo del 131, regnava il silenzio, anche lo stereo restava muto Davide, all'improvviso, con tono serio propose: «Torniamo da' Basentana? Invece di ritorna' dall'Appia? Ce dici Vito?»

«Sì va! Tanto ormai.»

Imboccarono la statale 7 e puntarono verso Maglionico per raggiungere la Basentana.

Passò poco più di un'ora, lasciarono alle spalle la strada che tagliava a metà la Basilicata ed entrarono sulla Taranto - Reggio Calabria, ma questa volta con lo stereo acceso per ascoltare il giornale radio. Mentre Vito guardava fuori dal finestrino con il volto da corteo funebre, Davide di colpo, sobbalzò sul sedile e nello stesso tempo, gridò: «Guarda Vito!»

In lontananza videro una donna di spalle, che camminava sul ciglio della strada. Dalle sembianze sembrava assomigliare a Mariella. Era alta, magra e aveva lo stesso modo di camminare.

«È lei» affermò Vito con un sorriso stampato in faccia.

Davide rallentò e l'affiancò, Vito abbassò il finestrino ed esclamò scherzosamente con accento romanesco: «A bona, andò vai?»

Lei riconobbe subito la voce, si voltò di scatto con

sguardo incredulo. Vito aprì lo sportello, scese dall'auto e l'abbracciò forte, lei ricambiò e scoppiò in un pianto di gioia. Il ragazzo poi lasciò l'amica dalla stretta, l'allontanò e l'apostrofò: «È da stamatina presto che ti cerchiamo e Aldo è dalle due di stanotte ca' gira disperato. I tuoi so' distrutti.»

«È stato quell'imbecille di Filippo! Quello è un imbecille, è stato lui...» reagì Mariella esausta.

Mentre erano in auto per far rientro in paese, Vito si voltò verso Mariella che era seduta sul sedile posteriore e le chiese come mai era sola senza Filippo e, soprattutto, perché lo aveva chiamato imbecille.

Lei gli raccontò le rivelazioni fatte da Filippo, sulle storie di sesso nate tra Bo e Samantha, il cambio di programma con la scusa del ristorante, la tentata violenza, i pugni che gli aveva sferrato sul volto e poi l'abbandono su quella specie di spiaggia.

A Davide nell'ascoltare la disavventura dell'amica, venne subito in mente la sua Ornella. Si ricordò di quel maledetto pomeriggio, all'agenzia immobiliare e nella sua mente riapparve il viso di Ornella: terrorizzato, ferito e rigato dalle lacrime.

Pensava a tutto quello che si sentiva dire riguardo alle violenze contro le donne, a loro era andata bene, quante altre purtroppo non avevano avuto la stessa fortuna.

Passò mezz'ora, nell'abitacolo del 131 regnava la pace, Vito guidava, Mariella dormiva sul sedile posteriore, l'elettrauto improvvisamente, si diede una pacca sulla fronte: si rese conto di non aver ancora telefonato ai parenti della ragazza per tranquillizzarli.

Afferrò svelto il cellulare dal cruscotto, telefonò a casa Sarchione e avvisò Luciano che Mariella era lì in auto con loro sana e salva, era solo stanca e dormiva. Luciano nel sentire che la figlia era in ottime mani, tirò un sospiro di sollievo e quando finì di parlare con Davide, diede la lieta notizia alla moglie. Poi chiamò al cellulare Aldo e lo avvisò che la sorella stava tornando e lo invitò a rincasare per far trovare alla ragazza tutta la famiglia ad aspettarla.

□ □ □

Appena arrivati alla masseria, Mariella e suoi amici entrarono nell'aia e con due colpi di clacson avvisarono del loro arrivo. I tre scesero dall'auto, mentre Luciano, Anna e Aldo corsero fuori casa e andarono incontro alla loro cara.

Dopo gli abbracci con la madre e il fratello, Mariella fece per abbracciare il padre, ma restò in soggezione nel notare il genitore che la evitava e non la guardava in faccia. Il volto dell'uomo esprimeva irritazione. Non era per la gelosia pensò contrita Mariella, ma sicuramente era deluso perché lei lo aveva ingannato e per averlo fatto stare in pensiero.

Anna invece era felice del rientro della figlia, batté le mani e invitò tutti a entrare in casa a pranzare. Per accompagnare il pasto aveva tirato fuori dalla cantina una bottiglia di buon Primitivo che Luciano teneva a invecchiare per le occasioni speciali.

Seduti intorno al tavolo, si raccontarono gli avvenimenti del giorno, mentre il capo famiglia e la figlia erano gli unici a restare zitti fino a quando Luciano, con aria stizzita, avanzò: «Allora Marie', mi racconti quello che è successo? Piccè sei uscita con quello depravato?»

«È un po' difficile da raccontare papà.»

Luciano diede una leggera botta con la mano chiusa a pugno sul tavolo e pretese che la ragazza esponesse i fatti.

Mariella era a disagio e temeva che il padre facesse una scenata di gelosia davanti agli amici. A testa china e con voce fievole, raccontò la brutta avventura.

Luciano scosse la testa e con aria nauseata commentò: «Che persona ignobile! Te l'ho detto sempre che quel tipo non mi piace e avantieri sera al telefono, t'ha raccontato 'nu sacc' di strunzate su Bo che s'è fidanzato co' Samantha.»

Aldo, nel sentire le parole del padre, alzò di scatto la testa dal piatto e aveva gli occhi spalancati e la bocca piena di pasta. Con la mano fece dei gesti al capofamiglia di aspettare. Luciano lo guardò, scosse la testa, si mise la mano sulla fronte e appoggiò il gomito sul tavolo e attese che il figlio parlasse.

«No papà. Ti sbagli!»

«Piccé?»

«Piccé l'ho visti io l'altra sera a *Lo Scoglio Bianco*. Erano intimi, molto intimi. Po' Giulio, il figlio di Franco, m'ha detto che davanti al tabacchino della "Giornala", Bo e Samantha limonavano e io stamattina verso le otto meno un quarto so' andato a casa di Bo e ho trovato lei che teneva addosso solo 'na camicia da uomo e i capelli sprughiati. Si vedeva c'ha passato la notte co' lui.»

Luciano guardò il figlio e incuriosito si informò: «Ma come mai facevano le limonate davanti al tabacchino?»

Dalla tavola si alzò un coro di risate. Mariella si fece cupa in faccia: stava pensando che allora, il ragioniere, non aveva raccontato menzogne. Poco dopo si alzò.

«Chiedo scusa, ma sono stanca e sporca. Vado su a farmi una doccia e poi vado a riposarmi un poco.»

Il padre la salutò con tono ruvido senza alzare la testa dal piatto, mentre la madre, Aldo e gli amici, le augurarono un buon riposo.

□ □ □

Nel pomeriggio, Luciano mentre aiutava la moglie a sparecchiare la tavola, le chiese se andare dai carabinieri il giorno stesso o l'indomani mattina, per denunciare Filippo.

«Ma io penso che è meglio domani mattina.» Consigliò Anna.

Subito dopo però, nella mente di Luciano sorse un dubbio: «C'è 'nu problema però Annì!»

«Ce problema?» chiese Anna.

«Non è ca' dalla ragione dobbiamo passa' al torto? Visto che Mariella l'ha spaccato a faccia a quiddu cretin'?»

«Eh! Mo questo non l'ho so! Come dobbiamo fa'?»

«Stasera chiamo l'avvocato pe' piglia' n'appuntamento, così ci consiglia lui.»

SETTE

Bo era seduto nell'ufficio del negozio di Antonio Rinnatazzi, il suo cliente originario di Montalcino con i coniugi Tossi, proprietari della ditta di assemblaggio di ruote di biciclette di Cesena. Il signor Tossi illustrava al meccanico i requisiti richiesti dalla funzione di responsabile della ditta Rotanova. Lo informava che l'ingaggio sarebbe stato a tempo indeterminato, dopo un mese di prova, al suo fianco, per insegnargli il funzionamento dell'attività. Si accordarono per l'orario, lo stipendio, le ferie, poi vista la loro urgenza, il signor Peppino chiese gentilmente a Bo se poteva cominciare già dal lunedì mattina e lo invitò a partire il prima possibile, per poter vedere l'azienda già da sabato, con tutta tranquillità, dato che era giorno di chiusura.

Dopo gli accordi con i Tossi, Bo, salutò Peppino e Angela stringendo loro la mano e andò via entusiasta, per recarsi direttamente al negozio di abbigliamento a informare Samantha dell'incontro.

Varcata la soglia della porta d'ingresso, Bo trovò la commessa davanti al banco a sistemare un bottone a un pantalone classico.

«Ciao Samà, so' arrivato!»

«Ciao amore mio!»

La ragazza gli espresse subito l'esigenza di parlare a bassa voce e nello stesso tempo buttava un occhio intimorito su Barbara, poi gli chiese come era andato l'incontro con i proprietari della ditta di Cesena.

«Il colloquio è andato bene Sama', sembrano persone per bene, devo cominciare lunedì, ma mi hanno chiesto di partire subito. Tu che dici?»

«Subito quando?» chiese la ragazza incuriosita.

«Domani.»

Samantha, titubante, balbettò: «Domani! Mah.... uhm... non so.»

La ragazza, riordinate le idee, continuò: «Va bene Bo! Allora ci vediamo tra un paio d'ore.»

«Ti vengo a prendere alle otto» fece il meccanico «così iniziamo a prepararci per partire per Cesena. Nel frattempo vado a fare un giro per la città.»

Intanto Barbara, la proprietaria, guardava Samantha perplessa, aveva notato in lei un comportamento a dir poco misterioso già dalla mattinata. Barbara era una persona molto riservata ma, quella sera, suo malgrado aveva asoltato parte dal discorso fatto dai due ragazzi, nonostante parlassero a bassa voce. Si avvicinò al banco con la scusa di prendere una cintura dal cassetto e azzardò: «Scusami se m'impiccio Samantha, ma il tuo ragazzo va fuori Taranto?»

«Sì!»

«Ma parte subito?»

«Sì sì! domattina.»

«E come mai?»

«Ha dei problemi con l'officina e vuole andare fuori a lavorare.»

«E dove va a lavorare?»

«A Roma.»

«Così lontano? Ma tu vai con lui?»

«No. No! Stasera lo lascio, tanto so' stata con lui solo per gioco.»

«Ah! Mi spiace Samantha, sembrava che gli volessi bene.» Barbara lasciò la commessa con una cliente appena entrata e mentre si dirigeva verso il retro bottega, bisbigliò: «Mah! A me è sembrato che il suo ragazzo abbia nominato Cesena.»

Bo, imbottigliato nel traffico, era in ritardo per l'appuntamento con Samantha che lo aspettava da oltre venti minuti e sbuffava spazientita.

La ragazza vide finalmente arrivare il meccanico a bordo della sua Lancia e man mano che si avvicinava lo guardava sempre più accigliata.

Mentre transitavano a bassa velocità nel traffico, Bo diede un'occhiata alla commessa e si accorse che era ancora incollerita. Sapeva che l'irritabilità di Samantha era dovuta alla sua mezz'ora di ritardo e si giustificò dicendo che non era stata colpa sua, ma del traffico creato da un autobus, bloccato a sua volta da un'automobile in doppia fila. Per cercar di farla sorridere un po', le raccontò una delle sue barzellette, ma non ci riuscì. Deluso e preoccupato, infilò nel mangianastri una cassetta di canzoni americane degli anni settanta, le preferite dalla ragazza, ma niente da fare, l'umore di Samantha non mutava.

Usciti dal traffico della città, Bo abbassò un po' il volume dello stereo e chiese alla ragazza che tipo di accordo avesse preso con Barbara riguardo alle dimissioni. Lei senza degnarlo di uno sguardo e con tono gelido lo informò: «È tutto a posto! Da domani non sono più una sua dipendente e mi ha assicurato che si occuperà lei di tutto.»

«E per la liquidazione?»

«Ti ho detto che se la vede lei, per tutto.» replicò Samantha stizzita.

Arrivati in paese, andarono direttamente a casa della commessa.

All'interno dell'appartamento, Samantha preparò le valigie, poi le portò fuori e insieme a Bo, le caricarono nel bagagliaio dell'auto. Mentre si recavano a casa del meccanico, Samantha guardò fuori dal finestrino e pensò che stava succedendo tutto troppo in fretta e che, solo una settimana prima, non immaginava minimamente che sarebbe potuta partire e andare più lontano possibile dal suo paese e dai suoi abitanti bifolchi, pettegoli e ficcanaso ed esaudire uno dei suoi grandi desideri: di conoscere nuovi posti, nuova gente e per giunta con un ragazzo bello e ricco al suo fianco.

Bo prese dal piano superiore dell'armadio, un borsone di tela azzurro che anni addietro gli era servito per portarsi il cambio quando giocava nella squadra di calcio del paese e lo riempì con l'occorrente per partire. Ritornato in cucina, avvertì Samantha che i bagagli erano pronti, poi aggiunse: «Ce' dici se vado mo dai miei genitori a saluta'?»

«Sì, vai ora, io intanto preparo la cena.»

La madre di Bo, era contrariata dalla decisione presa dal figlio di abbandonare il suo paese, chiudere l'officina, allontanarsi dalla sua famiglia e lasciare i suoi amici e Mariella. Non riusciva a capacitarsi di come il figlio potesse fare coppia con Samantha.

Enzo, contrario, come la moglie, al fidanzamento del

figlio con Samantha, aveva cercato invano di far ragionare Bo, consigliandogli di ripensarci con lo stesso risultato che avrebbe avuto a parlare a un'asse di legno invasa dai tarli.

Mentre Bo parlava con la madre, Enzo lo guardava e pensava che, quando i figli sono piccoli, puoi correggere i loro sbagli dando loro dei consigli, rimproverarli e, se la situazione lo richiede, punirli, ma quando diventano maggiorenni, tutto si complica, se poi si è convinti che stiano per imboccare una brutta strada, si ha la sensazione di essere impotenti, come essere legati a una sedia imbottita di tritolo e vedere la miccia accesa avvicinarsi pian piano ai candelotti.

Bo invece, era determinato a partire, soprattutto dopo che si era convinto che Mariella stesse frequentando già da un mese il tizio con cui l'avevano vista sulla spiaggia.

«Non preoccupatevi! Starò bene e po' starò a casa di Mafalda, la zia di Samantha.»

La madre del meccanico si sentì quasi svenire, appena ascoltò pronunciare il nome di Mafalda. Scosse la testa e, con tono irato, sbraitò: «Io no' riesco a capi'! Cosa tieni intra a capa per andà via da qua? Stai così bene, non ti manca niente. Da quando pratichi quella vipera, ti sei allontanato da tutti, ti rendi conto o no? Poi vai ad abita' da quella pentola chiatta?»

«No mamma! Samantha non c'entra niente. È che no' voglio sta' più intra 'stu posto e po', non ho più 'nu motivo di sta' qua!»

«Come non tieni più motivo di sta' qua!» reagì accesa la madre, poi riprese «ci so' io che so' mamma tova e ci sta tuo padre e Mariella, pensaci bene a quello che fai, fai soffrì delle persone co' sta tua iniziativa folle!»

«Dai ma'! No fa accussì da', fatemi almeno prova', se poi va male ritorno va bene?»

«Va be'! Figlio. Fai come vuoi» rispose Rosaria, mentre si spostava in cucina facendogli cenno con il braccio per mandarlo a quel paese.

«Ohhh ... mamma! No' fa' accussì, t'ho detto che se va male ritorno. Va bene? Te lo prometto.»

La madre si voltò, lo guardò accigliata e scosse nuovamente la testa, poi più delusa che arrabbiata, borbottò: «Va beh! Fa come ti pare. Tanto ormai.... Fatti senti' almeno ogni tanto e mangia, miracomanno.»

Dopo che ebbe salutato i suoi genitori, Bo se ne andò, deluso per non essere riuscito a convincere la madre e il padre a non darsi pensiero per il suo trasferimento.

□ □ □

Il venerdì mattina Bo e Samantha si alzarono di buon ora. Davanti alla porta della propria abitazione, il tubare dei piccioni faceva compagnia al meccanico mentre controllava il livello dell'olio, dell'acqua e la pressione delle gomme della sua Lancia. Samantha, nel frattempo, aveva infilato in un sacchetto di carta dei panini, imbottiti di prosciutto cotto e mozzarella.

L'appartamento era chiuso, il gas e l'acqua pure, la signora Maria aveva le chiavi dell'appartamento e il compito di innaffiare le piante e ritirare la posta.

I due giovani, pieni di entusiasmo, uscirono dalla città per dirigersi verso Massafra e prendere l'autostrada che li avrebbe portati in Romagna.

Entrati nell'A14, Samantha iniziò a progettare e organizzare i prossimi giorni, Bo invece era intento a guidare e fissava la strada assorto nei suoi pensieri, poi di colpo spalancò gli occhi e si voltò di scatto verso Samantha.

«Ah Sama'! Lo sai? Sono venuti i carabinieri in officina.»

«Cosa volevano?»

«Mi hanno fatto delle domande su l'omicidio del Furbo e m'hanno detto di sta' a loro disposizione.»

«Ma ora siamo partiti.»

«Eh pazienza! Vuol dire che mi arresteranno.»

Si voltò a guardare Samantha con un sorriso, poi riportò gli occhi sulla strada e continuò a guidare.

□ □ □

Alla masseria, Mariella era in camera con il morale uguale a un portafiori di porcellana caduto dal decimo piano. Sedeva davanti alla finestra, piegata in avanti, con i gomiti appoggiati sul davanzale a fissare la campagna sottostante.

Pensava addirittura che ci fosse qualche sua amica, che, per invidia, stesse facendo della magia nera con l'aiuto di un santone giamaicano. Aggiungendo una preoccupazione in più, aveva un ritardo del ciclo di ben dieci giorni e la speranza che fosse per il troppo caldo, ormai era svanita.

Rifletteva sulle conversazioni fatte con Filippo e man mano si stava rendendo conto che, nelle parole del ragioniere, c'era qualcosa che non quadrava. Il fatto ad esempio, che Bo non le avesse mai detto niente riguardo al suo seno, anzi, la rimproverava ogni volta che lei si lamentava della sua seconda misura. Poi, conoscendo bene il meccanico, sapeva che non si sarebbe mai permesso di andare in giro a raccontare a chiunque particolari così intimi. Non riusciva a capire perché il ragioniere fosse al corrente del suo più grande complesso. Anche un altro dei discorso fatti da Filippo non tornava: il tradimento con Gigliola del magazzino ricambi. Bo si lamentava spesso della donna che lavorava al magazzino ricambi, diceva sempre che le stava molto antipatica, perché lo derideva soprattutto quando c'era gente nel negozio. Lo chiamava "vucumprà" per via della sua carnagione scura. Gli faceva sempre pagare il materiale più del dovuto fingendo di sbagliare. Bo diceva anche, che pur essendo brutta come la peste si credeva di essere chissà chi. Mentre continuava a riflettere, cominciò a porsi delle domande: "Non è che Filippo si è inventato qualche storia per mettere Bo contro di me? Magari con l'aiuto di Samantha? Questo avrebbe dato modo al ragioniere di farsi avanti con me e alla Pefido di corteggiare Bo? Infatti è da più d'un mese che quella sciagurata cerca di accalappiarselo".

Iniziò a considerare l'idea di parlare direttamente con Bo e mettere le cose in chiaro e solo se tutto quello che aveva detto Filippo fosse stato vero, allora significava che ognuno doveva prendere la propria strada. Afferrò il cellulare da sopra la scrivania e telefonò subito al meccanico per parlargli, ma in quel momento Bo era al bar dell'autogrill per un caffè e aveva lasciato il telefonino in auto dove c'era Samantha che, appena lo sentì squillare, lo afferrò per rispondere, notò il nome di Mariella e non poté fare ameno di schiacciare il bottoncino rosso per chiudere la chiamata e cancellarla dalla memoria.

Mariella nel vedersi rifiutare la telefonata, pensò che fosse stato il meccanico e con stizza buttò il cellulare nel primo tiretto della scrivania e in silenzio ritornò a sedersi alla finestra a riguardare la campagna sottostante.

□ □ □

Aldo era in cucina e girando nervosamente intorno al tavolo, rifletteva su quello che stava passando la sorella e nel contempo pensava anche al ragioniere: desiderava stare da solo con lui in una stanza chiusa.

Dopo aver immaginato quello che avrebbe voluto fare a Filippo, Aldo decise di andare al piano di sopra per confortare Mariella, magari a raccontarle delle barzellette e poi parlare di qualsiasi argomento, pur di farla distrarre un po'. Salita la scala, si avvicinò alla stanza della ragazza, trovò la porta socchiusa e si affacciò per chiederle di poter entrare, ma notò che Mariella aveva il viso rigato dalle lacrime ed era seduta a guardare fuori completamente assente, a fissare chissà cosa. Nel vedere la sorella immersa nel dolore, di colpo sentì un grosso macigno alla bocca dello stomaco e invece di entrare, scelse di non disturbare. Nel tornare verso la cucina, gli apparve alla mente l'immagine del ragioniere e la sua arroganza espressa sul volto. Gli bolliva il sangue nel pensare a come trattava con superiorità e disprezzo Gino Sciame e gli altri amici della comitiva. Aldo sentì che la collera, continuava a lievitare, iniziava a girargli in testa l'idea di far scontare al ragioniere il torto fatto alla sorella. Si avviò a passo svelto in direzione del telefono, afferrò la cornetta e chiamò per primo Vito Brocca e subito dopo Davide Indotto, chiedendo a entrambi di aiutarlo a trovare Filippo per dargli una degna lezione. I due entusiasti all'idea, approvarono senza pensarci due volte, anzi, nella testa dell'elettrauto ronzava già, dal momento del ritrovamento di Mariella, il pensiero di mettere le mani addosso al ragioniere.

Si diedero appuntamento a piazza Spina e dopo un quarto d'ora circa, Vito e Aldo erano sul posto appoggiati con i gomiti uno accanto all'altro sul tetto della Croma di Luciano. Mentre aspettavano l'arrivo dell'elettrauto, Vito informò l'amico che nel venire in piazza era passato davanti all'appartamento del ragioniere, aveva citofonato, ma di lui non c'era traccia. Dopo venti minuti di attesa, il Sarchione e il Brocca videro avvicinarsi a bordo di uno scooter, il loro amico elettrauto con la faccia sorridente.

«Oh! Uagnù, ho saputo dove abitano i genitori di Filippo. Me l'ha detto un'amica di mia madre. È pe' questo che ho fatto tardi.»

Aldo lo guardò a bocca aperta e con stupore stampato in volto, scattò: «Mado'! Veramente? È capitato a fagiolo, perché a casa sua quel depravato non ci sta. Dove andiamo?»

«A Maruggio» spiegò Davide.

I tre saltarono in auto e partirono in gran fretta per recarsi spediti a casa dei genitori di Filippo.

Usciti dal paese, si immisero sulla strada per Leporano e mentre Aldo era intento a guidare e Vito a regolare il volume dello stereo, dal sedile posteriore, Davide informò gli amici che la mattina Bo era partito per Cesena insieme a Samantha.

Aldo spostò gli occhi sullo specchietto retrovisore e tramite il riflesso guardò l'elettrauto in modo dispiaciuto e lo avvisò che lui ne era al corrente, ma non avrebbe mai immaginato che il meccanico lo avesse fatto sul serio né che sarebbe partito così presto e per giunta in compagnia di Samantha. Vito, titubante, spostò lo sguardo su Aldo e commentò: «Io no' riesco ancora a capacitarmi. Ma è possibile che dopo tant'anni, Bo e Mariella si so lasciati nel giro di 'na settimana? C'è qualcosa che no' mi quadra. Aldo, è vero che tuo padre è geloso, ma no' riesco a capi'. No' lo so. No' vorrei che ci sta qualcuno dietro a 'sta storia, come ad esempio Samantha.»

«Samantha?» reagì subito Aldo.

«Sì! Samantha. Piccè non po' essere?» ribatté Vito, poi riprese: «visto che da un po' di tempo a questa parte andava dietro a Bo, conoscendola bene, chi me lo dice se ha inventato qualche stronzata e l'ha raccontata a Bo per metterlo contro tua sorella?»

Aldo lo guardò e reagì:

«Tutto po' essere Vito. Ce dici invece se è stato proprio Filippo? Visto poi quello che ha fatto...»

Davide scosse la testa, si portò in avanti, appoggiò i due gomiti sulle spalliere dei sedili anteriori e disse:«Non è che so stati tutte e due, invece? Visto che so' due bei tipini, no!»

Aldo e Vito si guardarono e fecero un cenno d'approvazione con la testa.

Nel paese del Castello dei Commendatori, i tre transitavano sulla via principale a bordo dell'auto di Luciano scrutando fuori dai finestrini. A circa una decina di metri, videro un uomo curvo che camminava lungo il marciapiede aiutandosi con un bastone. I tre lo affiancarono, gli chiesero se conoscevano dove abitasse la famiglia Fidatini. L'omino iniziò a raccontare ai ragazzi di conoscere la famiglia da ben più di settantacinque anni, di essere partito in guerra per l'Albania, insieme a Fernando Fidatini: "sicuramente il nonno di Filippo" pensò Vito. Proseguì narrando di aver affrontato insieme all'amico la miseria, il freddo, i bombardamenti e la prigionia. Dopo diversi minuti passati a raccontare le vecchie storie di guerra, finalmente, con molta gentilezza e col bastone alla mano, l'anziano uomo indicò con precisione la via e spiegò per bene il punto dove si trovava la casa dei genitori del ragioniere. Ci volle pochissimo per arrivare davanti alla dimora della famiglia Fidatini. Scesi dall'auto, i tre suonarono al campanello e videro affacciarsi dalla porta una signora ben vestita, dai lunghi capelli rossi e una somiglianza impressionante con Filippo. Aldo guardò Vito fisso negli occhi e gli fece un piccolo cenno con la testa perché intervenisse.

«Buonasera signora, so' Vito, sto cercando Filippo per 'na consulenza e mi hanno detto che abita qua. È intra a casa?»

«No! Non vive più qua quiddu curnutu maledetto e non so dov'è ora. È da tanto tempo che no' lo vedo più, ed è meglio accussì.»

I ragazzi rimasero sbalorditi nel sentire la donna accanirsi parlando così male del figlio. Vito restò per un attimo intimorito per la collera della signora, ma poi si fece coraggio e in modo gentile, azzardò: «Sì signo'! Tiene ragione. Ma sa almeno do' possiamo trovarlo?»

«Saccio che prima di fa' u' strunz, si stava comprando 'na casa a Marina di Lizzano, in via delle Viole 137, po' n'amica mea m'ha detto tempo fa, che tiene n'altra casa a Talsano in via Risorgimento 96.»

«Grazie signo'! Ora ci andiamo, buonasera!»

«Buonasera a vuj!»

Aldo e i suoi amici ritornarono in auto e si diressero a Marina di Lizzano, una località a venti chilometri circa da Maruggio, a ridosso della litoranea salentina.

Arrivati in via delle Viole, i tre notarono una villetta protetta da un muro in pietra, con una ringhiera di ferro battuto, la proprietà era chiusa da un cancello, dello stesso materiale. Notarono che c'era anche un garage chiuso da una basculante. La casa all'apparenza era disabitata e non c'era nemmeno l'auto.

Su suggerimento di Aldo, decisero di attendere nell'eventualità che il Fidatini si facesse vivo.

Passate due ore, Vito nel frattempo s'era fumato mezzo pacchetto di sigarette, di Filippo, non si era vista neanche l'ombra. Decisero di tornare a casa e si accordarono di provare a passare dall'appartamento di via Risorgimento. Si avviarono e fatti una cinquantina di metri, si fermarono all'incrocio. All'improvviso sentirono una brusca frenata e subito dopo vennero tamponati da una Citroen verde. Scesero e si accostarono all'altra auto per assicurarsi che non ci fossero feriti a bordo. Appena aprirono lo sportello, notarono al posto di guida un uomo robusto, dalla barba lunga e nera che emanava un odore nauseabondo. Sembrava che il proprietario della Citroen si fosse lavato in una vasca da bagno piena di vino e avesse sostituito il sapone con della birra a doppio malto. Poco dopo scoprirono che l'ubriacone era senza assicurazione e per giunta senza soldi. Dopo il tamponamento, i tre amici decisero di tornare diretti alle rispettive case senza fare più la sosta in via Risorgimento. "Riproveremo fra qualche giorno", pensò Davide, "la serata è una di quelle da dimenticare".

«Oh! Ma non è che Filippo, poco poco porta iella?» si lamentò Aldo.

«Mi sa Aldo! Mi sa proprio! Mettiamo pure questo in conto alle mazzate che deve piglià quell'infame,» gli rispose Vito.

□ □ □

Il mattino seguente, Bo e Samantha erano appena arrivati a Cesena. "Se non avessimo fatto la visita a quell'amica di Samantha a Pagliare, potevamo arrivare ieri sera", considerò il meccanico mentre si sganciava la cintura di sicurezza.

Dopo aver appoggiato i piedi sull'asfalto, Bo si mise le mani dietro le reni e tirò le spalle all'indietro per sgranchirsi le ossa. Poi guardò Samantha che gli faceva segno con l'indice verso un portone al numero civico 87.

Schiacciato il pulsante del citofono, una voce chiese chi era.

«Ciao zia! Sono Samantha» avvisò la ragazza.

La porta si aprì, Bo vide affacciarsi una donna vicino ai cinquanta, bassa e asciutta.

«Come stai zia, questo è il mio fidanzato Bo Mezzaspina.»

«Piacere Bo, io sono Mafalda Pefido. Come mai Sama' siete qui? Mio fratello non mi ha detto niente. Siete in gita?»

Samantha voltò la testa verso Bo e lo guardò con imbarazzo, poi si rivolse nuovamente alla donna: «No zia! Siamo qui perché lui inizia a lavorare lunedì mattina qui a Cesena. Ti ho chiesto se potevamo stare in casa tua per un po' di tempo, ricordi? Te l'avevo detto al telefono!»

«A me Sama', non m'ha detto niente nessuno.

Comunque ormai state qui ed entrate.»

Dopo aver varcato la soglia, la zia si allontanò per recarsi in cucina, Samantha colse subito l'occasione e bisbigliò nell'orecchio del ragazzo: «Gliel'ho detto al telefono che venivamo a vivere da lei per un po' di tempo. Devi sapere che mia zia è suonata in testa e si deve aver pazienza.»

Bo, dispiaciuto, annuì, poi le ricordò dell'appuntamento con i proprietari dell'azienda. Ritornò alla Lancia, scaricò le valige, le portò in casa, consultò la pianta della città, salutò e partì spedito per dirigersi dai coniugi Tossi.

Dopo mezz'ora, Bo era in compagnia del signor Peppino che lo accompagnava fra i reparti dell'azienda a vedere i macchinari.

□ □ □

Dopo aver parlato con il tecnico della scientifica, il magistrato Paolo Toghetti afferrò subito la cornetta e telefonò al suo amico maresciallo.

«Pronto, Mario.»

«Buongiorno Paolo.»

«Senti. Ho finito ora di parlare con Alberto Raganella, quello della scientifica. Mi ha detto che ieri sera, mentre metteva in ordine i reperti dell'omicidio Gratta, improvvisamente si è ricordato che l'odore del manico del cacciavite è simile a quello di un olio per forcella. È convinto pertanto, che l'arma del delitto possa appartenere a qualcuno che sistema motociclette.»

«Mah! Raganella ne è sicuro?»

«Sì Mario! M'è sembrato proprio convinto. Ha detto che faranno gli esami e i risultati saranno pronti tra un tre o quattro settimane.» Il magistrato poi aggiunse «senti,

Mario, per quanto riguardo quello stupro avvenuto in quell'uliveto, che novità ci sono?»

«Niente Paolo, niente. Per ora nulla.»

Riagganciato l'apparecchio telefonico, il pensiero del maresciallo Saccia, cadde subito sul Bo Mezzaspina. A parte le minacce di morte fatte alla vittima, sarebbe potuto essere anche il proprietario dell'arma del delitto e per giunta era l'unica officina di motociclette in paese e dintorni, a cui mancava quel tipo di cacciavite.

Il maresciallo si alzò dalla scrivania, si trasferì nell'ufficio a fianco e avvertì il brigadiere Manetti che dovevano andare immediatamente alla bottega di Bortolo Mezzaspina, per fargli alcune domande più approfondite.

□ □ □

Arrivati davanti all'officina, i due militari trovarono il locale con la saracinesca abbassata. Notarono che non c'era nessun cartello che giustificasse l'assenza. Provarono a citofonare al cancello a fianco, a casa dei genitori, ma dopo vari tentativi, si accertarono che nella proprietà non c'era nessuno, solo un gatto rosso e bianco che li guardava incuriosito.

I due militari rientrarono nell'auto pattuglia e si consultarono se tornare più tardi, oppure recarsi all'officina di Davide Indotto e domandare dove potessero trovare Bo Mezzaspina.

Il brigadiere Manetti riuscì a parcheggiare la gazzella tra un furgone e la Fiat dell'elettrauto e una volta fuori dall'abitacolo, i due carabinieri si recarono a passo svelto all'interno della bottega.

Davide nel vedere entrare i due militari, aggrottò subito

la fronte e sospese lo smontaggio dello spinterogeno a una vecchia Ford Escort del '78.

«Salve Inghiotto» esordì il maresciallo «sa per caso dove posso trovare il suo amico Bo Mezzaspina?»

«A parte che io non inghiotto proprio nessuno» reagì Davide offeso «po' il mio cognome è Indotto.» informò mentre si puliva le mani sporche di grasso con uno strofinaccio.

«Mi scusi, ho fatto confusione. Mi può dire cortesemente dove posso trovare il suo amico?»

Davide fece una breve pausa, poi svelò che Bo Mezzaspina la mattina precedente era partito per il nord Italia, in compagnia di Samantha Pefido, per motivi di lavoro. Il maresciallo rimase a fissare Davide con espressione delusa, dopo lo salutò e fece cenno con la testa al brigadiere di andar via.

Il comandante nell'aprire lo sportello della gazzella però si bloccò, suggerì al brigadiere Manetti di entrare in auto e di aspettare, tornò di corsa in bottega dall'elettrauto e chiese il numero del cellulare del meccanico.

□ □ □

Rientrato nel suo ufficio, il maresciallo si sedette davanti alla scrivania e iniziò a pensare a Bo Mezzaspina: "È vero che il Mezzaspina è quasi sicuramente il proprietario del cacciavite, ma è anche vero che l'officina è aperta al pubblico e chiunque può aver preso l'attrezzo furtivamente. Se voleva nascondere l'ammanco, bastava che ne comprasse un altro. Se non lo ha fatto, forse è perché non si è accorto che gli mancava. Così anche l'elettrauto Davide Indotto. Poi, lasciarlo nel petto della vittima! Era ovvio risalire a lui. Il fatto che nascondesse qualcosa durante il colloquio, deve essere collegato proprio a quella minaccia che ha fatto al Gratta. Forse non voleva che venisse a galla. La minaccia sì, proprio la minaccia. Mio nonno diceva sempre, "cane che abbaia non morde". E la droga? Francesco Marangia ha detto, il giorno del suo arresto, che Elviro Gratta quel lunedì aveva un appuntamento per barattare la cocaina in cambio di settecentomila lire, proprio un'ora prima che fosse trovato morto. Cosa c'entra il meccanico con la cocaina? Mezzaspina non ha mai avuto a che fare con la droga".

Finito il suo ragionamento, afferrò la cornetta e telefonò al meccanico, ma la vocina dell'operatore avvertiva che era irraggiungibile.

Il brigadiere Manetti, seduto nel suo ufficio, era convinto più che mai, che l'assassino di Elviro Gratta fosse proprio Bo Mezzaspina, soprattutto ora, visto che era fuggito a Cesena.

OTTO

Nella stessa mattinata alla masseria, Mariella era molto nervosa.

Il ritardo del ciclo la teneva in ansia. Andò davanti all'armadio, lo aprì e tirò fuori un paio di jeans, una maglietta e l'indossò. Poi prese un paio di scarpe da ginnastica e se le infilò. Non si preoccupò di lavarsi il viso e i denti e nemmeno di far colazione. Scese le scale a passo svelto, attraversò il corridoio e senza fermarsi avvisò la madre che sarebbe andata in paese e che avrebbe fatto presto.

Mentre teneva gli occhi fissi sulla strada, pensava che se fosse stata davvero incinta, sarebbe difficile dirlo a Bo visto che lui non voleva risponderle al cellulare. Cominciò a sudare freddo invece quando pensò a come dare la notizia a suoi genitori. Il padre l'avrebbe presa sicuramente male: "Mi minaccerà di spedirmi in un convento di clausura" pensò.

Dopo un quarto d'ora era già in farmacia. All'interno trovò molta gente. Decise di aspettare che il locale si sfollasse un po' dalla clientela, per paura che qualcuno potesse ascoltare la sua richiesta e divulgare in paesela notizia che la figlia di Luciano Sarchione era incinta.

Mentre aspettava, dando le spalle al banco, notò dei cosmetici esposti in vetrina. Guardava rossetti, smalti, phard, mascara e nello stesso tempo si mordicchiava il labbro per l'ansia. Si accorse attraverso la vetrina, che la Croma del padre era danneggiata nella parte posteriore.

Non le era sembrato di essere stata lei, facendo retromarcia nell'aia, ad aver urtato il muro, il trattore o altro, se ne sarebbe accorta.

Finalmente la signora Corin, la moglie del farmacista, s'era liberata e nel locale c'era rimasto solo un uomo anziano, occupato a parlare con il dottor Moloni. Fatti i suoi acquisti Mariella uscì dalla farmacia con un sacchetto di plastica nella mano, che conteneva tra l'altro anche il test di gravidanza e senza far soste, ritornò spedita a casa.

Prima di recarsi in bagno, si fermò vicino alla porta della cucina e nascondendo le sue angosce, chiese alla madre cosa fosse successo all'auto.

«Eh! Fratta Aldo. Ieri sera è uscito con Vito e Davide ed è stato tamponato da 'nu 'mbriacone senza assicurazione e senza soldi.»

«E ora?»

«Eh! Ora! Tuo padre s'attacca al tram, così s'impara a da' l'auto a tuo fratello.»

Finito di parlare con la madre, si recò velocemente in bagno ed eseguì l'operazione del test come indicato dal foglio dell'istruzioni.

Dopo qualche minuto, le si inumidirono gli occhi nel vedere il risultato. Buttò il flaconcino, la confezione e il foglietto delle istruzioni nel cestino getta carta, si privò degli indumenti e si infilò sotto la doccia. Finito di lavarsi, indossò il morbido accappatoio, si trasferì in camera sua, sedette davanti alla scrivania, accese il computer e iniziò a navigare.

□ □ □

Intanto a Cesena, mentre Peppino Tossi mostrava a Bo i reparti e i macchinari della ditta Rotanova, Samantha decise di prepararsi e uscire, per conoscere la nuova città.

Dopo aver indossato una minigonna bianca, un top grigio e un paio di sandali neri con tacco alto, uscì dall'appartamento, si chiuse il portone alle spalle e con un sorriso radioso, puntò verso il centro.

La ragazza passeggiava spensierata per la città romagnola, osservava, curiosa, le vetrine dei negozi, le piazze, i monumenti, guardava la gente di Cesena come vestiva, vista la sua passione per gli abiti. Poi nel comprare un pacchetto di sigarette, fece amicizia con Federico il proprietario della tabaccheria e in seguito, conobbe anche Marco il commesso di un negozio di scarpe. Dopo aver girovagato a lungo, pensò fosse giunto il momento di far ritorno verso casa.

Percorreva via Settembrini dove, poco distante dalla casa di zia Mafalda, c'era il bar *La Coccinella D'oro*, con all'esterno dei tavolini sotto a un gazebo in legno. Si sedette e ordinò al cameriere una bibita fresca alla menta, per dissetarsi dopo la lunga passeggiata. Di fronte a lei erano seduti tre giovani che la scrutavano con occhi maliziosi. Uno di loro si alzò e si avvicinò per tentare di attaccar bottone. Con la scusa di farsi accendere la sigaretta, il ragazzo riuscì a fare le presentazioni e ci vollero solo un paio di minuti per persuadere Samantha a sedersi al loro tavolino. Intanto all'interno del bar, il proprietario guardava i quattro ragazzi che erano già in gran confidenza e mentre preparava due caffè, fece cenno al suo dipendente di avvicinarsi e domandò incuriosito: «Ma tu li conosci questi?»

«I tre uomini sì, lei non l'ho mai vista.»

«E chi sono?»

«Tre balordi: meglio stare alla larga. Quello a sinistra si chiama Ugo, è il capo, gli altri due sono Raffaele e Luigi, i suoi scagnozzi. Gestiscono degli affari poco chiari con dei cinesi e mi sa che siano anche spacciatori di droga.»

«Brava gente, allora!»

Ugo era un bell'uomo, alto, con il fisico scolpito, capelli biondi e occhi azzurri. Conosceva bene le donne, sapeva come conquistarle e si era accorto che Samantha, il biondino era una ragazza spregiudicata che non disdegnava le amicizie maschili.

Mentre i quattro continuavano a sorseggiare le bibite e approfondivano la loro conoscenza, Ugo si spostò con la sedia e si mise al fianco della donna appena conosciuta, l'abbracciò tirandola a sé. Lei, prima lo guardò meravigliata, poi gli sorrise compiaciuta. Nel tenerla stretta al suo fianco, Ugo decise di spingersi oltre e mentre la guardava con un leggero sorriso, le mise la mano sinistra su una coscia. Lei si voltò di scatto verso i due ragazzi che sedevano di fronte, poi riportò lo sguardo su Ugo e lo guardò con malizia. Raffaele e Luigi restarono stupefatti nell'assistere alla sfacciataggine del loro amico e al compiacimento della donna a farsi sedurre. Samantha era attratta dal ragazzo, sia per la sua bellezza che per i suoi vestiti firmati, ma soprattutto per i monili d'oro che indossava. Lui per fare ancor più colpo sulla Pefido, le bisbigliò nell'orecchio: «Vedi quella Porche decappottabile gialla, parcheggiata qui davanti al bar?»

«Sì la vedo» rispose lei.

«È mia. Vuoi fare un giro?»
«Sì! Mi piacerebbe molto,» accettò Samantha con entusiasmo quasi infantile.

Poco dopo i due erano sulle strade della splendida Romagna, a bordo della cabriolet tedesca, distesi e con sorriso radioso mentre, sotto il cielo azzurro si facevano accarezzare i capelli dal vento. Ugo la portò a visitare Rimini, poi la invitò a vedere il suo nuovo appartamento nel centro di Cesenatico. Le offrì di brindare alla loro nuova amicizia con una bottiglia di ottimo Champagne francese.
Scesi dall'auto, Samantha e il suo nuovo amico si trovarono davanti a un vecchio portone con dei grossi maniglioni a battente di ottone. Dopo aver girato la chiave nella serratura e oltrepassato la soglia, incrociarono nell'androne del condominio un uomo sulla settantina che li guardava borbottando qualcosa. Samantha, nel sentirsi addosso gli occhi dell'anziano uomo con gli occhiali dalla montatura nera, si girò e gli fece un gesto col dito medio.
Entrati nell'appartamento, Ugo le mostrò subito il soggiorno con il pavimento in granito e le pareti dipinte di bianco con delle striature color salmone, poi le fece vedere la stanza da letto arredata di recente con mobili antichi e il letto a baldacchino e infine con un pizzico di vanità, le mostrò il magnifico attico addobbato con surfinie, ciclamini bianchi e la spalliera di lauro ceraso. Ritornarono al piano di sotto dove il ragazzo tirò fuori dal frigo la bottiglia di champagne, la stappò, riempì le due coppe e un brindisi dopo l'altro, la svuotarono.
I due si fissavano, si avvicinarono uno di fronte all'altro

e iniziarono a baciarsi. Ugo era intento a girare la lingua nella bocca di Samantha, lei invece gli sbottonava per prima la camicia, subito dopo il pantalone e infilò la mano all'interno. Il biondino si sentì accalorare e senza staccare la bocca da quella della ragazza, la trascinò in camera da letto. Samantha finì di togliere la camicia al ragazzo, poi gli sfilò i pantaloni e lo spinse sul letto. Restò in piedi, si tolse il top e la minigonna, poi con movimenti sensuali si privò del reggiseno e le mutandine. Salita sul letto, sfilò i boxer a Ugo, gli appoggiò le labbra sull'ombelico, poi pian piano scese giù fino all'inguine e lo fece eccitare ancor più. Poi si rialzò, gli si sedette sopra e iniziò a mandarlo in estasi.

Dopo essersi sfrenati, lei restò supina e appagata, lui sorrideva, soddisfatto, si girò, tirò fuori dal cassetto del comodino una scatolina di colore rosso e gliela porse nelle mani, lei l'afferrò e domandò stupita cos'era.

«Aprila pure» invitò Ugo con un sorriso.

Lei alzò il coperchio e appena notò il contenuto, non poté fare a meno di esclamare: «Oh ... mamma, che bell'anello!»

«Ti piace? È tuo. » rispose lui compiaciuto.

«Sì è bellissimo! Però non posso metterlo, cosa dirà il mio fidanzato?»

«Hai il ragazzo?»

Ugo restò sorpreso e ammutolito, mentre lei continuava ad ammirare affascinata il monile d'oro con un rubino incastonato sopra.

«Vedo che non ti fai scrupoli a tradire il tuo uomo.» commentò Ugo, in modo gentile.

«No. Perché? Che fa se gli faccio qualche cornetto ogni tanto? Mica lo deve sapere!»

Ugo fece un piccolo cenno con la testa e chiese se le se le sarebbe piaciuto possedere gioielli, pellicce e una spider.

«Magari! » esclamò entusiasta la ragazza.

«Ascolta Samantha. Sei bellissima, hai un fisico mozzafiato. Puoi avere quello che vuoi con il tuo corpo. Ti va di rivederci?»

La Pefido tolse lo sguardo dall'anello e si fermò a guardare il ragazzo, sorrise, gli mise la mano dietro alla nuca, lo tirò a sé e prima di baciarlo bisbigliò: «Sì che mi va di rivederci.»

"Quali sono le intenzioni di Ugo?" Si chiese titubante Samantha mentre si vestiva: "Mi vuole tutta per sé? Come mai teneva già l'anello nel cassetto del comodino?"

□ □ □

Nel tardo pomeriggio, dopo aver passato tutta la giornata con Peppino Tossi, Bo Mezzaspina parcheggiò la sua Lancia, poi si recò davanti al numero civico 87 e schiacciò più volte il pulsante del citofono per farsi aprire, ma rimase sorpreso, quando si rese conto che in casa di Mafalda non c'era nessuno. Fortunatamente la mattina, prima di andar via, la zia di Samantha gli aveva consegnato un doppione delle chiavi dell'appartamento, per dar modo a lui e alla nipote di entrare e uscire liberamente.

«Salve» si sentì salutare Bo, mentre infilava la chiave nella serratura. Si voltò e vide una donna anziana che gli andava incontro.

«Buonasera signora.» rispose il meccanico con gentilezza.

«Sono Eleonora e abito qui a fianco. Ho visto che lei è arrivato stamattina con una ragazza. È la nipote di Mafalda vero? Lei è il suo fidanzato? Vi trattenete molto? Come si chiama? È molto giovane, quanti anni ha?»

«Mi chiamo Bo Mezzaspina signora ed ho ventisei anni. Ora però mi scusi, devo andare.»

«Oh. Mi scusi lei. So di essere una chiacchierona. Le auguro buona giornata e se le serve qualcosa, mi bussi alla porta.»

«Grazie signora, lei è molto gentile.»

Varcato il limitare dell'appartamento della zia Mafalda, Bo iniziò ad avere delle palpitazioni al cuore, nel vedere il lungo corridoio in penombra con lanterne e vecchi quadri appesi alle pareti e pensò, che un maestro dell'horror sarebbe stato felice di girare un film in quella casa. Bo c'era stato per la prima volta solo la mattina, giusto il tempo di scaricare le valigie e consultare la piantina della città. Si guardò intorno con occhi sgranati, fece un passo in avanti e gli si drizzarono i capelli, appena sentì l'inquietante scricchiolio del parquet. Nonostante sapesse che Mafalda non era in casa, la chiamò ad alta voce, poi chiamò anche Samantha. Niente. Sulla casa incombeva in un silenzio assoluto. Si chiese: " Non è che Samantha è su a dormire e non ha sentito il citofono? "

A passo svelto, attraversò il lungo corridoio e, uno scalino dopo l'altro, salì la scala di legno scuro. Aprì di scatto la porta della camera degli ospiti e, contrariato e un po' preoccupato, vide che la ragazza non era sul letto. Dopo aver aperto le persiane, finalmente il suo stato d'animo iniziò a placarsi, rassicurato dalla luce del sole che entrava nella stanza. Tirò fuori il cellulare dai pantaloni e con un messaggio, avvisò la Pefido del suo rientro a casa. In seguito, si stese e restò supino sul letto e mentre teneva gli occhi chiusi, nella sua testa entrò Mariella, come un treno in una galleria.

Gli si chiuse lo stomaco a pensare ai bei momenti passati in compagnia dell'amica del cuore. Quanti ricordi! Gli affiorò un sorriso, ricordando quando trovavano nuovi modi per fare sesso, come quella domenica pomeriggio di fine gennaio sul letto del suo appartamento in via Cacace: lei faceva l'infermiera in topless che visitava il paziente nudo, o come quella volta, che si erano divertiti a fare il massaggiatore e la cliente eccitata. Ricordava anche quel pomeriggio di luglio, sulla spiaggia di Tramontone, quando decisero di sottrarre il canotto ad Aldo per allontanarsi dalla riva e sperimentare un nuovo modo di farlo in alto mare, con il movimento delle onde, sotto il sole cocente. Ma finì male: furono soccorsi dalla guardia costiera, dopo aver bucato il piccolo natante al largo. I suoi gioiosi ricordi, vennero spazzati via come alberi strappati da un uragano, quando nella mente gli apparve il volto di Filippo e la sua rivelazione del tradimento di Mariella. Venne travolto dalla delusione per come si erano sviluppati gli eventi negli ultimi giorni e si chiese dove aveva sbagliato, cosa aveva fatto per dar modo a Mariella di cercarsi un altro uomo.

□ □ □

Arrivò la sera e alla masseria Sarchione, Mariella era confusa e delusa, ma la forza della leonessa che era in lei, non l'aveva ancora abbandonata. Non riusciva ad accettare che tutti gli anni di amicizia passati con il suo Bo, fossero svaporati in soli pochi giorni come gocce d'acqua nel deserto. Se fino alla quella mattina era in dubbio, ora era sicura più che mai che Filippo, nel vedere l'insicurezza del meccanico e le litigate tra loro, aveva preso la palla a balzo e orchestrato un intrigo, magari, facendosi aiutare anche da Samantha.

Appena finì di consultare gli orari dei treni su internet, spense il computer e si preparò a partire per Cesena, decisa a raccontare di persona a Bo Mezzaspina, l'infame piano del ragioniere e riferirgli, soprattutto, il risultato del test di gravidanza. Mariella sperava, con questa sua mossa, di dimostrare a Bo, una volta per tutte, il suo amore per lui e fargli capire che si sbagliava sulla gelosia del padre, che non era una scusa per lasciarlo. "Domattina arrivo in Emilia Romagna ed è domenica, la ditta Rotanova è chiusa. Vedo dove si trova, poi passo la notte in un albergo, ci ritorno lunedì mattina e parlo con Bo" pensò la ragazza mentre tirava fuori un vecchio zaino grigio dall'ultimo cassetto del comò e ci infilava giusto il necessario per restar fuori qualche giorno. Tra i panni, mise il portafogli con documenti e soldi. Portò giù il piccolo sacco, di nascosto agli occhi dei suoi famigliari, lo ripose nel baule dell'auto del padre, poi rientrò in casa e nascondendo le sue ansie e la paura di essere scoperta, chiese ad Aldo di accompagnarla in paese. Si inventò di avere un appuntamento con Cristina e Antonella.

Cercando di mantenere un'aria disinvolta, salutò il padre e la madre, ma mentre si voltava per recarsi verso l'uscita della cucina, Anna aggrottò subito la fronte e con tono dubbioso le chiese cosa avesse.

Mariella l'assicurò di non aver niente. Anna invece continuò a fissarla e ribadì: «Sicuro che no' tieni niente? Non è che nascondi qualcosa?»

«No mamma! Non ho nulla.»

«Mah! Va beh!»

Arrivati in paese, Mariella chiese al fratello di aspettare un attimo, doveva prendere lo zaino dal baule, ma prima di scendere, lo guardò con occhi arrossati, gli diede un bacio sulla guancia poi gli fece una carezza con la mano. Per averlo salutato in quel modo, Aldo la guardò stupito. Si ricordò che in passato, solo una volta, Mariella si era comportata come quella sera, quando er morto Scarafaggio, un gatto rosso e magro. Rimase perplesso, poi si strinse nelle spalle e si chiese: «Il cane è vivo; gatti non ne tengo più! Chi cappero è morto?»

□ □ □

La domenica mattina a casa Sarchione, Aldo si svegliò con una strana sensazione e gli affiorò alla mente il modo in cui la sorella lo aveva salutato la sera prima. Afferrò il pantalone mimetico dalla sedia, si infilò la maglietta e puntò verso la stanza di Mariella. Dopo aver bussato e chiamato più volte, si inquietò vedendo che la ragazza non rispondeva. Poi scese in cucina, si avvicinò alla madre che, nel frattempo, stava appoggiando la moka sul fornello del gas.

«Mammà, io non riesco a capì; ieri sera Mariella era strana, no' l'ho mai vista così.»

«Eh! L'ho vista anch'io strana. Ce t'ha detto quando l'hai accompagnata in paese?»

«Non m'ha detto niente. Era triste, teneva gli occhi

lucidi… non so. E po' m'ha dato 'nu bacio su 'na guancia e m'ha accarezzato. Boh! No' m'è morto nessun gatto?»

Anna si voltò di scatto a guardare Aldo e domandò: «Ma ieri sera, quando sei andato a pigliarla, come stava?»

«Mah! Io non ho preso proprio nessuno. No' doveva tornare co' Cristina?»

«Con Cristina?» scattò Anna.

Di colpo la donna, spalancò gli occhi e di corsa salì in camera da Mariella, con il figlio che la seguiva come una coda. Aprì la porta di scatto, trovò la stanza vuota e sul letto una lettera.

Cari mamma, papà e Aldo.

Vi ho scritto per dirvi che parto, anzi che sono partita.

Starò fuori uno o due giorni o qualche altro.

Ho bisogno di riflettere, di pensare e fare pace. sono molto confusa e non so come dirvelo. Vi ho delusi ed è nato un problema, che se riesco ad avere coraggio, ve lo dirò al mio ritorno. mi dispiace di farvi soffrire così tanto e scusate se non vi ho detto niente prima, ma saprete tutto dopo. prometto che tornerò presto. non preoccupatevi, me la so cavare.

Vi voglio bene la vostra Mariella.

Anna leggendo le parole scritte dalla figlia, si rese conto che nella mente della ragazza regnava il caos. Sentì un tremore alle gambe ed ebbe la sensazione di sprofondare. Si sedette sul letto, mise la mano sulla fronte, si piegò in avanti, fissò il pavimento e rimase ammutolita. Aldo si avvicinò, si sedette a fianco della madre, le accarezzò la testa e preoccupato, propose di andare a chiamare il padre.

«Aspetta 'nu pochino» gli rispose Anna, dopo aver mandato giù il nodo che le bloccava la gola. Poco più tardi, si raddrizzò, guardò il figlio, esalò un lungo respiro e bisbigliò: «Va' a dirlo a tuo padre e po' venite subito intra a casa, vi voglio vicino.»

Aldo annuì e si recò a passo svelto in garage dal padre, per dargli la cattiva notizia.

Dopo un quarto d'ora, Luciano era in cucina, che rimbalzava dalla finestra al lavello e viceversa, con le mani dietro la schiena e le mascelle contratte. Ogni tanto si fermava, si passava le dita tra i capelli e poi ricominciava a passeggiare, a muoversi come una palla da ping pong. Anna al contrario, aveva appena finito di rileggere la lettera, non poteva fare a meno di piangere ed era seduta davanti al tavolo, con il gomito appoggiato sul ripiano e si reggeva la testa con la mano. Continuava a chiedersi cosa passasse nella testa alla figlia: "Perché ora è andata via da casa? Cosa cerca? Che intenzioni ha? Dove è andata? "

Aldo invece, ritornò su in camera della sorella e dopo aver varcato la porta, frugò per tutta la stanza alla ricerca di qualche indizio. Guardò sul ripiano del comodino, nei tiretti del comò, nel cestino porta carta. Poi trovò il cellulare nel primo cassetto della scrivania: lo afferrò, lo aprì e vide una chiamata fatta il pomeriggio precedente al cellulare di Bo. Deluso, puntò verso la porta, ma prima di uscire si fermò di scatto, si ricordò che in quegli ultimi giorni, Mariella stava incollata da mattina fino a sera al computer. Subito controllò la posta, poi andò alla pagina iniziale di internet, cercò nella cronologia e vide che al terzo rigo c'era scritto: "Cerca lavoro a Cesena e dintorni "; al primo rigo invece, trovò gli orari dei treni e le coincidenze per Taranto-Cesena.

Si alzò di scatto, scese le scale di corsa e quando arrivò in cucina, ansimante disse ai genitori della possibilità che Mariella fosse alla ricerca di un lavoro nella città romagnola e riferì anche della telefonata fatta il pomeriggio prima dalla sorella a Bo. L'agitazione in Luciano crebbe a dismisura e partorì l'idea di prendere l'auto e partire immediatamente per l'Emilia Romagna alla ricerca della figlia. Anna guardò Luciano e nello stesso tempo pensò che la cosa migliore da fare fosse di dover lasciar in pace Mariella, per darle modo di aggiustare il suo futuro con il meccanico. Poi la donna si alzò di scatto dalla sedia e mentre agitava la lettera nelle mani, con la collera in corpo, attaccò il marito: «Ma l'hai letta a lettera di tua figlia! Dice che vuole riflettere, è confusa, lasciamola fa'. È colpa tua quello che sta succedendo!»

«Sì! Lo so! Ma nostra figlia mica è andata dietro l'angolo, Cesena è lontano.»

Aldo, come al solito avanzò: «Papà, ma piccè vanno tutti a Cesena a faticà ? Pagano bene?»

A Luciano mancò poco che venisse un malore nel sentire l'ennesima uscita strampalata del figlio e, a mani giunte, e con voce irata, esplose: «Ma piccè! Gesucrist m'ha dato 'nu figlio scem'?»

«Ma come!» reagì Aldo «Mariella fa i casini e tu ti incazzi con me e dici pure che so' scemo?»

«Sta zitto che è meglio!» ringhiò Luciano.

Anna sbuffò e spazientita ordinò a tutti di farla finita.

Aldo si alzò dalla sedia e uscì. Luciano invece, rimase con la moglie in cucina e continuò a replicare: «Ma io voglio sapè a chi è figlio, questo!»

«Dai Lucia'! Basta! Parliamo di tua figlia invece. Fa proprio bene se va da Bortolo a chiarire una volta per tutte le loro divergenze.»

«Divergenze 'sta menchia! Doveva anda' fino lì per parla'. Non poteva aspetta' quando tornava a Talsano? O se telefonava non era meglio?»

«Ma ce dici! Se torna tra du' anni? Invece ha fatto meglio che è andata. Noi le dobbiamo da' spazio, sentito?»

«Va be! Come vuoi tu! Vediamo cosa succede! Tanto io non conto niente in questa casa. Pe' conto mio, io andrei a pigliarla.»

«Lucia'! Ti ho detto di lasciarle spazio. Dalle spazio ti ho detto!»

Alla fine della discussione, Luciano se ne andò in camera da letto, per far sbollire la collera.

□ □ □

Nella stessa mattinata alla stazione di Bologna, Mariella dopo aver visto sul quadro degli orari che la coincidenza per Cesena partiva dal terzo binario alle undici e mezza, si recò in bagno a darsi una lavata al viso e una aggiustata ai lunghi boccoli dorati.

Rinfrescata e pettinata, passò mezz'ora con la spalla appoggiata a una delle colonne che reggevano la pensilina del primo binario, a vedere i treni che partivano e quelli che arrivavano, poi decise di aspettare in sala d'attesa.

Dopo essersi accomodata su uno dei sedili, appoggiò lo zaino al suo fianco e iniziò a guardare con curiosità la folla seduta nella sala e il via vai delle persone che entravano e uscivano. Il suo sguardo restò rapito dalla vista di una donna seduta di fronte a lei, intenta ad allattare il suo piccolo e le apparve un lieve sorriso nel pensare, che un giorno lo avrebbe fatto anche lei. Mentre continuava a guardare tutta quella gente, forse per la stanchezza della notte passata in bianco durante il viaggio, le palpebre iniziarono a calar pian piano, fino a chiudersi.

Si svegliò di soprassalto, si guardò intorno spaesata e ci mise un po' di tempo per rendesi conto che sedeva su uno dei sedili di una sala di aspetto, in una città del nord Italia. Tirò su il braccio per consultare l'orologio e si accorse di aver dormito un'ora e un quarto. Si voltò verso lo zaino per tirar fuori dei fazzolettini di carta, ma restò sconcertata, appena scoprì che il sacco di tela non c'era più. Non credeva ai suoi occhi e rimase a bocca aperta. Si alzò di scatto e in preda all'agitazione, iniziò a girare per tutta la sala.

Si recò all'ufficio della Polizia ferroviaria, per riferire alle autorità il furto dello zaino, sperava nell'aiuto degli agenti per trovare almeno il portafogli. Un poliziotto alto e magro, con gli occhi assonnati, appena si vide Mariella davanti, la guardò dalla testa ai piedi, poi notò l'inquietudine della ragazza e domandò cosa fosse successo.

«Buongiorno. Devo fare una denuncia, mi hanno rubato lo zaino.»

Il poliziotto annuì, la invitò a seguirlo e l'accompagnò in una stanza a destra della saletta, accese le luci e la fece accomodare su una sedia.

Denunciato il furto, Mariella uscì dall'ufficio della Polizia ferroviaria, attraversò il sottopassaggio, si recò in gran fretta sul marciapiede del terzo binario e dopo dieci minuti, salì sul vagone passeggeri che l'avrebbe portata dal suo Bo.

Incantata dal paesaggio che scorreva davanti ai suoi occhi, il suo pensiero cadde sui suoi e si dispiacque di crear loro preoccupazioni, sapeva che la madre avrebbe capito ed era sicura che avrebbe convinto il padre a non arrabbiarsi, ma quello che la preoccupava di più era come informare la sua famiglia del risultato del test di gravidanza.

□ □ □

A Talsano nel frattempo, con il mandato del magistrato alla mano, il maresciallo Saccia e il brigadiere Manetti si introdussero nell'appartamento della vittima, con la speranza di trovare degli indizi che potessero portare sulle tracce dell'assassino.

Chiusa la porta d'ingresso, i due militari si incamminarono nel corridoio, ma fatti un paio di metri si bloccarono e restarono stupefatti nel vedere il salotto in subbuglio. Sembrava che ci fosse passato un branco di cinghiali inferociti. Non poterono fare a meno di pensare che nella stanza vi fosse stata una tremenda colluttazione. Il maresciallo Saccia per farsi spazio, raddrizzò il divano di pelle, scansò con i piedi il tavolino da caffè, ormai ridotto a legna per il camino, alzò la lampada a colonna e notò per terra a fianco al mobiletto del telefono, un blocconote coperto a metà dall'elenco telefonico. Si piegò in avanti, lo tirò fuori e incominciò a sfogliarlo. Nel leggere l'interno del taccuino, aggrottò la fronte e chiamò il suo collega.

Dopo una gimcana, il brigadiere riuscì ad avvicinarsi e accostarsi al suo superiore.

«Guarda qua, Manetti. Su questo blocco note c'è

annotato, “settecentomila lire, lunedì alle 12 e 55”, è lo stesso giorno del ritrovamento del cadavere. Ci sono anche tutti questi numeri, ma sono depennati, si leggono a mala pena i primi e quattro, “3288”. Devono essere di un cellulare.»

«Sì maresciallo, e allora?»

«Allora... Allora significa che quel tizio che doveva barattare la cocaina con la vittima, è questo segnato qui sopra. L’ora detta da quel Francesco Mascangia, Marangia, come cappero si chiama, coincide e, coincidono anche le settecentomila lire. Dobbiamo scoprire con chi il Gratta avesse l’appuntamento.»

«Lei crede che sia l’assassino?»

«Può darsi Manetti.»

«Maresciallo, io non riesco a capire una cosa: perché il Gratta se lo è segnato? »

«Non lo so, Manetti, è probabile che la vittima fosse uno smemorato. Questo segnato qui sopra mi puzza e parecchio, pure. Dobbiamo vedere se riusciamo a decifrare anche questo numero di cellulare.»

«Io metterei sotto torchio il meccanico Bortolo Mezzaspina. Quel numero di cellulare potrebbe essere il suo.»

Il maresciallo lo guardò, inarcò un sopracciglio e gli spiegò che il numero di cellulare del meccanico iniziava con il “347”, mentre questo invece con il 328.

Il brigadiere restò dubbioso e suppose che forse il Mezzaspina aveva due cellulari. Dopo una breve pausa aggiunse: «Maresciallo! E se il meccanico ha ammazzato il Gratta senza avere nessun appuntamento?»

Il Saccia rimase ammutolito per un istante, poi scettico, commentò: «Mah! Io dico che il meccanico non c’entra niente con questa storia, Manetti.»

In seguito i due militari continuarono a girare per il salotto alla ricerca di altri indizi. Il brigadiere si fermò di fronte al mobile che fiancheggiava la porta che dava sul corridoio, aprì il primo cassetto e, perplesso, chiamò il suo superiore.

«Che c'è Manetti.»

«Venga a vedere, maresciallo.»

Il comandante si avvicinò, il brigadiere gli fece segno con gli occhi verso il cassetto, poi infilò la mano dentro e tirò fuori delle mutandine da donna.

«E queste che ci fanno qua?» scattò il maresciallo dubbioso. Poi aggiunse «sembra che non siano state nemmeno lavate.»

«Maresciallo, perché la vittima tiene delle mutandine da donna qui in salotto?»

«Ah! Io non lo so, Manetti. Quello però che mi lascia perplesso, è che sono state indossate e poi messe qui dentro.»

Dal salotto, si spostarono in bagno, trovarono il mobiletto dello specchio con gli sportellini spalancati. Si trasferirono in camera da letto e lì videro l'armadio con le ante aperte e l'interno sottosopra. C'erano vestiti buttati per terra, c'era il materasso fuori dalla rete, il comò con tutti i cassetti tirati fuori e il loro contenuto sul pavimento. Il maresciallo mise gli occhi sul brigadiere e con aria sospettosa, osservò: «Qui Manetti qualcuno cercava qualcosa!»

Erano in fondo al corridoio e appena aprirono la porta della cucina, l'olfatto venne aggredito da un odore nauseabondo. Dopo aver messo la mano sull'interruttore della luce, i loro occhi vennero catturati da una grossa macchia di sangue sul pavimento e altre piccole chiazze che andavano dal lavello verso il frigo. A fianco della macchia rossa, ormai quasi seccata del tutto, trovarono un portafogli di pelle e al suo interno, la patente di Elviro Gratta, la carta d'identità e quattrocentocinquantamila lire in contanti.

Il brigadiere Manetti, si grattò il mento e perplesso chiese al suo superiore: «Maresciallo! Ma allora il collega Antonio Raganella della scientifica aveva ragione che il Gratta era stato ucciso altrove e il suo corpo scaricato davanti agli scogli. Poi questi soldi? Possiamo almeno ipotizzare che l'assassino non sia un ladro.»

«Eh sì! La tesi del tecnico della scientifica si rinforza caro Manetti. Poi chi ha rovistato qui in casa cercava qualcosa che per lui era molto più importante dei soldi. A capire che cosa...»

«La cocaina maresciallo?» intervenne subito il brigadiere.

«Non lo so Manetti. Mi sembra strano che uno spacciatore si faccia sfuggire tutti questi soldi. A meno che non abbia visto il portafogli o forse non abbia avuto il tempo di aprirlo e vederne il contenuto.»

Il brigadiere Manetti con tono sarcastico suppose: «Oppure l'assassino non ha bisogno di soldi, come ad esempio Bortolo Mezzaspina, visto che viene da una famiglia benestante.»

Mentre il maresciallo Saccia diceva al brigadiere che la cosa migliore da fare era di uscire e chiamare la scientifica, il suo sguardo si fermò sulle altre chiazze di sangue. Si avvicinò, si piegò in avanti e vide un impronta di una scarpa destra. Il brigadiere Manetti si piegò, fissò la suola e dichiarò: «Maresciallo! È una scarpa da ginnastica, c'è una N e K, forse sono della Nike e dalla lunghezza, posso dedurre che sia il 42.»

Il Saccia lo guardò compiaciuto e gli diede una pacca sulla spalla.

Prima di uscire dall'appartamento però, il maresciallo Saccia controllò le finestre e la porta che dava sul retro, per vedere se c'erano state delle manomissioni, ma nel costatare che nessun infisso era stato forzato, ipotizzò che la vittima avesse aperto al suo assassino.

Usciti all'esterno, il maresciallo si recò subito all'interno della gazzella, afferrò la cartellina, l'aprì, tirò fuori la rubrica, trovò il numero telefonico del magistrato Paolo Toghetti, lo chiamò e lo informò delle scoperte fatte in casa della vittima.

«Va bene Mario, ora chiamo io la scientifica e vediamo quando possono venire» disse il magistrato all'amico maresciallo.

Prima di rientrare alla stazione, il maresciallo decise di andare a bussare alle porte delle case vicine, per chiedere se qualcuno aveva sentito litigare nell'appartamento della vittima, o aveva visto qualche movimento strano.

I militari si trovavano nel paese vecchio, le case erano una attaccata all'altra, pitturate quasi tutte di bianco, con marciapiedi stretti e la strada era larga poco più di due auto affiancate.

Bussarono alla porta di fronte e un uomo sulla settantina spiegò di aver visto Elviro Gratta, il giorno dell'omicidio, entrare in casa verso l'una meno un quarto.

Suonarono al campanello dell'appartamento a fianco a quello del Gratta e attesero poco tempo per vedere la porta aprirsi e affacciarsi una ragazzina di dieci, undici anni, con capelli come l'oro e gli occhi di smeraldo.

«Buongiorno! Sono il maresciallo Saccia e questo è il mio collega il brigadiere Manetti, ci sono i tuoi genitori?»

«No! La mamma è dalla nonna e papà è in campagna.»

«Senti! Sai che è successo a Elviro vero?»

«Sì! L'hanno ammazzato!»

«Lunedì! Verso l'ora di pranzo, diciamo verso l'una, l'una e mezza, hai visto dei movimenti strani, o urla provenire da casa di Elviro?»

«Urlare no marescia'! Però, dopo un bel po' che è iniziato il telegiornale, sono andata nella stanza mia e ho visto dalla finestra, che c'era 'na macchina nera, qui davanti a casa du' Furbo e stava uno che caricava dietro nel portabagagli, 'nu sacco di plastica grossi come quello da mondezza.»

I due carabinieri si guardarono, riportarono l'attenzione sulla ragazzina e il maresciallo le chiese se era qualcuno che conosceva.

«No marescia'! Teneva nu' berretto con la visiera e gli occhiali da sole neri.»

«Hai visto almeno la targa della macchina?»

«No marescia'! Non l'ho vista 'a targa, ho visto solo che teneva la forma come la macchina di papà ed era nera.»

«E che auto ha il tuo papà?»

«Una Fiat Punto, ma quella di papà è grigia.»

«Hai visto nient'altro?»

«No marescia'. Po' se n'è andato.»

«Grazie, sei stata di aiuto e fammi un piacere, quando torna tua madre o tuo padre, fammi chiamare alla stazione dei carabinieri, va bene?»

«Sì marescia'! ciao.»

«Ciao.»

Al brigadiere Manetti, nel rendesi conto che il meccanico possedeva una Lancia Delta gialla, apparve all'improvviso un espressione ombrata sul volto. Incominciò a pensare che il suo superiore avesse ragione, che Bo non c'entrasse niente con l'omicidio. Mentre puntava verso la gazzella, con tono di voce dimesso osservò: «Maresciallo, mi sa che lei ha ragione. Forse il meccanico non c'entra niente con questa storia.»

«Te lo avevo detto io, Manetti. Dobbiamo concentrarci per trovare quel tizio dell'appuntamento. È sicuramente anche il proprietario di quella utilitaria nera.»

Mentre facevano rientro alla stazione, il maresciallo si massaggiava il mento e rifletteva: "L'assassino avrà sottratto il cacciavite al meccanico; deve essere una persona che frequenta l'officina, che possiede un' utilitaria nera e deve essere quello spacciatore nominato da Francesco Marangia". Poi rifletté anche su quel grande sacco della spazzatura, visto dalla ragazzina. "Sicuramente è servito per mettere dentro il corpo minuto di Elviro. Ma sul luogo del ritrovamento del cadavere, il sacco non c'era. Come mai? "

Nella testa del brigadiere Manetti si fece nuovamente largo il dubbio: forse doveva aspettare a dire al maresciallo che il meccanico non c'entrava niente con l'omicidio, erano troppi gli indizi che portavano a lui: era il proprietario dell'arma del delitto, lui aveva fatto le minacce di morte, l'alibi era ancora tutto da verificare, era scappato a Cesena e quello che aveva ipotizzato fin ora, non faceva una piega.

Poi all'improvviso, un'altra idea gli balenò in testa: "Non è che l'utilitaria nera, Bo Mezzaspina se l'è fatta prestare da un amico? "

NOVE

Il regionale proveniente da Bologna era fermo sul primo binario nella stazione di Cesena. Appena scese dalla carrozza di seconda classe, la prima cosa da fare pensò Mariella, era di trovare l'indirizzo della ditta Rotanova.

Si recò verso il bar della stazione, alla ricerca di un elenco delle Pagine Gialle. Entrata nel locale ci mise poco a trovarlo, lo vide appoggiato su un tavolino di ferro battuto con il ripiano in marmo chiaro. Si fece prestare una penna dalla ragazza seduta dietro al registratore di cassa, ritornata al tavolino, annotò la via e il numero civico sul retro di uno scontrino fiscale, che teneva appallottolato nella tasca del jeans. Dopo aver chiuso l'elenco e consegnato la biro alla cassiera, aggiungendo un grazie per la sua gentilezza, venne catturata dal profumo di cornetti alla crema e dall'aroma del caffè. Riportò le mani nelle tasche, speranzosa di trovare qualche banconota, ma estrasse solo delle monete e guardando un po' il barman e un po' i pochi soldi adagiati sul palmo, restò combattuta se accontentare lo stomaco, almeno buttando giù un caffè caldo o conservare le monete per una eventuale emergenza.

Sentì i crampi allo stomaco dalla fame, ma il buon senso le suggerì di rimandare. Rimise la mano in tasca e decisa, puntò in direzione dell'uscita.

Rimase ferma per un attimo in piazza Sanguinetti, davanti all'entrata della stazione a guardare la città di

Cesena e la sua gente. Decise di non perdere tempo e di cominciare da subito le sue ricerche. Fiduciosa e un quasi euforica, iniziò a chiedere alle persone che incontrava, informazioni su via dell'Artigiano e sulla ditta Rotanova. Si rattristò nel ricevere risposte del tipo: "io non lo so"; "io non sono di qua"; "chieda a qualche altro"; "provi in un'altra zona". Nel sentire che la gente del posto ignorava sia il nome, che la strada dell'azienda, pensò che forse non doveva perdere del tempo a cercare in città, ma doveva spostarsi in una zona artigianale.

Leggendo i cartelli di indicazione delle varie ditte posti a ogni incrocio, Mariella senza rendesi conto oltrepassò la periferia e si trovò già sulla strada per Gambettola, un comune a circa otto chilometri da Cesena. Dopo aver camminato per tre ore, cominciò a percepire la stanchezza del viaggio e il caldo afoso del pomeriggio aiutava il sudore a occupare ogni curva del suo corpo.

Arrivata la sera, dopo tanta strada, Mariella si ritrovò quasi nel centro della città, con le gambe doloranti e la sensazione di avere il grand canyon nello stomaco per la fame. Era avvilita nel pensare che il suo tentativo di trovare la ditta Rotanova fosse fallito. Le persone che aveva incontrato e a cui aveva chiesto informazioni, non le erano state d'aiuto. Decise di far sosta sedendosi su un muretto di mattoni rossi che divideva una proprietà privata dalla strada. Mentre era accomodata a far riposar le gambe, dentro di sé la preoccupazione iniziò a lievitare e si chiese che avrebbe potuto fare se non fosse riuscita a trovare il meccanico in serata e se non lo avesse incontrato nemmeno l'indomani. Come sarebbe tornata a Talsano? Dove sarebbe andata? Passò qualche minuto si ricordò che Giulia Carpotto, un'amica in comune con Samantha, un pomeriggio, durante una chiacchierata le aveva detto che a Cesena abitava una zia di Samantha di nome Mafalda. Cominciò a riflettere sulla seria probabilità che Bo e Samantha soggiornassero a casa della zia. A un centinaio di metri, vide una cabina telefonica illuminata all'interno. Scese dal muretto e puntò verso l'apparecchio pubblico. Tirò fuori dalla tasca, le monete risparmiate la mattina con tanta fatica e dopo aver alzato la cornetta, compose il numero del telefono di Giulia.

«Pronto. Buonasera Patrizio, sono Mariella c'è Giulia?»

«Ciao Mariella. Sì c'è ! Mò t'ha chiamo aspe'.»

«Grazie!»

Un attimo più tardi «Ehi Mariella, ciao!»

«Ciao Giulia. Senti mi puoi dire come si chiama la via dove vive Mafalda, la zia di Samantha? Quella che sta a Cesena.»

«Aspe', mi sembra che ce l'ho ancora segnato sull'agenda.» e dopo alcuni secondi. «Via Settembrini 87.»

«Grazie Giulia. Ti saluto, buonanotte.»

«Ma! Devi andare a Cesena? Non mi hai detto niente.»

«Giulia, poi ti racconto, ora devo andare, scusami, va bene?»

«Non preoccuparti. Ciao Mariella.»

«Ciao Giulia.»

Essendo sera tardi, Mariella decise di rinviare all'indomani la ricerca di via Settembrini 87.

Era disorientata e affamata, non metteva niente sotto i denti dalla sera precedente, fino a quel momento aveva solo bevuto un po' d'acqua delle fontanelle comunali. Mentre si incamminava senza avere una meta precisa, la via rimase priva di illuminazione. Iniziò a vagare nel buio con il cuore che le batteva con violenza nel petto, tanto da avere la sensazione che la maglietta si alzasse a ogni colpo. Vide in lontananza una luce bianca, con dei punti azzurri al centro. Iniziò a correre e man mano che si avvicinava alla fonte luminosa, notava che si trattava di un'insegna che sovrastava un porticato con la scritta Pensione Ada.

Arrivata davanti all'entrata, si piegò in avanti e appoggiò le mani sulle ginocchia per scaricare la tensione e per dar modo al fiatone di rallentare. Incominciò a fare avanti e indietro a passo lento di fronte all'ingresso. Era indecisa se entrare e fare la sfacciata, oppure andar via e passare la notte in qualche angolo della città. Dopo un quarto d'ora d'incertezza, si fece coraggio e si recò all'interno della pensione. Nella sala d'accoglienza trovò una signora vicina alla sessantina, dai capelli d'argento legati a chignon, appoggiata con i gomiti sul bancone, a leggere una rivista. Nel momento in cui vide entrare Mariella, la donna si drizzò all'istante e la guardò con stupore. La ragazza senza riuscire a nascondere l'imbarazzo palesato delle gote arrossate, azzardò: «Buonasera signora, mi chiamo Mariella Sarchione, sono di Talsano e mi hanno derubata. Non ho soldi né documenti, la denuncia del furto l'ho dimenticata sul treno, non so dove andare questa notte e ho anche un po' di fame. Mi può aiutare per favore?»

La signora Ada, per un istante rimase a fissarla, dopo sentì il cuore sciogliersi. Con un sorriso e in modo garbato, affermò: «Mi sembra che lei sia una ragazza per bene, non si preoccupi per i soldi. Venga con me.»

La donna uscì da dietro il bancone e le fece cenno con la mano di seguirla. Salirono al primo piano e la fece accomodare nella stanza numero 5.

Rimasta sola in camera, Mariella si sedette sul letto e mentre iniziò a spogliarsi, pensava alla titolare della pensione. "Non ci ha pensato due volte ad aiutare una ragazza sconosciuta. Rischia tanto con le forze dell'ordine, visto che non ho né documenti e nemmeno la denuncia del furto".

Una doccia calda la fece rilassare dalla fatica di una lunga giornata, passata a camminare in una città sconosciuta, avvolta da un'afa soffocante e dai gas di scarico dei veicoli a motore.

Girò le manopole per chiudere il flusso dell'acqua calda, accostò la tendina, indossò il morbido telo da bagno della pensione e si asciugò i boccoli dorati. Uscì dal bagno con sorpresa nell'ascoltare alla porta dei leggeri tocchi e pronunciare il suo nome. Si recò ad aprire continuando a strofinarsi i capelli, tenendo la testa china da un lato. Con un sorriso rassicurante, la signora Ada varcò la soglia portando tra lei mani un vassoio con tre rosette imbottite con fette di mortadella, insieme a una bottiglia di succo di frutta all'albicocca. Appoggiò il vassoio sul piccolo tavolo, accostato al muro, a destra della portafinestra che dava sul balcone. Gli occhi di Mariella non poterono fare a meno di inumidirsi nel vedere la gentilezza della donna e la ringraziò di tutto cuore.

Rimasta nuovamente sola, sedeva davanti al tavolo, con i gomiti appoggiati sul ripiano e la fronte sulle mani giunte. Ringraziava la Madonna di averle fatto vedere quell'insegna luminosa e di aver incontrato quella santa donna che l'aveva accolta con tanto amore e dopo un'Ave Maria e il segno della croce, le papille gustative iniziarono a percepire il sapore del pane e mortadella e del succo di frutta, tra un panino e l'altro.

Pulito il tavolo dalle briciole, lavò gli indumenti intimi e li stese sul telaio della doccia, andò davanti al letto, si tolse l'accappatoio e si infilò nelle fresche lenzuola.

Il lunedì mattina, la padrona della Pensione Ada, sorrise quando vide Mariella scendere le scale al trotto con un'espressione raggiante.

«Buongiorno signora Ada e grazie di tutto, è stata tanto gentile, le prometto che quando rientro a Talsano le faccio un vaglia.»

«Non si preoccupi Mariella, stia tranquilla. Non voglio niente. L'ho fatto con il cuore per aiutare una brava persona in difficoltà. Lei è molto simpatica e se ha dei problemi, ritorni senza complimenti.»

«Grazie signora, lei è meravigliosa. Senta un'ultima cosa, devo trovare il mio fidanzato, sa via Settembrini 87 dove si trova?»

Appena Ada, aprì la bocca per dare le indicazioni, venne subito interrotta per l'intromissione del marito e del fratello di lei. Uno degli uomini diceva a Mariella di girare in fondo alla via a destra e l'altro invece diceva in fondo a sinistra. I due anziani signori seduti a uno dei tavolini, posti di fronte al bancone, iniziarono a discutere tra loro e nel contempo si scambiavano ingiurie in modo amichevole, sotto lo sguardo divertito di Mariella e il viso accigliato della signora Ada. La donna scosse la testa, afferrò Mariella per la mano e la portò fuori.

«Non ascolti quei due bevitori accaniti di Lambrusco, non deve arrivare fino in fondo alla strada, ma al quinto incrocio, giri a destra, faccia all'incirca duecento metri e dopo aver attraversato un paio di isolati, lì troverà via Settembrini.»

«Grazie di tutto signora Ada, è stato un vero piacere conoscerla. Buongiorno.»

«Buongiorno a te Mariella e stai attenta.»

Seguendo le indicazioni della signora Ada, Mariella giunse rapidamente in via Settembrini superò il numero civico 91, poi l'89 e man mano che si avvicinava all ottantasette, sentiva i battiti del cuore salire fino alle orecchie.

□ □ □

Samantha quella mattina era pronta per recarsi da Ugo, per iniziare la giornata in compagnia del suo nuovo amico e amante. Nell'aprire il portone di casa si trovò davanti Mariella, pronta a pigiare il tasto del citofono. Samantha sobbalzò, per un istante restò impietrita e fissò la ragazza dai boccoli dorati, con gli occhi spalancati. Dopo un istante con tono arcigno, sbottò: «E tu? Che cazzo ci fai qua?»

«Cerco Bo! Devo parlargli.»

«Che vuoi da Bo? Ora è il mio fidanzato!»

«Devo dirgli una cosa importante.»

«Cosa vuoi dirgli? Non è più tuo, ora è mio!»

Mariella s'accigliò, le puntò l'indice e ribatté con fermezza: «Lui è il mio uomo, tu non c'entri niente con noi due.»

«Senti stronza! Lascia stare Bo e vai via! E poi che scusa

hai? Tanto è inutile, Mariella, ti puoi inventare qualsiasi cosa. Ormai Bo non ti vuole più!»

«Deve sapere che sono incinta!»

«Incinta? E di chi?»

«Guarda! Io non mi chiamo mica Samantha, eh?»

«Perché? Che cazzo vuoi dire?»

«Niente Samantha! Voglio parlare con lui.»

«È solo una scusa. Sei venuta fin qui, perché sei invidiosa di me e vuoi rovinare la mia vita.»

«Io devo parlare assolutamente con Bo. Sono convinta che Filippo ha messo su un piano per metterci l'una contro l'altro e deve saperlo.» Poi aggiunse con tono accusatorio «non è che ci sei anche tu di mezzo cara Samantha?»

Samantha si irrigidì all'istante, nell'apprendere che Mariella aveva scoperto il suo piano, un attimo dopo però si rese conto che la ragazza riteneva che il ragioniere fosse l'unico colpevole e che su di lei aveva solo dei sospetti. Si sentì comunque minacciata dal fatto che Mariella potesse parlare con Bo e che da un dubbio la sua complicità potessa divenire certezza, mettendo così a repentaglio la sua relazione con il meccanico e rovinando i suoi progetti.

Samantha occultando bene il suo timore, con tono deciso la informò che lei non aveva bisogno di fare giochini strani per stare con un uomo. Poi aggiunse: «Quello che ha fatto Filippo, non mi interessa.»

Le due donne restarono per un'instante a fissarsi senza dire una parola, poi negli occhi passò un brillo maligno, nella sua mente era balenata un'idea, con voce pacata propose a Mariella: «Aspetta, ora faccio una telefonata e vediamo come fare. »

Samantha rientrò in casa, chiuse il portone per non farsi ascoltare, telefonò a Ugo e bisbigliò: «Pronto, Ugo.»
«Ehi ciao bella, dimmi.»
«Senti. Ho un problema grosso da risolvere.»
«Che problema tieni?»
«C'è una puttana che fa sempre casini. È arrivata dalle Puglie, sicuramente per rompere il cazzo a me e al mio compagno. Mi puoi aiutare ad allontanarla?»
«Aspetta cinque minuti, ti richiamo io.»
«Va bene.»
Chiusa la comunicazione con il ragazzo, ritornò fuori, si avvicinò a Mariella e le chiese di non andar via, di calmarsi e di aver pazienza, che si sarebbe aggiustato tutto e che stava aspettando una telefonata da parte di un'amica, per dirle come incontrare Bo. Passarono cinque minuti, il cellulare iniziò a squillare, la Pefido si allontanò di qualche metro e rispose ancora bisbigliando: «Pronto.»
«Sono Ugo, che non mi riconosci?»
«Sì che ti riconosco! È che mi sta vicino.»
«Ah! Capisco. Allora senti, fatti trovare tra dieci minuti al bar dove ci siamo conosciuti, ci sono Luigi e Raffaele.»
«Chi sono?»
«Sono quei due ragazzi che erano con me, quando ci siamo visti per la prima volta.»
«Ah! Ora ricordo. Senti Ugo. Le ho detto che aspetto una telefonata da un'amica, per trovare un modo per farla incontrare con Bo» riprese dopo un'esitazione «Bo è il mio fidanzato.»
«Ho capito. È un'ottima trovata Samantha. Dove lavora Bo?»
«Alla ditta Rotanova. È un'azienda di assemblaggio di ruote di biciclette.»

«Allora ascolta. Tu dille che Luigi e Raffaele lavorano con il tuo fidanzato e che l'accompagnano da lui, e poi non preoccuparti. Ora telefono a Luigi e l'avviso.»

«Ma che le fanno?»

«Ti ho detto di non preoccuparti! Non interessarti più della cosa.»

«Allora partiamo subito, tieni presente che siamo a piedi.»

«Va bene. Tanto ho detto già prima a Luigi di aspettarti.» poi aggiunse «noi ci vediamo dopo.»

Samantha ripose il cellulare nella borsetta e pensò a quali potessere essere le intenzioni di Ugo: "Forse le farà del male? Forse la spedirà in un posto lontano?" fece spallucce e pensò ancora: "Tanto che importa cosa può capitare a quella troia, l'importante è che scompaia per sempre dalla mia vista".

Le due donne si avviarono per recarsi sul posto dell'appuntamento e durante il percorso, Samantha le raccontò di questi due ragazzi che lavoravano con Bo, fermi ad aspettare davanti alla Coccinella D'oro, per portarla alla ditta Rotanova.

Arrivate davanti al bar, trovarono Luigi e Raffaele che attendevano in piedi, appoggiati su una vecchia Due Cavalli.

Dopo le presentazioni tra i ragazzi, Mariella salì in auto con Luigi e Raffaele e sedette sul sedile posteriore, convinta di andare a incontrare il suo Bo. Appena l'auto si avviò, la ragazza avvicinò la mano al finestrino e salutò la Pefido, dopo appoggiò la spalla allo schienale e commentò ingenuamente con se stessa: "Come si fa in fretta a dare un giudizio sbagliato su una persona. Samantha non è cattiva come sembra, anzi, è stata molto gentile. Ha capito e si è fatta da parte. Questo significa che è totalmente estranea all'intrigo di Filippo".

Una decina di chilometri fuori Cesena, Raffaele svoltò a destra, si immise su una strada sterrata, bordata da un lato da un campo di girasoli e di granturco dall'altro lato. Mariella fu perplessa nel vedere che si erano fermati davanti a un enorme casolare a due piani, con le pareti a faccia vista e il tetto in tegole rosse. Le sembrava più una masseria, quasi come quella dei suoi genitori, che un'azienda di ruote di biciclette e presa dal dubbio, chiese dove l'avevano portata.

Seduto sul sedile passeggero, Luigi si voltò e con spigliatezza, disse: «All' azienda dove lavoriamo con il tuo fidanzato. Qui la maggior parte delle ditte, sono nelle cascine.»

«Ah, ecco perché non trovavo via dell'Artigianato, è in mezzo alle campagne!»

«La scema pensa ancora alle fatine.» affermò sotto voce Raffaele a Luigi ridendoci sopra.

Spento il motore dell'auto, i tre scesero dalla francesina rosso porpora e si recarono all'interno del casolare, dove Mariella nell'entrare trovò due uomini cinesi ai lati della porta e, di fronte un omone con la barba lunga e nera e la testa rasata, che le andò incontro con le braccia tese. Lei fece un passo all'indietro, l'uomo con le mani enormi e pelose la prese per il collo e cominciò a stringere forte. Mariella cercò di dimenarsi, ma rimase bloccata: lui era molto più forte. Un istante più tardi la ragazza non riuscì più a respirare, la vista le iniziò ad annebbiarsi e poco dopo le diventò tutto buio.

□ □ □

Nello stesso momento alla masseria Sarchione a Talsano, Anna, mentre puliva il bagno del piano di sopra, venne colta all'improvviso da un senso d'angoscia. Sentì un oppressione alla bocca dello stomaco e un giramento di testa la costrinse ad accomodarsi sulla piccola sedia in vimini, posta di fronte al lavabo. Si chiedeva come mai era stata travolta da quella brutta sensazione, poi aggrottò la fronte, vide uno scatolino nel cestino getta carte con la scritta "ovulazione". Perplessa, afferrò il contenitore di carta e notò che si trattava di un test di gravidanza fai da te. Lesse il foglietto delle istruzioni con grande cautela, tirò fuori dal cestino la barretta servita per l'operazione e si coprì subito la bocca con la mano.

All'ora di pranzo, Luciano e Aldo rientrarono in casa dopo una giornata passata a lavorare nella vigna.

«Ben tornati uomini!» salutò Anna «Allora come è andata la giornata?»

Luciano conoscendo bene la moglie, intuì immediatamente, dal modo in cui era stato accolto, che ci fosse nell'aria qualche novità destinata a irritarlo. La guardò inarcando un sopracciglio, emise un mugugno e, leggermente aspro, disse: «Fino a mò tutto no' bene, ma di più! Fino a mò, però.»

«Sé piccè tua figlia ha voluto andare da Bortolo?»

«Eccolaaa... e ti pareva! Piccé? Dai, su dimmi!»

«Piccé diventerai nonno.»

Le ultime parole di Anna fecero sentire Luciano simile

a un vecchio palazzo, colpito ripetutamente da una palla d'acciaio di tre tonnellate. Sconcertato, meccanicamente tirò la sedia da sotto al tavolo, si accomodò, appoggiò i gomiti sul ripiano, si mise le mani sulla fronte e iniziò a scuotere la testa.

Anna lo guardò con preoccupazione, sapendo che il marito sperava che la figlia conservasse la sua verginità fino all'altare, magari anche a cinquant'anni compiuti. Aldo in quel momento uscì dal bagno e vide il padre seduto davanti al tavolo, con le mani sulla fronte che scuoteva la testa. Guardò la madre gesticolando con la mano chiusa a cucchiaio. Poi, chiese se il padre si fosse fatto male.

«No! Non s'è fatto niente» intervenne la madre «tuo padre sta così perché diventerà nonno.»

Aldo incrociò le braccia e le appoggiò sul petto, alzò la testa in aria e fissò la volta del soffitto, poi riportò lo sguardo sulla madre e perplesso avanzò: «Mammà! Ripeti quello che hai detto, che non ho capito?»

«Tua sorella è incinta...» ripeté a cantilena.

Il ragazzo rimase a fissare la madre con stupore, dopo sedette davanti al tavolo, appoggiò i gomiti sul ripiano, si mise le mani sulla fronte e subito dopo si rese conto di fare come il padre; alzò la testa di scatto, annuì e nel contempo concluse: «Ah... ecco piccè stai così papà. Sei contento che diventerai nonno, vero?»

Luciano sobbalzò dalla sedia, irato guardò il figlio, diede due colpi sul tavolo con le mani chiuse a pugno e, a passo svelto, si recò fuori dalla cucina, sbraitando e dichiarando di avere un figlio maggiorenne di età, ma con un cervello di un neonato in fasce. Anna invece, alzò la testa e le mani al cielo come se stesse pregando: «Ma piccè, ho 'nu figlio accussì.»

Aldo rimase seduto, con lo sguardo addolorato e si rese conto che in questo periodo la sua famiglia stava attraversando un momento difficile e la pazienza che avevano per i suoi danni materiali e per le sue uscite strampalate, era andata via insieme a Mariella.

□ □ □

A Cesena, Bo stava all'interno della ditta Rotanova. Era il suo primo giorno di lavoro.

Samantha invece, all'insaputa del meccanico era a Cesenatico nella camera da letto di Ugo. Al termine del rapporto, restarono seduti sul letto con le spalle appoggiate alla testiera e parlavano di auto sportive, di pellicce, di gioielli e di soldi, poi Ugo incuriosito, azzardò: «Samantha! Ti posso fare una domanda? Lo so! Sembro un impiccione, ma che ha di speciale questo Bo?»

«È bello. Alto, moro, con occhi neri, carnagione scura e fisico atletico, un po' crudo ma passabile.»

«Ma economicamente come è messo?»

«I suoi genitori sono proprietari di case, terreni, negozi e un paio di alberghi sulla litoranea salentina.»

«Ah! È messo bene! Hai fatto tredici, allora.»

«Sì!»

«Ma! Nel letto non ti fa felice visto che...»

«No no! Mi fa felice eccome, è solo che a me piace farlo anche con gli altri.»

«Non hai mai pensato di farti pagare? Sai ci sono delle mie amiche che fanno molti soldi con il sesso e tu hai un corpo favoloso.»

Samantha fece un sorrisetto, poi confessò che una volta lo aveva pensato.

«Perché non lo fai? Ti posso aiutare io.»
Di colpo la ragazza diventò seria in volto, si alzò dal letto e senza dire una parola, iniziò a vestirsi. Ugo invece allungò il braccio, afferrò il portafogli dal ripiano del comodino, tirò fuori trecentomila lire e gliele mise nelle mani, lei afferrò il denaro e perplessa chiese il perché di quei soldi.
«Te li sei guadagnati. Se non li vuoi, ridammeli.»
Samantha lo guardò con riluttanza, portò gli occhi sulle banconote e subito dopo gliele scaraventò in faccia e andò via in preda alla collera.
«Decidi bene quello che fai, Samantha.» l'avvertì Ugo.

□ □ □

Martedì pomeriggio, nelle campagne dell'entroterra talsanese, Luciano e Anna sostavano nell'aia, seduti sulla panca, accostata sotto la finestra di cucina, al riparo dal sole e si chiedevano come mai la loro figlia non avesse ancora chiamato. Non sapevano se Mariella avesse incontrato Bo e chiarito le loro divergenze. Luciano dopo una lunga chiacchierata con la moglie, si era rassegnato all'idea che Mariella aspettasse un bambino e pensava che se avesse dato retta ad Anna sin dall'inizio, probabilmente sua figlia ora sarebbe a casa con loro.
«Tu ce dici Annì, forse Mariella tiene paura di telefonare pe' la mia reazione?»
«Più che paura di ave' 'na rinfrescata di capa Lucia', si vergogna di averti deluso, soprattutto mo che è incinta.»
«Se telefona, le dirò di non ave' nessuna paura e di non vergognarsi per la gravidanza, perché lei è ancora la mia

ricciolina e qualsiasi problema avrà, il suo papà si farà in quattro per aiutarla. Speriamo che chiama più presto possibile» guardò la moglie e aggiunse preoccupato: «Piccé no' sta chiamando Annì?»

Anna gli prese le mani e mentre gliele stringeva, mormorò: «Mo no' ti piglia' veleno Lucia'. Se tra qualche giorno non telefona, chiamiamo a Bortolo e po' vediamo, eh. Mo rilassati.»

□ □ □

Era un mercoledì afoso. C'era nell'aria un'umidità del novantacinque per cento, non tirava un filo di vento e il sole cocente dei primi giorni di agosto picchiava sulla città di Taranto. Il maresciallo Saccia e il brigadiere Manetti si erano recati alla casa circondariale, per cercare di farsi dare dal pregiudicato Francesco Marangia informazioni sullo spacciatore e informarsi anche sul modello di moto in cui Elviro Gratta aveva trovato il sacchetto della cocaina. Sostavano nella stanza delle visite, il maresciallo sedeva davanti al vetro che divideva i visitatori dai rei, mentre il brigadiere decise di restare in piedi alle spalle del suo comandante. Dopo alcuni minuti di attesa, arrivò il detenuto Marangia e mentre si avvicinava fissava i carabinieri sempre con sguardo di disprezzo. Spostò la sedia, si accomodò e con aria sprezzante chiese ai militari cosa volessero.

«In questi giorni in cella, hai pensato alle conseguenze del tuo comportamento?»

«Conseguenze di che, marescià!»

«Lo sai che verrai accusato per complicità in omicidio? Se mi dici il nome di quel tizio che doveva barattare la cocaina con Elviro, dirò al giudice che hai collaborato e farò cadere l'accusa!»

Il brigadiere Manetti guardò il maresciallo in modo perplesso, mentre il volto di Francesco Marangia diventava del colore della neve e un'espressione da coniglio prese il posto di quella da malavitoso.

«No marescia'! Questo no eh! Io no' c'entro niente!»

«Allora parla! Per Dio!» scattò il maresciallo con voce irata.

«Va beh va beh marescia'! No' fa' accussì. So che non è di Talsano, lo conosco solo di vista, forse l'ho visto tre, quattro volte, sempre davanti al Taras club. L'ho chiesto a Elviro come si chiamava, ma lui si è limitato a dirmi che è 'no spacciatore di quelli forti, visto che no' l'hanno mai acchiappato.»

«Perché, Marangia, il tuo amico si è fatto prestare da te quattrocentocinquantamila lire, quando invece doveva barattare la cocaina il giorno dopo, in cambio di settecentomila lire?»

«Mi aveva detto Elviro che teneva da fa n' affare importante e gli servivano tre milioni di lire. Mi promise che me ne restituiva cinquecento mercoledì sera.»

«Elviro non ti ha raccontato nient'altro di questo tizio?»

«Un attimo marescia' fammi pensa'. A sì! Mi disse che da quanto è bastardo questo, non si è fatto manco scrupoli pe' da' 'na grossa fregatura ai genitori.»

«Che macchina possiede?»

«Non lo so marescia', però 'na volta l'ho visto in una macchina nera.»

«Che marca di auto era?»

«Non saprei dirlo, non mi intendo di macchine.»

«C'è nient'altro che mi devi dire?»

«No! Mi sembra che v'ho detto tutto. Davvero, marescia'. Comunque, non è detto che è stato questo qua ad ammazza' il Furbo. Elviro teneva parecchi nemici nel paese.»

«Senti Marangia, mi può fare qualche nome della gente che lo voleva morto?»

«Eh! Marescia'! So tanti, come faccio? Saranno diecimila.»

«Va bene, va bene Marangia. Ti auguro buona giornata.»

«Marescia' marescia' ! Dirà al giudice che io ho collaborato?»

«Non ti preoccupare. Metterò una buona parola.»

«Grazie marescia'!»

Il Manetti, mentre ritornava verso la gazzalla con il maresciallo, guardò l'orologio e si rese conto che erano passati ben quaranta minuti da quando erano entrati nella casa circondariale. Da quando era uscito dalla sala colloqui, un dubbio si era infilato nella sua testa, come un verme in una castagna. Mentre si accingeva a inserire la chiave di accensione nel quadro, si bloccò, si voltò verso il maresciallo e gli chiese quali fossero le accuse a carico del Marangia, riguardo la complicità in omicidio: non ne aveva mai sentito parlare.

Il maresciallo lo fissò e con leggero sorriso, spiegò: «Manetti! Questa indagine per me, è come una partita a poker e ogni tanto bisogna barare per vincere. Ho buttato l'amo e il Marangia c'è cascato in pieno come un boccalone. Hai visto? Prima è arrivato con quell'aria da mafioso e poi s'è trasformato subito in una bambina spaventata.»

Sul volto del brigadiere affiorò un sorriso e si complimentò con il suo superiore.
«Vedrai Manetti, troveremo subito l'assassino. E troveremo anche chi ha stuprato quella povera ragazza.»
«Maresciallo! che dirà l'avvocato di Francesco Marangia, quando saprà che abbiamo interrogato il suo assistito a sua insaputa?»
«È un rischio che dovevo correre Manetti, se c'era l'avvocato non avremmo saputo nulla dal Marangia.»

Dopo aver ascoltato le risposte del suo comandante, il brigadiere avviò il motore e partì per far ritorno in paese. Percorrevano viale Unità di Italia e mentre gli ulivi secolari, piantati lungo la strada, catturavano lo sguardo del maresciallo, nell'abitacolo dell'Alfa Romeo si alzò la voce leggermente intimorita del brigadiere Manetti: «Chissà: se indaghiamo sul meccanico, magari scopriremo che anni fa ha dato una fregatura ai genitori.»
Con leggero tono di stizza, il maresciallo ribatté: «Manetti! Dopo che hai sentito quella ragazzina dire di quella utilitaria nera, mi pareva che ti fossi ricreduto? Poi non hai sentito Francesco Marangia che ha detto? Questo tizio non è di Talsano!»
«Lo so, maresciallo. Però non è detto che lo spacciatore sia anche l'assassino. Infatti il Marangia dice che dentro il paese parecchia gente lo voleva morto, il Furbo. Lo hanno detto anche Starsky & Hutch, quei fratelli spioni. Ci sono troppi indizi che portano al meccanico e poi, l'utilitaria nera può averla presa da un amico. Sono sicuro che il meccanico non si è trasferito a Cesena per lavoro, ma per fuggire.»

Il maresciallo ammise che le ipotesi erano giuste. Poi gli ricordò che al momento, la priorità era quella di concentrarsi per trovare lo spacciatore, proprietario di una utilitaria nera che aveva dato una grossa fregatura ai poropri genitori e che possedeva una moto. Una moto. Quando nominò la moto, alzò gli occhi al cielo e si diede una pacca sulla fronte. Iniziò a dire parolacce di ogni genere per sfogare la collera: aveva dimenticato di chiedere a Francesco Marangia la marca, il modello e il colore della motocicletta che il Gratta aveva rubato a quel tipo. Ormai erano lontani dal carcere e per giunta l'appuntato Frado aveva chiamato via radio per avvisare che c'era stata una rapina all'ufficio postale di via Giovanni Borraccino.

□ □ □

Il venerdì mattina a Cesena, Samantha, nella stanza degli ospiti, in casa di sua zia, era ancora sul letto supina con le mani dietro la nuca. Rifletteva sulle trecentomila lire che Ugo le aveva messo in mano. Era pentita di aver rifiutato tutti quei soldi. Si chiedeva quanto sarebbe riuscita a mettere da parte in un mese, se avesse accettato la proposta di Ugo. Iniziò a farsi dei conti: "Se per guadagnare trecentomila lire c'è voluto un'ora, in sette ore posso guadagnare poco più di due milioni di lire. In venti giorni possono diventare anche quaranta milioni".

«Wow! Quanti soldi!»

Poi continuò a pensare che poteva benissimo approfittare della sua bellezza, vendere il suo corpo e nel contempo divertirsi, fare anche una vita agiata, senza nessun sacrificio e magari mandare a quel paese Bo, non avrebbe avuto più bisogno di lui e dei suoi soldi. Avrebbe potuto comprarsi senza nessun problema tutto quello che voleva, avere conti correnti in banca, appartamenti in località alla moda e, visto che aveva la possibilità di diventare ricca in poco tempo, poteva benissimo tenere alcuni uomini ai suoi servigi.

S'immaginava in piedi, a seno nudo, calzando stivali alti, stile pirata, di pelle nera con tacchi a spillo, un perizoma di pizzo nero, dei lunghi guanti di raso nero, con un piede appoggiato su una spalla di un bell'uomo steso per terra e una frusta nelle mani a dominare altri uomini davanti a sé, che imploranti in ginocchio come se fosse la loro regina.

Finito di fantasticare sul suo futuro, Samantha si alzò dal letto e passeggiò per la stanza, passandosi nervosamente la mano nei capelli. Era combattuta se telefonare a Ugo e iniziare una nuova vita o se restare la Samantha di sempre. Dopo qualche secondo di indecisione afferrò il cellulare, compose il numero del telefonino di Ugo e gli diede appuntamento dopo mezz'ora davanti al bar La Coccinella D'oro.

Un'ora dopo, i due erano nella stanza da letto di Ugo.

«Allora Samantha, che hai deciso?»

«A pensarci bene, mi diverto e posso anche fare tanti soldi, l'idea mi alletta. Sì, accetto. C'è un problema però, con Bo come faccio? Per ora non mi va di lasciarlo, sai, voglio essere cauta.»

«Capisco! Non vuoi perdere la gallina dalle uova d'oro.

Tu non dire mai niente, se ha dei sospetti, tu nega sempre. Io, Laura, Roberta e Alessandra, ti possiamo coprire se ce n'è bisogno. Sai, queste mie amiche sono fidanzate e sposate, fanno questo lavoro già da tre anni e i loro compagni sono all'oscuro di tutto. »

«Davvero?» rispose la ragazza meravigliata.

«Sì!»

«Va bene Ugo. Con il coglione s'è risolto, ma qui io non conosco nessuno!»

«Non preoccuparti Samantha, penso io a tutto. Ti trovo i clienti, ti vengo a prendere e ti riaccompagno a casa o in qualche altro posto che dici tu. Poi se ti va, ti faccio usare questo appartamento. Però c'è una cosa che ti devo dire.»

«Dimmi Ugo.»

«Visto che sono io a pensare a tutto, mi devi dare almeno il sessanta per cento del tuo guadagno.»

Samantha si alzò e restò seduta sul letto, guardò Ugo e senza pensarci due volte, accettò le condizioni del biondino e si accordò per cominciare già dal pomeriggio, con un imprenditore, un commerciante e un commercialista.

□ □ □

Arrivò il sabato, per Bo era giorno di riposo. La mattina restò in casa a sistemare uno sportello del pensile in cucina, dare una pennellata di bianco al soffitto del bagno, collegare e poi fissare al muro una presa di corrente nella camera da letto di Mafalda. La zia della Pefido era contenta di avere un ragazzo tutto fare in casa e ne approfittava, visto che alla nipote un uomo non durava più di un mese.

Bevuto il caffè del dopo pranzo, Bo chiese a Samantha

se voleva fare una passeggiata in città.

Lei impallidì nel sentire l'invito del ragazzo. Non aveva tenuto in considerazione le sue eventuali richieste. Nel pomeriggio del giorno prima, aveva avuto degli incontri con uomini sconosciuti del posto e dintorni. Temeva nonostante il suo travestimento con parrucca, ciglia finte e lenti a contatto di colore verde, che qualcuno dei suoi nuovi clienti potesse riconoscerla e far saltare tutto il suo intrigo.

Trovò subito le parole e senza impaccio, replicò: «Ho mal di testa e sembra di avere anche un po' di febbre. Tu esci pure Bo, non preoccuparti per me, tanto io durante la settimana vado in giro per Cesena a fare la spesa e ogni tanto riesco a fare due chiacchiere con i commercianti e la gente del posto» aggiunse «non mi sembra giusto che tu rimanga chiuso di sabato in casa per colpa mia.»

«Sei sicura Sama'?»

«Sì! Non preoccuparti.»

«Va bene, se tu vuoi accussì.»

«Sì amore, vai.»

□ □ □

Nel paese della salina grande intanto, il maresciallo Saccia si godeva il frescolino dell'aria condizionata del suo ufficio e sedeva davanti alla propria scrivania, intento a compilare documenti.

Lo squillo del telefono però, lo fece sobbalzare dalla sedia, mettendo così fine alla tranquillità che, fino a un attimo prima, si respirava nella stanza. Guardò con odio l'apparecchio, poi, con un pizzico di riluttanza allungò il braccio e si prestò a rispondere. Dall'altra parte c'era

Paolo Toghetti. Gli chiese se quell'odore di olio per forcella sul manico del cacciavite, avesse portato a sospettare di qualcuno.

«Senti Paolo, è saltato fuori che quel cacciavite appartiene a un riparatore di motociclette, un certo Bortolo Mezzaspina. Da quello che ho raccolto finora, sembra estraneo ai fatti; non è detto, però, che lo escluda dalle indagini. Il materiale che abbiamo raccolto invece, ci porta a sospettare di uno spacciatore. Quest'ultimo il giorno dell'omicidio aveva un appuntamento con la vittima, proprio un'ora prima del ritrovamento del cadavere. Tu, Paolo, hai delle novità?»

«Sì ce ne sono, mi ha telefonato il medico legale cha ha eseguito l'autopsia su Elviro Gratta, è un mio amico e, in via confidenziale mi ha detto che la vittima aveva i genitali gonfi. Ora non ha voluto entrare nei dettagli, analisi e sotto analisi. Dice che la vittima è stata colpita più volte e con molta ferocia, come se qualcuno ce l'avesse con i suoi organi genitali. Poi sono stati trovati dei capelli ricci e neri in mezzo alle dita della mano destra della vittima. Sicuramente li ha strappati all'assassino durante la colluttazione» riprese. «senti un po' Mario, ma questo meccanico, quando ha saputo che il suo cacciavite potrebbe essere l'arma del delitto, che scusa ha trovato?»

«Ancora non lo sa, ma quando siamo andati la prima volta a parlarci, gli ho chiesto di farmi vedere la serie di cacciaviti e nel momento che abbiamo visto che al suo posto non c'era quello uguale a quello trovato nel petto del Gratta, lui si è giustificato dicendo che l'officina è aperta al pubblico e chiunque può averlo preso. In effetti, la cosa è plausibile.»

«Però è facile dire così Mario. Non è che invece sa dove lo ha messo? O meglio ancora, dove l'ha piantato?»

«Ma no Paolo. Penso che il meccanico non c'entri niente con l'omicidio. Era sorpreso quando ha visto che gli mancava il cacciavite. Comunque, per ora mi preme trovare questo spacciatore e farci spiegare un po' di cose, poi se vediamo che non viene niente a galla, ci concentreremo sul Mezzaspina e su altro.»

Ci fu un attimo di pausa, poi il maresciallo chiese in: «Paolo! Mi hai detto che la vittima è stata colpita più volte ai "gioielli di famiglia"?»

«Sì! Perché?»

«No, niente. Un mio pensiero.»

«Va bene, Mario. Ora ti lascio, ci sentiamo presto. Buona giornata.»

«Buona giornata anche a te, Paolo.»

Appena riagganciò, il maresciallo si alzò dalla scrivania, si fermò davanti alla finestra e perplesso si chiese: "Come mai gli hanno massacrato i genitali? Lo ha detto anche Raganella al momento del ritrovamento del cadavere. Ma perché è stato colpito con tanta ferocia proprio lì? È molto strano. Qui c'è aria di vendetta". Finito di riflettere il suo pensiero si spostò sull'ipotesi del brigadiere Manetti.

Si risedette sulla poltrona, afferrò la cornetta del telefono e compose il numero del cellulare di Bo Mezzaspina, ma la solita voce dell'operatore, avvisava che il numero chiamato non era al momento raggiungibile. Dopo aver appoggiato la cornetta, il dubbio crebbe: "Perché non risponde mai al cellulare? Forse è fuggito da Talsano, come sostiene il brigadiere Manetti? "

Afferrò l'elenco telefonico di Leporano, trovò il numero del bar della spiaggia di Saturo e telefonò.

«Pronto. Sono il maresciallo Mario Saccia della stazione dei carabinieri di Talsano. Posso parlare con il signor Feliciano?»

Tiziana, la dipendente del bar, lo informò che il suo principale era a Bari per un corso professionale e sarebbe tornato l'indomani.

DIECI

Era domenica mattina, la preoccupazione di Luciano e Anna lievitava sempre più a causa del prolungato silenzio di Mariella. I genitori avevano atteso e rispettato la sua scelta, ma col passare dei giorni iniziavano a temere che alla figlia fosse successo qualcosa.

La situazione faceva sentire Luciano come se fosse stato travolto dal suo trattore. Si alzò di scatto dalla sedia e, afflitto, avvisò la moglie di non voler più aspettare altro tempo. Puntò deciso in corridoio, con l'intenzione di telefonare a Bo e chiedergli di Mariella, ma nello stesso tempo aveva il timore di avere una brusca risposta dal ragazzo per quella brontolata fatta due settimane prima nell'aia. Mentre componeva il numero del cellulare, Anna si avvicinò e aspettò ansiosa al fianco del marito.

«Pronto Bortolo! So' Luciano.»

Era Samantha dall'altra parte e ascoltando la voce dell'uomo, di colpo le si ghiacciò il sangue. Pensava che il contadino probabilmente sapeva che la figlia era a Cesena e forse, aveva chiamato il meccanico per avere informazioni.

«Sono Samantha, Bo non c'è, è uscito ed ha lasciato il cellulare a casa.» bisbigliò la ragazza con un pizzico d'imbarazzo.

«Ah! Digli che ho bisogno di parlargli!»

«Sì Luciano. Appena arriva, oggi pomeriggio, glielo dico.»

«Grazie! Ciao.»

Chiusa la telefonata, Samantha guardò il cellulare con sconcerto e rifletté: "Data la gelosia di Luciano, ero convinta che Mariella non avesse detto a nessuno dove andava, per non far sapere al padre che stava inseguendo il ragazzo con cui si baciava quel venerdì pomeriggio nell'aia. Questo significa che Luciano ha accettato la relazione? Bo non deve sapere assolutamente che Mariella è venuta qui lunedì. Ora è presto per farlo, ma subito dopo pranzo, questo cellulare lo spengo e stanotte lo faccio sparire". Prima di posarlo sul ripiano del comò, mentre guardava con occhi furtivi verso la porta del bagno, cancellò la chiamata dalla memoria.

Dopo essersi strofinato con la spugna, impregnata di bagno doccia alla lavanda, Bo, perplesso chiese a Samantha chi fosse al cellulare e cosa volesse. Lei, dissimulando come sempre, lo informò che avevano sbagliato numero.

Inconsapevole, Bo si strinse nelle spalle, poi aprì la manopola dell'acqua calda e si risciacquò dalla schiuma.

Appoggiata la cornetta sulla forcella del telefono, Luciano restò a fissare la moglie con aria dubbiosa. Le raccontò che forse Bo aveva visto il numero del loro telefono e aveva fatto rispondere a Samantha, sicuramente era ancora risentito. Anna conoscendo molto bene il meccanico, lo contraddisse: «No! Non è suo comportamento, avrebbe risposto comunque.»

«Tu dici, Annì?»

Luciano preso ancor più dalla titubanza, ipotizzò che Samantha non volesse farlo parlare con Bo poi aggiunse: «bisbigliava.»

«Bisbigliava?» fece eco Anna sorpresa.

Un istante dopo, la donna avvertì il marito di stare attento a Samantha e gli ricordò di tutte le sue malefatte passate.

Luciano guardò la moglie e con tono apprensivo fece domandò: «Annì! Ma se Samantha sta con Bortolo, Mariella dov'è?»

Anna mentre si chiudeva nelle spalle, rispose: «Forse alloggia in qualche albergo e si vedono all'insaputa di Samantha. No' lo so. Comunque oggi pomeriggio quando richiamiamo a Bortolo, ce lo facciamo dire.»

Dopo una breve pausa, Anna ordinò al marito di telefonare a Enzo e Rosaria Mezzaspina e di spiegare quello che stava succedendo, poi aggiunse: «È capace che Bortolo li ha avvisati di aver incontrato Mariella a Cesena.»

In seguito Anna si spostò in cucina a preparare il caffè, Luciano rimase in corridoio e compose il numero telefonico di casa dei genitori del meccanico.

Enzo Mezzaspina era fermo nel corridoio della sua abitazione, intento ad abbottonarsi la giacca mentre aspettava la moglie per recarsi in chiesa ad assistere alla Messa delle nove e mezza. Nell'abbassare la maniglia della porta, i due coniugi si bloccarono, si voltarono di scatto e si guardarono perplessi nel sentire squillare il telefono appoggiato sul mobile, posto in fondo al soggiorno. Rosaria ed Enzo erano incerti se rispondere oppure chiudersi la porta alle spalle e andar via. Enzo si rassegnò e fece cenno con la testa alla moglie di andare a rispondere, mentre lui si recava fuori nel piazzale ad aspettare all'interno della sua Maserati.

Al telefono, Luciano per prima si scusò con Rosaria, sapendo delle loro abitudini domenicali, le spiegò che non poteva più rimandare e le raccontò della partenza di Mariella per Cesena e del suo silenzio, del colloquio al telefono tra Mariella e Filippo, del tentato stupro e della scoperta della gravidanza.

Rosaria già dispiaciuta di aver perso i contatti con la ragazza da quando il figlio aveva deciso di accompagnarsi con Samantha, nell'ascoltare le parole del Sarchione, restò turbata. Riagganciato, la madre del meccanico rimase perplessa nel ricordarsi che il mercoledì, quando il figlio aveva telefonato, le aveva chiesto di Mariella e come stava. Poi pensò a voce alta: «Ma Bortolo mi ha richiamato anche venerdì sera e mi ha chiesto per la seconda volta se avevo visto Mariella. Questo significa che non è a Cesena con lui?»

Guardò la foto della ragazza appesa in corridoio e preoccupata, dichiarò: «Dov'è la mia stellina?»

Rosaria aveva sempre desiderato una figlia femmina, ma Enzo dopo la nascita di Bo, non voleva saperne più di altri figli, quando Mariella iniziò all'età di sei anni a frequentare la famiglia Mezzaspina, colmò il vuoto nella donna. Ripeteva sempre alle sue amiche, che la sua Mariella era una stellina caduta dal cielo, atterrata in casa sua per portarle gioia.

Mentre percorrevano corso Vittorio Emanuele, con voce spezzata, Rosaria raccontò al marito il colloquio fatto al telefono con Luciano, poi aggiunse: «Non sapevo se telefona' a Luciano, quando mi è venuto in mente che Bortolo m'ha chiamato sia mercoledì che venerdì e m'ha chiesto se avevo visto Mariella.»

Il marito invece di andar dritto per recarsi alla chiesa della Madonna di Fatima per la Messa, all'incrocio di via Roma svoltò a sinistra e si rivolse a Rosaria in modo serio: «Oggi la Messa, può pure saltare.»

Prima di lasciare la provinciale per immettersi nella stradina sterrata che portava alla masseria Sarchione, Enzo rallentò, accostò, tirò il freno a mano e afferrò il cellulare da sopra il cruscotto.

«Pronto Bortolo!»

«Salve. Sono Samantha.»

Ascoltando la voce della ragazza a lui antipatica, il volto di Enzo s'accigliò e con tono stizzito, le chiese dove fosse il figlio.

Vedendo il meccanico che la guardava mentre usciva dal bagno, annunciò impacciata: «Eccolo sta arrivando.»

Bo, si accinse a rispondere al telefono e rimase perplesso nel vedere la ragazza imbarazzata mentre si recava al piano di sotto.

«Ciao papà, come stai?»

«Tutto bene, tutto bene. Senti, ma Mariella è cu' te.»

«Mariella, no piccé ?»

«È partita da qua sabato sera scorsa, pe' venì lì da te.»

«No! Non è venuta, ma dici sul serio? Piccé veniva qua?»

«Senti, qui è successo 'nu finimondo. Prima cosa Mariella è scomparsa da 'na settimana, Luciano e Anna so' convinti che sta con te a Cesena, po' mercoledì sera, no questo, l'altro mercoledì, prima che tu partissi, Filippo ha cercato di violentarla e po' l'ha abbandonata vicino Metaponto.»

«Cosa? Ma è scemo!» preso dallo stupore, aggiunse: «ecco chi era “capito”!»

«Come “capito”. Cosa vuoi di’ Bortolo.»

«Giovedì mattina, della settimana scorsa, è venuto Aldo a casa mia e cercava la sorella. Diceva che era uscita la sera prima con “capito” e tanto era l’agitazione che non riusciva a ricordare il nome. Si riferiva a Filippo, è sicuramente un soprannome che gli ha messo Aldo. Piccé no’ m’è venuto in mente prima? Filippo ha il vizio che quando finisce un discorso, dice sempre capito.»

Per un attimo Bo restò meditabondo, dopo alcuni secondi nella testa gli affiorò un dubbio.

«Ma scusa un attimo papà. Filippo mi ha raccontato che Mariella già da un mese si vedeva con un altro ragazzo a mia insaputa; perché poi sono usciti insieme?»

«Te sei troppo ingenuo! No’ e capito niente ancora? Per prima cosa Mariella è ‘na brava ragazza, ti vuole bene e no’ ti farebbe mai una cosa del genere e po’, quel Filippo ti ha detto che Mariella stava con un altro uomo, per farti litiga’ e farsi avanti lui. Infatti e visto? L’ho capito io ora, è possibile che tu non ci sei arrivato subito?»

Bo, pensieroso, insistette: «Ma me l’ha confermato pure Samantha!»

«Samantha? A quella dai retta? È stata sempre ‘na bugiarda.»

«Tuo figlio crede a della gente che dice di aver visto ‘nu maiale alla guida di n’auto,» disse Enzo rivolgendosi alla moglie.

Rosaria guardò il marito in modo incredulo e nel contempo gli fece cenno con la mano di passargli il figlio.

Enzo sentì una certa riluttanza a cedere il cellulare alla

moglie, ma pensava che in certe circostanze era meglio assecondarla.

«Nah! Ti vuole tua madre, te la passo. Ciao.»

Rosaria, con tono deciso, l'avvertì: «Bortolo. Ora ti dico 'na cosa su Filippo, però non te la prendere con Mariella, non è colpa sua. Allora sta a sentì. Stellina mi raccontò un giorno, che quel figlio d'ntrocchia la corteggiava da parecchio tempo e te lo voleva riferire. Sono stata io a dirle di non raccontartelo, avevo paura che facessi qualcosa di insensato.»

«Ce figlio di puttana. No, figlio d'ntrocchia come e detto tu mammà,» reagì Bo, sentendosi battere le vene sulle tempie.

«È molto strano Bortolo, che stellina non ti abbia trovato. Forse si è persa dentro Cesena? Sa il nome della ditta dove lavori?»

«Sì, sì! Lo sa. L'azienda si trova pure sulle pagine gialle e conoscendo molto bene Mariella...»

Rosaria, presa ancor più dall'apprensione, commentò:

«Allora cosa le è successo? È pure incinta.»

«Incinta?»

Bo restò come un manichino di una vetrina a fissare fuori dalla finestra e aveva la sensazione di stare a passeggiare nudo, su una strada in una notte di gennaio.

«Mammà! Come sai che è incinta?»

«Ce l'ha detto Luciano, Anna l'ha scoperto domenica scorsa, puliva il bagno è ha trovato il test di gravidanza nel cestino,» aggiunse.

«Luciano mi ha chiesto che rimanga tra noi per ora; non lo sa nessuno. Ah! N'altra cosa ti devo dire, la sera prima che quel depravato provasse a violentare stellina, le disse al telefono che tu la tradivi con Samantha già da un mese e qualche tempo prima con una certa Gigliola Peletti. È vero?»

Incredulo, il ragazzo spiegò: «Gigliola Peletti? Che? Quella mi sta sullo stomaco e poi non è vero che stavo con Samantha da tanto tempo.»

Ora la mente del meccanico, era limpida come il cristallo.

«Basta! Ho capito tutto ma'. Ora vado. Po' ti faccio sapere. Ciao.»

«Ciao Bortolo e sta' attento.»

Chiusa la comunicazione, Bo pensò a Filippo che, con le sue menzogne, aveva messo in piedi una cattiveria tale da far crepare di invidia una iena. Decise di telefonare a Filippo per dirgli di tenersi pronto, che appena tornava in paese avrebbero fatto i conti, ma il cellulare risultava irraggiungibile. Dopo aver pigiato il pulsantino rosso per chiudere la chiamata, notò che sul piccolo schermo lampeggiava la letterina dei messaggi. Lo aprì, vide una telefonata persa con il prefisso di Taranto e le prime tre cifre di Talsano.

L'appuntato Luigi Frado della stazione dei carabinieri del paese della salina grande, venne interrotto all'improvviso dallo squillo del telefono, mentre aggrediva a morsi un bombolone alla crema.

«Carabinieri Talsano, chi parla?»

«Pronto. So' Bo Mezzaspina, ho visto che mi avete chiamato?»

«Mah! Io non ho chiamato nisciun', forse è stato u' maresciallo. Comunque quando ritorna glielo chiedo, va bene?»

«Sì! Va bene. Magari mi fa richiamare, buongiorno.»

Scendendo le scale, Bo si fermò sul pianerottolo, e osservò a bassa voce: «Filippo mi ha raccontato che Mariella era da un mese che mi tradiva, a lei ha raccontato che la tradivo con Samantha e prima ancora con Gigliola: lo ha fatto per metterci l'una contro l'altro perché era infatuato di Mariella! Ma Samantha, allora, perché mi ha detto di aver visto anche lei Mariella sulla spiaggia di Tramontone, quel sabato sera in compagnia con quel tipo?»

Sbarrò gli occhi, appena la sua mente venne illuminata da un'intuizione: "Ecco perché Filippo quel martedì in officina diceva sempre che Samantha era una brava ragazza e che era la donna giusta per me. I due sono complici".

Bo si recò in cucina a raccontare a Samantha la chiacchierata fatta con i genitori, voleva scrutare bene la ragazza per vedere in che modo avrebbe reagito.

Seduta davanti al tavolo, intenta a sminuzzare la carne per il ragù, visto che la zia Mafalda era fuori a pranzare a casa d'amici, Samantha vide avvicinarsi il meccanico accigliato. Bo restò in piedi, chino in avanti, con le mani appoggiate sul ripiano del tavolo; le raccontò le menzogne di Filippo dette a lui e quelle dette a Mariella, per metterli l'una contro l'altro, del tentato stupro e della sparizione di Mariella da Talsano.

Questa volta Samantha con la dissimulazione non fu brava, l'imbarazzo la fece arrossire così tanto, da avere il volto in fiamme. Vedendo l'impaccio della ragazza, Bo venne preso dallo sdegno e mentre scuoteva la testa le chiese, senza mezzi termini, fino a che punto era implicata con il piano di Filippo. Lei senza alzare lo sguardo, gli disse di non sapere niente.

«Allora perché mi hai detto che hai visto Mariella con quello? » ringhiò irato.

Vedendosi alle strette, Samantha esitò un istante, poi spiegò: «È stato Filippo a dirmi di aver visto Mariella con quello e mi ha convinta a dirti che c'ero anch'io quella sera sulla spiaggia...» si interruppe, poi riprese con gli occhi in lacrime: «ero sicurissima che Filippo diceva la verità. Io ti amo. È per questo che ho accettato la sua proposta. Ero sicura che Mariella ti tradiva ed ho pensato che lei non ti meritava. Ti amo Bo.»

Il volto del meccanico espresse compassione, appena pensò che Samantha, se aveva pur mentito, lo aveva fatto per amor suo. Con voce dispiaciuta le rivelò che Mariella era incinta.

«Lo so!» gli rispose stavolta Samantha senza riflettere.

Bo si sentì immediatamente le braccia cadere, il volto gli ritornò ad accigliarsi e con tono accusatorio le chiese come faceva a saperlo.

La ragazza con voce secca, insisté: «Ma che dici! Lo sa tutto il paese. Solo tu non lo sapevi.»

«Anna l'ha scoperto domenica passata e non lo sa nessun altro. Solo lei e il marito e ora anche i miei genitori ed io, mi devi dire come mai lo sapevi già?»

Samantha aveva la sensazione di essere braccata come un cinghiale da dei cacciatori e, presa dall' ira, esplose: «Lei ti vuol far credere che il bambino è tuo! Invece ti tradiva e chissà di chi è incintaaa! Perché ti stai riscaldando tantooo! Per 'na troia poi. »

«Guarda! Ti ricordo che è tutto falso quello che mi avete raccontato tu e Filippo! E dimmi poi! Perché lei è venuta a Cesena a cercarmi? A ce proposito? Forse perché mi vuole bene? O perché gli andava di farsi una passeggiata, così tanto per fare due passi? Se è come dici tu, non veniva fin qui a cercarmi. E dimmi n'altra cosa. Non è che tu, per caso, l'hai vista qui a Cesena?»

«No! Io non so! Io no, non ho visto un cazzooo!»

«Dov'è Mariella!» Gridò il meccanico nel sentire la risposta evasiva di Samantha.

«Non lo so! Lasciami stare! Vai via!» urlò la ragazza.

Bo la guardò con gli occhi iniettati di sangue aveva la voglia di prendere la parete a pugni. Colmo di collera, uscì sbattendo il portone alle spalle in modo brusco. Samantha rimase seduta in cucina a tamburellare nervosamente sul ripiano del tavolo. Mentre rifletteva sul da farsi, le squillò il cellulare, guardò con timore il numero, pensando che fosse Bo che voleva altre spiegazioni, ma le si illuminò il viso quando notò che era Ugo. Tirò un sospiro di sollievo e aprì la chiamata.

«Ciao Samantha. Sono Ugo.»

«Ciao Ugo, dimmi.»

«Che fai di bello, Samantha.»

«Niente. Perché ?»

«Senti, mi faresti un favore, visto che io te ne ho fatto un altro?»

«Di che si tratta, Ugo?»

«Ho fretta, devo dare una borsa a Luigi e Raffaele, si trovano dalla parte opposta della città, ma tra un quarto d'ora ho un appuntamento e non posso mancare. Che dici, vuoi aiutarmi?»

«Sì! dove ci vediamo?»

«Al solito bar, fai in fretta, però.»

Samantha si alzò di scatto dal tavolo e si recò di corsa

su in camera per vestirsi e truccarsi. Non si preoccupava di uscire, dopo essere stata scoperta dal meccanico, anzi, pensava che con questa uscita di casa, si sarebbe distolta dalla litigata e per parte sua, Bo poteva fare anche a meno di tornare, tanto prima o poi doveva toglierselo di torno.

Nell'avvicinarsi al bar La Coccinella D'oro, Samantha era perplessa nel notare che il ragazzo teneva sotto braccio una borsa a tracolla di pelle nera e si guardava intorno con circospezione. Appena si fermò davanti a Ugo, iniziò a sospettare che si trattasse di qualcosa di illegale e calò in lei un senso d'inquietudine e si chiese: "Forse è droga? O armi detenute illegalmente? "

«Ciao Samantha, ti vedo preoccupata, che è successo?»

«Niente! Ho litigato con quella bastarda di mia zia, vuole che vada via da casa sua.»

«Ma sei appena arrivata! Che stronza!»

«Difatti! Dai, dimmi Ugo, dove devo andare?»

«Devi andare in via Viserba 180, c'è una pasticceria. Troverai Luigi e Raffaele. Consegna a loro questa borsa.»

«Tutto qua? Che cazzo ci sta dentro?»

«Non ti deve interessare cosa c'è dentro. Tu portala e basta!»

Il ragazzo, puntando l'indice contro la donna con tono minaccioso, l'avvertì di non perdere mai di vista la borsa e di non sbirciarci dentro.

«Sì va bene Ugo, non riscaldarti tanto però, eh?»

Prese in custodia la borsa e guardò negli occhi l'amico con un leggero sorriso, per tranquillizzarlo, poi si mise la borsa a tracolla e si avviò a piedi al locale designato. Durante il percorso, lei era certa che in quel contenitore di pelle nera ci fosse qualcosa di non legale, ma non sapeva di cosa si trattasse e iniziò a incuriosirsi. Era combattuta se dare un'occhiatina oppure ascoltare il consiglio di Ugo. Mentre attraversava la città, venne presa dal terrore di essere fermata dalla polizia o dai carabinieri e invitata ad aprire la borsa. Pensò che per lei, sarebbe stata la fine se fosse successo questo, poi si consolò: "Perché tanta paura? Nessuno sa quello che trasporto, dopo tutto sono una normale ragazza che passeggia con una borsa a tracolla".

UNDICI

Nel Salento, nelle prime ore del pomeriggio, Vito e Davide giunsero a bordo della Fiat dell'elettrauto nell'aia della masseria Sarchione. Poco dopo Aldo si avvicinò, aprì lo sportello, si sedette sul sedile del passeggero e partirono alla ricerca di Filippo, con l'intenzione di dargli una degna lezione.

Tra una chiacchiera e l'altra, arrivarono in via Risorgimento. La porta e le persiane chiuse dell'appartamento di Filippo fecero concludere subito ai tre amici che all'interno non ci fosse nessuno. Una piccola ragnatela tra il montante della porta, la maniglia e la cassetta della posta traboccante di lettere e volantini pubblicitari, fecero pensare che in quella casa non era entrata od uscita un'anima da parecchi giorni. Aldo e i suoi amici non poterono fare a meno di dedurre che Filippo non fosse in paese e decisero di recarsi direttamente all'altro appartamento di Marina di Lizzano.

Finalmente, nel paesino a ridosso della litoranea salentina, i tre vennero baciati dalla dea bendata. Nella villetta del ragioniere c'erano gli sportelloni aperti, la porta d'ingresso appena appena socchiusa, la basculante del garage tirata in su e la Renault Clio nera all'interno.

Parcheggiarono un centinaio di metri più avanti e aspettarono pazientemente come il gatto a caccia del topo. Dopo circa mezz'ora di attesa, notarono la luce arancione posta sul pilastro in pietra, che iniziava a lampeggiare e il cancello automatico che si apriva. Un attimo dopo Filippo usciva dal vialetto a bordo della sua automobile. Dalla villetta il ragioniere si immise su via delle Viole, svoltò a sinistra dal lato opposto dove erano fermi i tre e si recò in direzione del mare. Davide avviò il motore e partì facendo stridere le ruote. Seduto sul sedile posteriore, Vito si spostò di scatto in avanti e consigliò all'amico di seguirlo a distanza.

Fecero circa cento metri, Filippo svoltò a destra, poi a sinistra e imboccò una strada isolata, "ottima per l'agguato", rifletté Vito.

«Vai Davide, accelera» sollecitò il magazziniere all'amico.

Davide affondò il piede sul pedale dell'acceleratore, si avvicinò alla Renault, la superò e le si fermò davanti di sbieco, tagliandogli la strada. Filippo fu costretto a fare una brusca frenata e appena riconobbe i tre, li guardò con occhi terrorizzati, consapevole che Aldo e i suoi amici erano lì non certo per fare due chiacchiere.

Cercando di mantere il sangue freddo, Filippo infilò svelto la retromarcia, effettuò una manovra spericolata, inserì la prima, accelerò, ripartì e fuggì via dai suoi assalitori. Davide, con la sua vecchia ma potentissima Fiat 131, ripartì facendo stridere le gomme sull'asfalto, tanto da farle fumare. Sfrecciando come un razzo, lo raggiunse e dopo qualche secondo si accodò al paraurti della Renault, sterzò prima a destra poi a sinistra e si affiancò, tentò di fermarlo cercando di portarlo fuori dalla carreggiata, ma il ragioniere non si fece intimidire e diede gas al piccolo millequattro a benzina che portava sotto il cofano motore e sfuggì ancora ai suoi inseguitori. Ma con il motore Abarth elaborato al massimo e con Davide alla guida, non poté sfuggire ai tre che gli rimasero incollati al tubo di scappamento.

Filippo imboccò la strada che portava a Lizzano città, un percorso molto tortuoso che diventava pericoloso se preso ad alta velocità. Filippo guardava continuamente lo specchietto retrovisore e quando si accorse che non riusciva a seminare la Fiat, iniziò a innervosirsi e perse la concentrazione. In una curva sbandò, finì in un canale e poi si ribaltò ripetutamente in un campo, mettendo così fuori uso l'auto.

I tre inseguitori si fermarono, scesero e andarono a corsa verso l'autovettura accartocciata. La Renault era adagiata con le ruote per aria. Aldo, Vito e Davide fecero fatica ad aprire lo sportello, ma dopo un po' di sforzi riuscirono a sbloccare la portiera, afferrarono Filippo, incolume, e lo tirarono fuori dall'abitacolo. Il Sarchione lo fissò negli occhi e senza dirgli una parola, cominciò a riempirlo di pugni, calci e schiaffi, mentre il magazziniere e l'elettrauto, guardavano stupefatti Aldo che sfogava tutta la sua collera sul ragioniere.

Non avevano mai visto il Sarchione darne così tante a qualcuno, nemmeno sul ring quando gareggiava per il campionato regionale di pugilato. Vito Brocca afferrò l'amico dal braccio, lanciato come una locomotiva a pieno regime e lo allontanò, non perché avesse visto Filippo con gli occhi somiglianti a due binocoli di colore viola e i denti a penzoloni, ma per poter assestare anche lui qualche calcio al malcapitato ragioniere. Dopo aver lasciato delle impronte di scarpa sul pantalone e sulla camicia di Filippo, si fece da parte e lasciò il posto a Davide, che pensando alla sua Ornella, gli ruppe le ultime ossa rimaste sane.

I tre amici iniziarono poi a imprecare contro di lui, lo accusarono del tentato stupro a Mariella, dandogli dell'ipocrita e arrogante, del maniaco sessuale, del e infine del malato mentale. Filippo esausto, fisicamente e psicologicamente, supplicava i tre di smettere di picchiarlo e aggiunse «Mi sta antipatico Bo, è un bastardo.»

«Come Bo!» abbaiò Vito «che c'entra mò lui, è a Cesena con Samantha, non t'ha fatto niente.»

L'intento del ragioniere con Mariella era sfumato per non aver frenato i suoi istinti sessuali e appena sentì che Samantha invece, aveva ottenuto quello che voleva, in lui affiorò una sorta di invidia. Partorì l'idea che se non era riuscito lui, non doveva riuscire nemmeno la Pefido e così, pensò bene di confessare il complotto architettato dalla ragazza. Aldo e i suoi amici lasciarono Filippo nel campo, accanto alla sua auto ormai ridotta a un catorcio nero come un foglio spiegazzato e partirono in tutta fretta per Talsano, a raccontare a Luciano e Anna l'infame piano.

Durante il tragitto per tornare alla masseria, Aldo ancora non riusciva a credere a quello che avevano sentito le sue orecchie: "Samantha ha tradito la nostra amicizia, ha ingannato Bo, ha sconvolto la vita di mia sorella, ha causato il caos nella mia famiglia ed è riuscita a coinvolgere e sottomettere quel pervertito di Filippo Fidatini". Poi, pieno di soddisfazione esclamò: «Finalmente! Mi so' ricordato come si chiama "capito".»

Arrivati nell'aia, Aldo e suoi amici trovarono l'auto del padre di Bo, ferma sotto il salice piangente al riparo dal sole scesero dall'abitacolo, si diressero, a passo rapido, all'interno della masseria.

In cucina c'erano Luciano e Anna, che sedevano al tavolo in compagnia di Enzo e Rosaria e parlavano preoccupati dell'accaduto. I quattro furono interrotti dai tre giovani, si voltarono di scatto e videro Aldo, Vito e Davide in preda all'agitazione.

I tre iniziarono a raccontare il complotto di Samantha e del ragioniere.

Luciano si alzò dalla sedia, andò alla finestra, fissò fuori e nello stesso tempo pensò che se quel venerdì pomeriggio, invece della sfuriata si fosse limitato a un piccolo rimprovero o avesse fatto finta di non aver visto nessun bacio o meglio ancora, avesse dato retta ad Anna, ora la figlia e Bo, sarebbero a casa con lui.

□ □ □

A Cesena, dopo la discussione accesa con Samantha, Bo ostaggio del caldo pomeridiano della città, procedeva a piedi per le vie senza avere una meta. Dopo aver camminato per mezz'ora, entrò in bar si sedette a un tavolino e ordinò un caffè; iniziò a chiedersi come mai Samantha sapesse già della gravidanza: "Forse prima di partire le due donne si sono parlate? No! Impossibile, giovedì mattina Mariella era sparita, quell'infame l'aveva abbandonata a Metaponto. Da giovedì sera fino alla mattina in cui siamo partiti per Cesena, Samantha è stata sempre con me. Non ci siamo lo stesso: Anna lo ha scoperto domenica. L'ha saputo per forza qui, e da chi? Forse si sono incontrate? Chissà se Mariella ha saputo in qualche modo che ero a casa di zia Mafalda ed è venuta a cercarmi lì ".

Si alzò, chiese gentilmente al barman le Pagine Gialle, un foglio di carta e una penna. Ritornò a sedersi al tavolino, sfogliò l'elenco e copiò alcuni indirizzi di alberghi e pensioni. Dopo aver trascritto l'ultima via e numero civico, pagò la consumazione, ringraziò il barman e si uscì.

Avvolto dall'afa, con gli indirizzi alla mano e la foto di Mariella, che aveva nascosto nell'ultimo scompartimento del portafogli, dopo aver messo quella di Samantha al primo, si incamminò per dar inizio alla ricerca della sua amica del cuore. Passati un paio di isolati, entrò in un albergo, mostrò la foto all'uomo della sala d'accoglienza e quest'ultimo gli disse in modo gentile: «Mi dispiace signore. Qui questa ragazza non è venuta.»

Al secondo albergo ebbe la stessa risposta, al terzo uguale. Alla pensione Il Vecchio Cacciatore, Bo sentì il cuore battere forte, nell'ascoltare la donna dietro il banco, dirgli, di aver visto la ragazza dai boccoli dorati, ma si scurì in viso, quando il marito con la foto di Mariella stretta tra le dita la contraddisse: «No cara. Ti sbagli. La settimana scorsa avevamo nella camera numero diciassette, una cliente che le assomigliava. Ma non è la stessa ragazza. Aveva gli occhi azzurri e non era così bella. Questa nella foto ha gli occhi nocciola.»

La signora insistette e avvisò di essere certa di averla vista. Di colpo sbarrò gli occhi e ribadì: «Sì che l'ho vista! Parlava con Ada lunedì mattina davanti alla pensione» guardando Bo euforica «è bella alta ed è pugliese vero? »

Bo preso dai brividi, esclamò: «Sì! Di Taranto.»

La donna girò intorno al banco, prese la mano del meccanico, lo portò fuori e gli indicò la strada per arrivare alla pensione. Ringraziato di cuore la donna, Bo si avviò con un sorriso soddisfatto e durante il cammino, intonò un motivetto di una canzoncina che gli cantava la madre da piccolo.

Coprendo un paio di chilometri un passo dopo l'altro, Bo arrivò in via Savio e si fermò davanti alla Pensione Ada, con il cuore a mille. All'interno trovò alla sua sinistra due uomini anziani seduti al tavolino, intenti a una partita a briscola, poi si avvicinò al bancone alla sua destra.

«Buongiorno signora, le posso fare 'na domanda?»

«Mi dica pure giovanotto» invitò la donna in modo cordiale mentre chiudeva la rivista.

Bo tirò fuori la foto di Mariella dal portafogli e gliela mostrò.

«La conosce questa ragazza?»

«Sì è Mariella! È stata qui domenica scorsa, è stata derubata alla stazione di Bologna e non aveva più né soldi né documenti è andata via da qui, lunedì mattina.»

«Da quel lunedì l'ha rivista?»

«No!»

«Si ricorda se le ha chiesto qualcosa; un nome di una persona ad esempio o un indirizzo di una ditta?»

«Aspetti, mi faccia pensare, mmm... ah, sì! Ora mi ricordo, mi ha chiesto di Via Settembrini 87, mi aveva detto che doveva andare dal suo fidanzato.»

«Difatti! Ci abito io a quell' indirizzo e sono io il suo fidanzato, ma io non l'ho mai incontrata.»

La signora portò immediatamente la mano sulla bocca e guardò il meccanico con preoccupazione.

«Signora è sicura che Mariella cercava 'sto indirizzo?»

«Sì sì! Sono sicura.»

«Va be! Grazie di tutto. Mi ha detto che Mariella era senza soldi, come ha fatto a pagare la stanza?»

«Non ha pagato.»

«Mi dice quanto le devo dare per il pernottamento?»

«No! Guardi. Non voglio niente, l'unica cosa che vorrei da lei, è che quando trova Mariella, me lo faccia sapere. Anche con una semplice telefonata.»

«Non mancherò! La ringrazio ancora signora. Buonasera.»

Bo uscendo dalla pensione guardò l'orologio e si accorse che erano già le quattro meno dieci; si sentiva confuso e incerto. Mentre si dirigeva a casa della zia Mafalda, nella sua mente cominciava ad apparire chiaro come Samantha avesse saputo della gravidanza: "Mariella è venuta a cercarmi a casa e ha trovato Samantha. Hanno avuto un diverbio molto accesso, Mariella le ha detto che aspetta un bambino e chissà cosa le ha risposto Samantha, per farla fuggire via. È sconvolta la mia Mariella. Chissà dov'è?".

«Mo che torno a casa da quedda vipera, mi deve di' tutta la verità, se no l'accido.»

Bo era fermo davanti al portone dell'appartamento di zia Mafalda, tirò fuori il mazzo di chiavi dalla tasca e mentre si apprestava ad aprire, si fermò quando venne interrotto dalla musichetta del cellulare.

«Pronto!»

«Pronto Bortolo, sò Luciano.»

«Ciao Lucia'! dimmi.»

«Senti. Si ancora arrabbiato cu' me?»

«No! Ma che arrabbiato e arrabbiato...»

«Ti chiedo scusa per la brontolata di quel venerdì di due settimane fa. E che mi so' sentito pigliato in giro.»

«Che scusa e scusa, Lucia'. Abbiamo sbagliato tutti.»

«Ascolta Bortolo, buttiamoci tutto alle spalle e sta a senti'. È 'na cosa molto importante.»

«Dimmi tutto Lucia'.»

«Per prima cosa, i tuoi mi hanno detto che no' sapevi che Mariella è venuta a cercarti. È capace che non è mai arrivata a Cesena. Prova a chiedere negli ospedali, vai dai carabinieri, alla polizia. Vedi di trovarla, Bortolo, per piacere. Poi c'è n'altra cosa. Samantha ha organizzato 'nu complotto, facendosi aiutare da Filippo per mettere contro te e Mariella.»

«Ah! Pensavo che fosse coinvolta, ma no' credevo che fosse stata proprio lei a organizza' tutto. Comunque Lucia', ho scoperto che Mariella domenica scorsa, è stata in una pensione qui a Cesena e so' convinto che Samantha sa che fine ha fatto.»

«Cercala Bortolo. E fatti di' dov'è mia figlia» implorò Luciano, in preda alla disperazione.

«Tranquillo Lucia', a come so qualcosa ti chiamo, va be!»

«Va bene Bortolo! Fammi sape' appena sai qualcosa, vai, non ti voglio far perdere altro tempo. Ciao.»

«Aspe' Lucia'! Puoi avvisa' i miei delle ultime novità?»

«Lo sanno già, sono qui di fronte a me.»

«Ah! Va bene allora, ciao Lucia'.»

Nel corridoio il nome di Samantha rintronava per tutta casa, poco dopo dalla scala, Bo vide scendere la zia della Pefido con il volto turbato e in modo apprensivo, la donna chiese al meccanico del motivo di quell'atteggiamento pieno di collera. Il ragazzo cupo in faccia, raccontò alla donna tutto il losco piano della nipote e il tentato stupro a

Mariella. Mafalda lo guardava esterrefatta, schiacciando nello stesso tempo le nocche della mano contro la bocca. In seguito, in preda alla disperazione, eruppe: «Eppure mio fratello e mia cognata so' brave persone. Io non riesco a capi' 'sta strega da dove è uscita. Sin da piccina, sin da piccina è stata bugiarda, cattiva eppure 'na delinquente» poi guardò il ragazzo con rammarico e aggiunse mentre gli accarezzava il braccio «mi dispiace Bo.»

Sdegnata e continuando a scuotere la testa, la donna si avviò verso la scala, salì al piano superiore e si chiuse nella sua stanza. Bo si recò nella camera degli ospiti, riempì gli zaini dei suoi panni, salutò la zia Mafalda, appoggiò le chiavi dell'appartamento sul mobile, uscì chiudendosi il portone alle spalle. Mentre sistemava gli zaini nel portabagagli della sua Lancia, si sentì chiamare dalla signora Eleonora, l'ottantenne ficcanaso che abitava accanto a zia Mafalda.

«Signor Bo, signor Bo! L'ho sentita gridare, che è successo?»

Bo fece una smorfia, alzò le spalle e dichiarò: «Niente signora.»

«L'ho sentita gridare il nome di Samantha.»

«Forse era la televisione.»

«No, no! Signor Bo, era lei che gridava.»

«Ha sentito male signora, poi Samantha non c'è.»

Con le labbra atteggiate in una strana smorfia, l'anziana asserì: «Mah! A me è sembrato che lei gridasse. Comunque.»

Nello stringerle la mano per salutarla, Bo le chiese se il lunedì mattina avesse visto Samantha parlare con una ragazza dai capelli ricci, lunghi e biondi.

L'anziana donna strizzò gli occhi, e dissee: «Sì! Ho visto

quella serpe della sua fidanzata. Oh mi scusi signor Bo, so che non sono carina a dire così, ma quella è una vera scostumata, sa? L'altro giorno sa che mi ha fatto? È uscita da casa vestita sempre come quelle donnacce e io l'ho solo salutata. E lei che mi fa? Il dito medio! Se lo immagina signor Bo. Il dito medio mi ha fatto.»

«Mi scusi signora Eleonora. Mi può di' cortesemente se ha visto 'sta ragazza dai capelli ricci e biondi. È urgente.»

«Oh mi scusi signor Bo. Ha ragione. Sì l'ho vista. Dapprima questa ragazza litigava con quella sciagurata della sua fidanzata, mi sembra che la chiamasse Mariella.»

«Samantha non è la mia fidanzata, è solo una conoscente,» precisò il meccanico, poi continuò: «È quella che parlava con Samantha la mia fidanzata e infatti si chiama Mariella.»

«Ahhh. Ora ho capito tutto. Sa signor Bo, ho le artrosi, il colesterolo alto, le gambe che mi si bloccano ogni tanto, ma il cervello mi funziona ancora bene eccome. Comunque lasciamo perdere. Dopo la litigata, la screanzata parlava al telefono con qualcuno, poi sono andate al bar La Coccinella D'oro. Sa, me lo ha detto una mia amica che passava da lì per caso e mi ha detto anche che la ragazza dai capelli ricci e biondi, Mariella, è salita insieme con due uomini, a bordo di un'auto rosso porpora. La debosciata invece, è rimasta davanti al bar a guardare con aria soddisfatta l'auto che si allontanava.»

«Senta signora. Non è più tornata qui Mariella, voglio dire, non l'ha più vista in questi giorni?»

Ci fu qualche secondo di esitazione da parte della donna, poi spiegò: «No, no, no. Per niente. E sa, l'avrei vista, eh?»

«Grazie signora, è stata fantastica, le auguro buona serata.»

□ □ □

Bo Mezzaspina era nell'ufficio del comandante dei carabinieri di Cesena e aspettava seduto, l'arrivo del tenente Raffaello Romoli.

«Buongiorno!» salutò il militare, entrando nella stanza.

«Buongiorno.» fece eco il meccanico, seguendo con gli occhi l'uomo in divisa, alto e magro e capelli chiari, mentre si avvicinava alla scrivania, sedeva di fronte e appoggiava dei fascicoli sul ripiano.

«Signor tenente. Senta» debuttò Bo con apprensione «deve cercare 'na donna che è sparita 'na settimana fa, ma dovete fare in fretta.»

«Si calmi e mi dica prima il suo nome.»

«Mi chiamo Bortolo Mezzaspina e so' di Talsano.»

«Che è successo? Mi racconti.»

Bo spiegò per prima il complotto ordito da Samantha, con l'aiuto di Filippo. L'intenzione era quella di far capire subito al militare che si stava parlando di una persona bugiarda e capace di mettere in piedi un piano da far accapponare la pelle a una serpe, aggiunse: «Se è riuscita a fare questo, signor tenente, può aver complottato benissimo un rapimento.»

Poi lo mise al corrente della conversazione fatta con la proprietaria della Pensione Ada, ma quando raccontò quella con la signora Eleonora, l'ottantenne ficcanaso, il militare diventò più interessato.

«Mi dica Mezzaspina. Ma questa signora Eleonora, secondo lei può essere credibile?»

«Sì! È credibile. Altrimenti come faceva a sapere il nome di Mariella?»

«Buona osservazione Mezzaspina» approvò il militare.

«Tenente, deve cercare Samantha Pefido, è responsabile della sparizione di Mariella qui a Cesena, ci sono le prove.»

«Signor Mezzaspina, anche se lei ha ragione sulla Pefido e la ritiene capace di ordire complotti e prendendo in considerazione il racconto di questa signora ottantenne, non possiamo certo accusarla di rapimento o di averlo organizzato.»

«Tenente! Lei deve trovare Samantha e deve interrogarla. Lei è coinvolta, ne sono sicuro.» Bo si ricordò della foto di Samantha che aveva nel primo scompartimento del portafogli. La tirò fuori, gliela porse e insistette: «Dovete cercare questa donna.»

Il militare afferrò la fotografia e corrugò la fronte.

«Ma questa è la stessa ragazza che stiamo tenendo d'occhio da un po' di giorni insieme a dei balordi di nostra vecchia conoscenza. Questo cambia tutto! La donna della foto si chiama Samantha Pefido ed è quella che lei ritiene responsabile della sparizione di Mariella Sarchione? Ho capito bene?»

«Sì! È lei. Ma, veramente se la intende con dei delinquenti?»

«Sì! È proprio così. Senta Mezzaspina, ma lei non era a conoscenza che la sua amica frequentava questi soggetti?»

«No tenente! L'ho saputo ora. Sono qui solo da otto giorni. Per tutta la settimana so' stato al lavoro e la sera, quando tornavo a casa, ci rimanevo. Solo ieri pomeriggio mi so' fatto 'na passeggiata verso San Marino» aggiunse «da solo.»

«Va bene Mezzaspina, sappiamo i posti che frequentano questi soggetti. Se questa Samantha non è in casa, è probabile che sia con loro.» Si interruppe, poi riprese impensierito. «Speriamo bene, gli amici di questa donna sono persone senza scrupoli. Darò all'istante ordini ai miei di cercare questa Samantha Pefido e farci dire dov'è la Sarchione.»
Il tenente effettuò una fotocopia della foto di Samantha, si recò fuori dall'ufficio e la consegnò a un appuntato, che a sua volta uscì a passo svelto dal comando militare, in compagnia di un carabiniere semplice, per recarsi a bordo delle gazzella, nei posti indicati dal comandante.

Il tenente ritornò nel suo ufficio e Bo in preda alla disperazione chiese se Mariella fosse in pericolo.
"E ora che gli dico a questo" pensò il militare "che stiamo indagando su questi balordi che sono sospettati anche di omicidio? " Si passò la mano tra i capelli, poi lo rassicurò: «Signor Mezzaspina vada a casa, la chiameremo appena sappiamo qualcosa. Vedrà, andrà tutto bene.»
«Non ho 'na casa dove anda', posso rimanere qui? Almeno fino a stasera? Sa, spero che trovate Mariella entro stasera.»
Il carabiniere lo guardò meditabondo, poi annuì e gli disse di restare, ma nella sala d'attesa e se Samantha accettasse di venire qui al comando, non doveva prendere iniziative insensate, doveva stare fermo nella stanza e non doveva dire una parola, poi aggiunse: «Mi raccomando Mezzaspina, il regolamento non permette di restare qui al comando, le sto facendo solo un grosso favore.»

□ □ □

A Talsano intanto, il maresciallo Mario Saccia nonostante avesse concluso il turno già da mezz'ora, era ancora seduto davanti alla sua scrivania a riflettere sul perché il cellulare di Bo Mezzaspina fosse sempre spento. Iniziò a chiedersi se il brigadiere Manetti avesse ragione e si domandò se quel numero mezzo depennato sul blocconote fosse davvero di un secondo cellulare del meccanico: "E il cacciavite? E le minacce di morte? È andato a Cesena, per fuggire davvero dalle sue responsabilità ? E se la utilitaria nera se l'è fatta prestare? "

Poi di colpo, aprì e chiuse gli occhi, scosse la testa e disse tra sé e sé a bassa voce: «Ma che sto pensando. No, non devo lasciare la prima strada che ho preso. Mio nonno mi disse una volta, di non lasciare la strada vecchia per prenderne una nuova, perché sai quella che lasci e non sai quella che prendi. E poi Mezzaspina era meravigliato quando non ha trovato il cacciavite.»

Si rese conto che non doveva accantonare nessuna pista, ma per il momento la precedenza era di cercare di capire chi fosse lo spacciatore. Era dal giorno prima che aveva un chiodo fisso in testa: ritornare alla casa circondariale in città per farsi dire da Francesco Marangia il modello di moto che il Gratta aveva rubato a quel tizio e magari, riuscire a farsi dare altre informazioni. Aprì il cassetto della scrivania, tirò fuori la rubrica telefonica e compose il numero di casa del suo amico magistrato Paolo Toghetti.

«Buonasera! Sono il maresciallo Saccia.»

«Mario. Buonasera, dimmi.»

«Senti Paolo, ti dispiace preparami un altro mandato

per domani. Vorrei andare alla casa circondariale a fare altre domande a quel Francesco Ma... Ma... Marangia.»

«Sì che te lo preparo, ma a condizione di fare due chiacchiere, magari davanti a una tazzina di buon caffè.»

«A che ora devo venire?»

«Diciamo verso le nove e mezza. Va bene?»

«Domani alle nove e mezza sarò da te. Grazie e scusami se ti ho disturbato di domenica.»

«Non preoccuparti.»

Appena chiuse la telefonata, nella testa del maresciallo turbinava ancora lo stesso pensiero: "Perché l'assassino si è accanito tanto sui genitali del Gratta?" Poi si alzò, spense le luci e, in compagnia del dubbio, se ne andò a casa.

DODICI

Seduto su una delle sedie, della sala di attesa del comando dei carabinieri di Cesena, Bo vide un brigadiere entrare nella stanza di fronte, chiudere la porta e poco dopo lo sentì parlare alla radio. Il meccanico non riusciva a cogliere bene le parole, ma quando il carabiniere fece il nome della Pefido, Bo addrizzò le orecchie, si alzò, uscì fuori dalla sala, prima guardò se nel corridoio ci fossero militari, poi si avvicinò alla porta e riuscì a sentire un certo appuntato Fiammetti della gazzella 14 che informava di aver trovato Samantha nella pasticceria indicata dal tenente.

«Appuntato, si assicuri che sia la Pefido e poi le dica di venire qui al comando, passo.»

«Abbiamo costatato che la donna si chiama Samantha Pefido e volendo o non volendo, la Pefido e i suoi amici devono venire per forza: nell'entrare io e il collega ci siamo subito insospettiti, si vedeva a chilometri che i tre tramavano qualcosa. Infatti, quando ho chiesto alla donna cosa conteneva la borsa, Luigi Bracetto ha portato subito la mano in tasca. L'abbiamo bloccato in tempo, aveva una pistola. Nella borsa della donna abbiamo trovato circa mezzo chilo di marijuana e una cinquantina di bustine contenenti della droga. Luigi Bracetto e Raffaele Longato, erano in possesso anche loro di droga, passo.»

«Buon lavoro appuntato Fiammetti, passo.»

«Ci potete mandare rinforzi per l'arresto? Passo.»

«Si appuntato, trattenete i soggetti, le mando i rinforzi il più presto possibile, passo.»

«Va bene, passo.»

Poi il dialogo continuò.

«Gazzella diciassette e gazzella tredici, recatevi in via Viserba 180 per dare supporto ai colleghi della gazzella quattordici, per effettuare l'arresto di alcuni sospettati, passo.»

«Ricevuto, ci rechiamo subito sul posto, passo.»

Bo ritornò a sedersi, poi vide uscire il brigadiere dalla stanza. Si alzò e gli chiese cosa stesse succedendo.

«Abbiamo trovato Samantha Pefido e tra un po' sarà qui. Lei vada in sala d'aspetto e stia lì seduto. Mi raccomando, quando vedrà la sua amica, non dica una parola.»

«Ma con chi stava?» Insistette il meccanico.

«Con due balordi» continuò «Mezzaspina, ritorni nella sala d'aspetto e non si muova. Le ricordo che già non dovrebbe rimanere qui al comando.»

Dopo circa un quarto d'ora, seduto sulla sedia accanto alla porta della sala d'aspetto, Bo vide entrare nel comando, con le manette ai polsi, due ragazzi tra i ventidue e i ventiquattro anni, uno basso e grosso con capelli lunghi e neri e l'altro, alto e magro con capelli biondi e corti portati a spazzola. Sono quel Luigi e quel Raffaele, pensò Bo e nello sporgere la testa fuori dalla stanza, mentre li guardava camminare in fondo al corridoio, pensava ancora che i due facessero una bella coppia insieme e assomigliando tanto a Gianni e Pinotto. I presunti spacciatori vennero portati in stanze separate.

Dopo nemmeno un paio di minuti, passò lei, Samantha, a capo chino, tanto da appoggiare il mento sul petto, gli occhi bagnati e il viso stravolto. La Pefido era tra due uomini dell'arma che l'accompagnavano nell'ufficio del tenente Romoli. La ragazza sedette davanti alla scrivania e i carabinieri iniziarono a martellarla di domande.

Con gli occhi gonfi di lacrime e tra un singhiozzo e l'altro, Samantha svelò tutto quello che aveva combinato nelle ultime settimane. Finita la confessione, il tenente uscì dal suo ufficio e si recò alla sala di attesa e confermò a Bo Mezzaspina non solo che Samantha era coinvolta nella sparizione di Mariella, ma che era anche un corriere della droga e aveva prestato servizi sessuali a pagamento con l'aiuto di Ugo Kart, un protettore e capo di un clan malavitoso.

Il meccanico restò prima sbalordito, poi venne sommerso dalla nausea. Aveva scoperto proprio poche ore prima che Samantha era una bugiarda e una amante dei complotti, ma non avrebbe mai immaginato di tenere al suo fianco una persona che vendeva il suo corpo e peggio ancora, una spacciatrice.

Il tenente Romoli ritornò nel suo ufficio e subito dopo aver chiesto al brigadiere, di portare Samantha in un'altra stanza, ordinò all'appuntato Fiammetti della gazzella 14, di recarsi all'appartamento in via Flora 75 e prelevare il sospettato Ugo Kart per portarlo al comando e interrogarlo riguardo alla scomparsa di Mariella Sarchione e sulla provenienza della droga in possesso di Samantha Pefido.

Dopo una ventina di minuti circa, nell'ufficio del tenente Romoli, si presentò un carabiniere semplice e lo invitò ad andare nella sala radio. Dalla gazzella 17, il brigadiere, stava informando il suo superiore che avevano arrestato nella zona artigianale di Cesena, un nord africano, un certo Kamal Haschischian, capo di un clan malavitoso dedito allo spaccio e traffico di droga. L'arrestato aveva appena avuto insieme a dei suoi scagnozzi, una colluttazione con una banda locale per contendersi la zona dello spaccio e nello scontro, erano rimaste uccise due persone, Adil Haschischian fratello del capo della gang e Ugo Kart, ammazzato in seguito da Kamal con cinque coltellate all'addome. Stando in piedi, tra la porta della sala d'attesa e quella della sala radio, sempre con le orecchie aguzze, pronto a captare qualsiasi frase, Bo alzò gli occhi al cielo: aveva ascoltato la conversazione tra i due carabinieri.

Ritornò a sedersi, si piegò in avanti, portò le mani alla faccia e pensò che la speranza di trovare in serata Mariella fosse volata via per raggiungere l'anima di quel protettore ucciso.

Il tenente dopo la notizia della morte di Ugo, si recò spedito in fondo al corridoio, entrò nella stanza dove Samantha era chiusa e con modo irato, annunciò: «Allora! Signorina Pefido! Sa che fine ha fatto il suo protettore? Lo saaa? È morto ammazzato in un regolamento di conti tra malavitosi.»

«No! Non è vero!» scattò la donna urlando.

Il carabiniere si fece più scuro in volto e ribatté: «Non è vero? Tra un po' le faccio vedere le foto del suo amico da cadavere, così poi vediamo se è vero o no. Mi dica! A parte Ugo Kart, chi altro è coinvolto nel rapimento della Sarchione? Parliii! Non mi faccia sprecare del tempooo!»

«Va bene va bene. Raffaele e Luigi: ho consegnato io stessa Mariella a loro.»
«Perché non me l'ha detto prima?»
«Non so. Non so. Sono confusa.»

Il tenente lasciò la ragazza, si trasferì nella stanza dove era rinchiuso Luigi Bracetto, per tentare di farlo cantare come un canarino, ma il ragazzo era un osso troppo duro e si rifiutava di parlare.

Passò del tempo, il delinquente era ancora seduto sulla sedia, con la testa china verso il basso a fissare il pavimento e non aveva detto ancora una parola.
Il comandante Romoli dopo il lungo tentativo di tirar fuori dalla bocca dei due malviventi dove avessero portato Mariella, si recò con aria stanca nella sala di attesa; lì trovò il meccanico steso su due sedie a dormire.
«Mezzaspina. Non può rimanere. Mi dispiace, deve trovarsi un albergo. Ritorni domattina.»
Il meccanico si alzò, rimase seduto, si strofinò gli occhi e mezzo assonnato domandò al tenente se i balordi avevano confessato.
«Niente Mezzaspina, niente. Ora però entra in servizio il maresciallo Lo Russo. Con lui è sicuro che parleranno.»
«Speriamo tene'.»

Bo, uscito dal comando dei carabinieri, si recò verso la sua auto, ma si bloccò di scatto e iniziò a imprecare per aver dimenticato di avvisare Luciano. Tirò fuori il cellulare dalla tasca e compose il numero telefonico della masseria. Dall'altra parte, rispose Anna con voce fioca.

Finito di raccontare ad Anna gli avvenimenti accaduti nelle ultime ore, Bo salì a bordo della sua Lancia e si avviò verso la pensione della signora Ada, per rinfrescarsi sotto una doccia fresca e passare la notte in un comodo letto.

□ □ □

Il lunedì mattina a Talsano il maresciallo Saccia partì dalla stazione a bordo dell'auto di servizio, in compagnia dell'appuntato Frado e lasciò il brigadiere Manetti nel proprio ufficio, con il compito di chiamare i colleghi di Pulsano e di Lizzano, per farsi dire se negli ultimi tre mesi ci fossero stati casi di stupri e farsi dare i nomi dei sospettati. Prima di andare nella periferia della città per recarsi alla casa circondariale, il maresciallo allungò il giro per passare dal palazzo di giustizia dal suo amico Paolo Toghetti e ritirare il mandato per l'interrogatorio di Francesco Marangia.

Nell'ufficio al primo piano, seduti uno di fronte all'altro, il maresciallo Saccia spiegò a Paolo Toghetti tutti gli sviluppi fatti fino a quel momento sull'omicidio di Elviro Gratta.

«Mario, a parte questo spacciatore con questa utilitaria nera e i sospetti del Manetti su quel meccanico, hai pensato invece che la vittima abbia molestato una donna o addirittura abbia cercato di stuprarla e che un suo parente si sia vendicato? Ad esempio un fratello, un fidanzato, un marito? Considera la ferocia con cui l'omicida si è scagliato contro gli organi sessuali della vittima.»

«Diciamo che ci avevo già pensato Paolo, ma per adesso, mi voglio concentrare sullo spacciatore. Se non caviamo un ragno dal buco con questo, prenderò subito la pista della vendetta. Che mi sembra probabile.»

Si alzarono in piedi, si strinsero la mano, ma prima di lasciare andare il maresciallo, il magistrato commentò: «Indagare su un amico o un cliente del meccanico è la strada giusta Mario, ma questo discorso della vendetta... Tienimi informato se ci sono novità.»

«Senz'altro Paolo e grazie.»

Parcheggiata la Fiat di servizio sotto l'ombra di un pino, nel piazzale della casa circondariale, il maresciallo Mario Saccia, dopo aver chiesto all'appuntato Frado di aspettare nell'auto assicurandogli che non avrebbe impiegato più di una mezz'ora, si recò verso l'entrata dello stabile.

Mentre aspettava seduto nella sala dei colloqui, il maresciallo cercò di ricordare qualche amico di Bo Mezzaspina che possedesse una utilitaria nera, che frequentava l'officina e che avesse avuto la possibilità di sottrarre il cacciavite. "C'è quello spilungone, là, come si chiama, l'ho visto sempre insieme al meccanico, mmm... Boh! Non ricordo, comunque no! Tiene una Fiat Regata bianca. Poi c'è il cicciottello, mmm... come si chiama... quell'altro, a sì! Gino Squama. Lo incontro spesso nel bar Le Tegole. Ma quello non tiene nemmeno la patente." Il maresciallo di colpo sgranò gli occhi ed esclamò: «Quel ragioniere!»

Le due guardie che piantonavano la sala, si voltarono a guardare il carabiniere con un'espressione perplessa, poi si fissarono e a vicenda si strinsero nelle spalle. Quello più alto, con l'indice della mano destra si picchiettò la tempia.

"Sì! quel ragioniere" disse tra sé e sé Saccia: "Ha quella utilitaria, una Renault Clio nera, l'ho visto spesso davanti al Taras club e con il meccanico. Ora che ricordo bene, il collega Giacomo Contravini della stazione di Maruggio mi avvertì che a Talsano si era trasferito questo ragioniere, dopo aver truffato il proprio padre e il proprio fratello. Francesco Marangia, inoltre, l'altra volta, mi disse che questo spacciatore da quant'era bastardo, aveva dato un grossa fregatura ai genitori". Si sforzò di ricordare il nome del giovane, ma venne interrotto dall'arrivo di Francesco Marangia.

«Marescia'! Mo ce vuole? Non le dico più niente sa.»

«Abbi pazienza, rispondi solo a qualche altra domanda. È un ragioniere vero?»

«Non lo so marescia', non lo conosco tanto bene.»

«Un'altra cosa Marangia, la moto dove il Gratta ha trovato la cocaina che marca e modello era?»

«'Na Vespa marescia'! 'Na Vespa Special bianca.»

«Non mi devi dire nient'altro?»

«So che Elviro sapeva che 'sto tipo lasciava a cocaina dentro al portaoggetti e per questo l'ha rubata, per estorcere poi a 'sto spacciatore dei soldi. Marescia', no' so più niente.»

Il maresciallo fissò il reo in modo pensieroso, poi azzardò: «Senti Marangia, Elviro ha mai stuprato una donna?»

«Sì marescia'! E si vantava pure quiddu maiale. 'Na settimana e mezza prima che venisse accis', mi disse che lo aveva fatto a 'na segretaria di 'nu commercialista di Pulsano e negli ultimi giorni teneva due graffi sul braccio sinistro. Disse che era stata una di Talsano mentre cercava di possederla e non c'è riuscito, perché in quel momento era entrato il fratello di questa. Si malediceva per non aver portato dietro la pistola . Marescia', a Talsano, certi torti si pagano con la vita.»

Il maresciallo rimase ammutolito, poi con tono di ribrezzo, espresse: «Io sapevo solo che questo stronzo faceva furti e scippi, ti ha detto di aver fatto violenza anche a quella ragazza trovata nell'uliveto di Fernando Lellini?»

«Chi Elisabetta?» rispose secco Francesco, poi continuò. «Non me lo ha detto, forse piccè Elisabetta è 'na mia cugina alla lontana, ma ci scommetto a capa che è stato lui.»

«Per caso, negli ultimi tempi viaggiava su un motorino rosso e indossava un casco scuro?»

«Sì marescia'! Girava con un Gilera Gba rosso e ogni tanto l'ho visto con un casco grigio scuro.»

«Grazie Marangia, sei stato di molto aiuto, ti saluto.»

«Marescia' marescia'! Ha messo 'na bona parola col giudice? Ha detto che ho collaborato?»

«Sì Marangia! È tutto a posto» rispose il maresciallo, dissimulando.

«Grazie marescia'.»

Con la sensazione di avere un monta panna elettrico nello stomaco, il maresciallo uscì dalla sala colloqui, salutando i due piantoni con un cenno della testa, che a loro volta ricambiarono e nello stesso tempo continuarono a tenergli gli occhi addosso colmi di perplessità, mentre si allontanava. Appena entrò in auto informò l'appuntato Frado di aver capito chi era lo spacciatore e di aver scoperto uno stupratore seriale e gli consigliò di avviare subito il motore e di schiacciare il piede sul pedale dell'acceleratore, per arrivare il prima possibile alla stazione.

Per fortuna, l'ora di punta era ancora lontana. Durante il tragitto per il paese, la lancetta del tachimetro della Fiat era scesa da centoquaranta a sessanta chilometri orari solo prima di sorpassare un autotreno e un paio di autovetture.

Parcheggiarono l'auto di servizio nel piazzale della stazione, il maresciallo saltò fuori dall'abitacolo e si recò spedito verso l'entrata, portandosi dietro l'appuntato Frado come se fosse un cagnolino affezionato.

Varcata la porta d'ingresso, chiamò il brigadiere Manetti e gli chiese di seguirlo nel suo ufficio.

«Allora ragazzi, per prima cosa ho scoperto che Elviro Gratta era lo stupratore seriale che stavamo cercando, poi, lo spacciatore invece è un certo ragioniere, originario di Maruggio. Dopo aver dato una fregatura al fratello e al padre, si è trasferito qui a Talsano e questo è il primo indizio, l'ho visto spesso in compagnia del meccanico Bortolo Mezzaspina e dell'elettrauto Davide Indotto, per questo ha avuto modo di sottrarre il cacciavite dall'officina e questo ci porta al secondo indizio. Il terzo indizio invece e che possiede ha una Renault nera, mi sembra una Clio. Disgraziatamente non mi ricordo come si chiama, quindi dobbiamo trovare nome e cognome, appurare che sia il proprietario di una Piaggio Vespa Special bianca. Se possiede anche quel modello di scooter, ci deve dare parecchie spiegazioni, dobbiamo sapere dove abita e dove lavora, andate e vedete se trovate qualcosa.»

L'appuntato Frado e il Manetti restarono fermi a guardarsi in faccia, poi il brigadiere spostò lo sguardo sul maresciallo e avanzò: «Maresciallo! E il meccanico?»

Vedendo il suo superiore che lo guardava accigliato, il brigadiere si recò spedito nel suo ufficio, mentre l'appuntato Frado restò e con voce intimorita per aver visto il maresciallo bollire, lo informò: «Marescia', a proposito du' meccanico, ha telefonato l'altro giorno e ha detto che ha ricevuto 'na chiamata sul cellulare da parte nostra.»

«Sì! Gli ho telefonato io, grazie Frado, ora vai.»

Rimasto solo, il maresciallo afferrò la cornetta del telefono e compose il numero del cellulare di Bo Mezzaspina, ma dopo aver ascoltato per l'ennesima volta la vocina che diceva "non è raggiungibile", alzò gli occhi al cielo e riattaccò. In seguito, tirò fuori l'elenco telefonico dal cassetto della scrivania e compose il numero del bar di Saturo.

Il brigadiere Manetti sedeva davanti alla propria scrivania, alzò la testa e vide entrare il maresciallo con aria dispiaciuta, sembrava che la collera l'avesse lasciata nel suo ufficio.

«Manetti. Hai telefonato alla stazione di Pulsano e di Lizzano e chiesto se negli ultimi tre mesi, ci sono stati dei casi di stupro e se hanno dei sospettati?»

«Sì maresciallo, ho chiesto e quelli di Pulsano mi hanno detto di telefonare più tardi e di parlare con il loro comandante. Quelli di Lizzano invece, ci manderanno dei fax.»

«Va bene. Senti, ho parlato ora con Feliciano, il gestore del bar di Saturo e mi ha confermato che il giorno del delitto il Mezzaspina è arrivato al suo locale verso le tredici e venticinque ed è rimasto per una ventina di minuti. È disposto a giurarlo sopra alla Bibbia. Manetti,

le ipotesi che hai messo in piedi non facevano una piega.»
«Grazie maresciallo, ora sto più tranquillo.»

Nel corridoio della stazione, l'appuntato Luigi Frado stava camminando verso l'ufficio del suo superiore. Oltrepassata la porta si presentò davanti al maresciallo Saccia, con un sorriso compiaciuto: «Marescia'! Ho scupert' delle cose su quel ragioniere.»
Il maresciallo alzò di scatto la testa dal suo blocchetto e guardò l'appuntato, come se fosse in attesa di sapere le estrazioni dei numeri al lotto.
«Appuntato, dimmi, dai !»
«Marescia' n'attimino, la vedo troppo agitato. Allora, mi so' ricordato che un giorno, parlando con Aldo Sarchione, un amico con cui mi allenavo nella palestra di pugilato, mi disse che nella loro comitiva si era aggregato un ragazzo di Maruggio e m'era sembrato che mi dicesse anche che era 'nu ragioniere, accussì ho telefonato sul cellulare di Aldo, ma non ci so' riuscito a parlarci, poi sapendo che Davide Indotto fa parte della stessa comitiva, l'ho telefonato alla bottega; sa chi è Davide Indotto? L'elettrauto, se lo ricorda? È quello con cui è andato a parlare l'altro giorno, lo tiene presente marescia'?»
«Sì sì! Vai avanti appuntato, lo conosco l'elettrauto, mi stai facendo sentire come se fossi seduto su dei fichi d'india con le spine velenose, continua.»
«Allora dov'ero? Ah sì! Allora ho telefonato a Davide e mi ha detto il nome e cognome di 'sto ragioniere, dove lavora e dove abita. Aspetti apro la pagina do' blocchetto, a ecco, si chiama Filippo Fidatini e fatica nella zona industriale della città, in una ditta di pale eoliche, la P.E. s.r.l. e tiene n'appartamento qui a Talsano in via Risorgimento

96 e n'atra piccola villetta a Marina di Lizzano in via delle Viole 137.»

Anche se lo aveva fatto sudare freddo per avere la risposta, il maresciallo restò compiaciuto dell'operato dell'appuntato e lo guardò con un sorriso di ringraziamento.

Prima di recarsi all'appartamento del ragioniere, il maresciallo chiese all'appuntato Frado di mettersi immediatamente in contatto con i carabinieri di Lizzano e chiedere ai colleghi se potevano recarsi in via delle Viole alla villetta di Filippo Fidatini e qualora ci fosse stato notificargli di presentarsi con una certa urgenza alla stazione di Talsano.

□ □ □

Dopo aver quasi fuso del tutto il citofono e constatato che Filippo non fosse in casa, il maresciallo e il brigadiere Manetti rientrarono nell'abitacolo dell'auto pattuglia e si recarono al Taras club, con la speranza di trovare il Fidatini a buttare soldi in qualche video gioco. Scese dall'auto solo il maresciallo, si recò all'interno del circolo ricreativo. Notò che dentro il locale c'erano solo quattro ragazzetti che giocavano a calcio balilla e un paio di uomini che si sfidavano al biliardo. Chiese ai presenti se avessero visto Filippo, ma uno di loro informò il militare che erano già parecchi giorni che il Fidatini non si faceva vedere né lì al Club e nemmeno al bar Le Tegole.

Mentre il maresciallo e il brigadiere erano all'interno dell'auto pattuglia e si consultavano sul da farsi, l'appuntato Frado li informò, via radio, che in un campo a circa un tre chilometri dal paesino, i carabinieri di Lizzano avevano trovato una Renault Clio nera ribaltata; dalla targa, risultava che il proprietario fosse il sospettato Filippo Fidatini. Dopo nemmeno un quarto d'ora di tempo, sempre dai carabinieri di Lizzano, venne comunicano che la villetta di via delle Viole 137, era completamente deserta.

□ □ □

Dopo aver pranzato e comprato un pacchetto di sigarette dal tabacchino di fronte alla stazione dei carabinieri, il maresciallo Saccia decise di restare al lavoro almeno altre due, tre ore; prima di staccare e andare a casa dalla moglie e dalle sue due bambine, voleva tentare di trovare Filippo Fidatini.

Alzò la cornetta e telefonò al cellulare del meccanico. Finalmente dopo numerosi tentativi riuscì a parlare.

«Pronto!»

«Buongiorno signor Mezzaspina. Senta, sono il maresciallo Saccia e volevo solo farle una domanda.»

«Mi dica marescia'.»

«Il suo amico Filippo Fidatini, possiede una Vespa bianca?»

«Non è mio amico marescia', comunque sì.»

«Ah! Ho capito, grazie, le auguro una buona giornata.»

«Buongiorno a lei marescia'.»

Bo, perplesso, ripose il telefonino in tasca non riusciva a capire come mai il maresciallo gli avesse telefonato e chiesto se il ragioniere possedesse una Vespa bianca.

«Chissà che cosa è successo. Boh!» si chiese il meccanico.

□ □ □

Il maresciallo fissò meditabondo la stampa appesa al muro, raffigurante una corsa a cavallo, bacchettandosi la penna sulle labbra era sempre più convinto che il cerchio si stesse stringendo intorno a quel "frega padre". Prese l'elenco telefonico e compose il numero della P.E. s.r.l . Al quarto squillo, dall'altra parte della cornetta gli rispose una signorina con tono cordiale.

«Buongiorno, qui è la P.E. s.r.l., sono Luana.»

«Buongiorno! Sono il maresciallo Saccia, cerco un vostro dipendente un certo Fidatini Filippo.»

«Sì un attimo, le passo il magazzino, li troverà il signor Stampella il capo reparto.»

Il Saccia aspettò in compagnia della solita musichetta in sottofondo, poco dopo sentì aprirsi la comunicazione.

«Buongiorno, signor Stampella?»

«Sì! Buongiorno.»

«Sono il maresciallo Saccia della stazione dei carabinieri di Talsano, senta, cerco Fidatini Filippo è lì a lavoro?»

«No maresciallo! Mi ha telefonato proprio circa cinque minuti fa per avvisarmi che ha avuto un malore e ne avrà per una settimana. Poverino, prima la madre si è fatta male cadendo dalle scale, ora lui si è ammalato.»

«La madre? Non si parlano da tre anni.» osservò il maresciallo.

«Come, non si parla con la madre?» reagì deluso Stampella, poi riprese sdegnato «grazie maresciallo, grazie.»

«Sa da dove chiamava?»

«Da casa sua a Talsano, ho visto il numero scritto sullo schermo dell'apparecchio telefonico.»

«La ringrazio signor Stampella, le auguro buona giornata. »

«Sono io che la devo ringraziare maresciallo, buongiorno.»

Il maresciallo appoggiò la cornetta, si alzò, si infilò il cappello con la fiamma in cima, schizzò fuori dal suo ufficio, chiamò il brigadiere Manetti e gli spiegò la telefonata fatta con il capo reparto. Si recarono sul piazzale, salirono sull'Alfa Romeo di servizio e partirono a sirene spiegate.

Scambiando le vie di Talsano per il circuito del Mugello, arrivarono dopo meno di due minuti davanti casa del sospettato. Il maresciallo Saccia saltò subito dall'auto, andò davanti alla porta e schiacciò il pulsante del citofono fin quasi a spaccarlo. Passò qualche secondo, si vide aprire la porta e affacciarsi all'uscio un tizio zoppicante e con la faccia tumefatta. Sembrava che al posto delle labbra, avesse una triglia di duecento grammi e al posto degli occhi due palle da tennis di colore nero. I due militari restarono sconcertati nel vedere la faccia del ragazzo che sembrava una zampogna. Pensarono che un ribaltamento con l'auto non poteva ridurre così un volto, ma dei cazzotti sì.

«Buongiorno! Lei è il signor Fidatini?»

«Sì!»

«Ma cosa le è successo alla faccia? Chi è stato?»

«Sono stati degli amici. Siete qui per l'auto, vero? Non si preoccupi ho già telefonato al carro attrezzi.»

«Caspita che begli amici ha, signor Fidatini, figuriamoci

se fossero stati nemici. Comunque siamo qui non per l'auto, ma per l'omicidio di Elviro Gratta.»

«Elviro Gratta?» reagì subito il ragioniere.

«Sì! Deve venire con noi per fare due chiacchiere.»

«Un attimo, prendo le chiavi.»

Il ragioniere uscì di casa e, in compagnia dei militari, si recò verso la gazzella e una volta a bordo si diressero alla stazione.

Il maresciallo era nel suo ufficio in compagnia del brigadiere, che restava in piedi, come sempre al suo fianco, mentre Filippo era seduto davanti alla scrivania.

«Allora Fidatini, conosceva Elviro Gratta detto il Furbo?»

«Un po'.»

Il maresciallo lo fissò, annuì, poi proseguì: «Mi dica Fidatini. Possiede una Vespa Special bianca? O meglio, negli ultimi dieci giorni ne ha posseduta una?»

«No Maresciallo, non ho mai posseduto una Vespa Special.»

«Come non ne possiede nessuna, io sono sicuro invece che lei è il proprietario di una Vespa.»

«Sì! Possiedo una Vespa, ma un Pk/xl non una Special.»

«Mah! Fidatini! Mi prende per il culo! O Vespa Special o Vespa Trixelle, che differenza c'è. È sempre uno scooter.»

«E no maresciallo! La Vespa Special è diversa dalla Vespa Pk, ha capito?»

«Ah! Questa mi è nuova, non sapevo che c'erano diversi modelli, per me sono tutte uguali, Vespe, Zanzare, Lambrette e altro. Senta un po', che numero di scarpa porta? È solito portare quelle da ginnastica e magari della Nike?»

«No maresciallo! Io non posso mettermi scarpe di gomma per mia sfortuna, mi fanno sudare parecchio i piedi e il numero che indosso è il 40. Ho capito cosa pensa, lei è convinto che l'abbia ammazzato io il Furbo, vero? Perché parla con me? Chieda a Mezzaspina per la Vespa, lui sa.»

«Senta Fidatini, dove è stato lunedì scorso, dalle tredici alle quattordici?»

«Allora: mi sono assentato da lavoro per la pausa pranzo, dalle dodici e un quarto fino all'una e mezza, può chiedere al mio capo se vuole, lui può confermare insieme agli altri operai e l'azienda dista mezz'ora di macchina da Talsano. »

Il maresciallo si sentì subito mozzare il fiato, si spostò in avanti, appoggiò i gomiti sul ripiano della scrivania e si grattò la fronte. Restò per un attimo ammutolito, poi si alzò e chiese al brigadiere di seguirlo nell'ufficio a fianco.

«Quando chiami la caserma di Pulsano, Manetti, chiedi informazioni su un'aggressione ai danni di una segretaria di un commercialista, fatta all'incirca un paio di settimane fa.»

«Chiamo ora maresciallo?»

«Sì! Va bene.»

Il maresciallo ritornò alla sua scrivania, sedette, restò pensieroso e poco dopo si chiese: "Perché il ragioniere ha detto di chiedere al Mezzaspina? Ma cosa c'entra il meccanico? Forse sa di chi è questa maledetta Vespa? "

«Senta Fidatini! Mi ha nominato Bortolo Mezzaspina, che c'entra con la Vespa? Racconti, sono curioso.»

«Qualche giorno prima dell'omicidio, Elviro aveva

rubato proprio una Vespa Special bianca al meccanico ed era di un suo cliente. Bo aveva giurato al Furbo di fargliela pagare cara.»

Il maresciallo Saccia si fece ancora più curioso e indagò: «Mi dica Fidatini! Sa chi è il proprietario di quella Vespa?»

«È di Fabrizio Fanga, maresciallo, detto Muso di Porco e so che abita in via Mulino al 79.»

Il Saccia si alzò dalla sedia, chiamò l'appuntato Frado e gli ordinò di accompagnare Filippo a casa, poi si recò nell'ufficio del brigadiere Manetti e aspettò che finisse di parlare al telefono.

«Allora maresciallo. C'è stata un'aggressione due settimane fa a una segretaria che lavora per un certo Del Sasso, un commercialista di Pulsano. La donna si chiama Teresa Crivaio ed è residente qui a San Donato. Quando ha denunciato il fatto si è limitata a dire che quest'uomo l'ha picchiata e derubata sotto la minaccia di una pistola, ma il collega mi ha raccontato, che durante il colloquio s'è accorto che c'era qualcosa che non quadrava. Quando gli ha chiesto se il balordo avesse abusato di lei, è scoppiata in lacrime, si è messa le mani sulla faccia, ed è fuggita fuori dalla stanza.»

Il maresciallo restò immobile, poi con aria dispiaciuta commentò: «Poverina. Mi chiedo, Manetti, se questo spaventa passeri ha fatto la fine che meritava. Dobbiamo scoprire anche chi è quell'altra vittima, quella che gli ha fatto i graffi sul braccio.»

Dopo cinque minuti. «Ah, ecco Manetti, è arrivato l'appuntato, andiamo in via Mulino 79, dobbiamo fare due chiacchiere con un certo Fabrizio Fanga.»

TREDICI

Bo era appena arrivato davanti al comando dei carabinieri della città romagnola, schiacciò il pulsante del citofono, poco dopo vide il portone aprirsi e affacciarsi un carabiniere alto e magro.

«Buongiorno, sono Bo Mezzaspina, il tenente Romoli mi ha chiesto di venire stamattina.»

«Il signor tenente non è ancora arrivato. C'è il maresciallo Lo Russo, un attimo che lo chiamo.»

Poco dopo Bo vide affacciarsi un uomo dalla corporatura alta e robusta, capelli color carbone e la pelle olivastra.

«Buongiorno, so' Bo Mezzaspina ed ero d'accordo con il tenente Romoli che ritornavo stamattina.»

«Ah! Sì! Me l'ha accennato il tenente, su entri.»

Mentre stringeva la mano al meccanico, il militare con tono gentile, annunciò: «Io sono il maresciallo Lo Russo, venga, si accomodi in sala di attesa, tra un momento arriverà il tenente.»

Chiuso il portone e attraversato il corridoio, Bo, prima di entrare in sala, domandò se i balordi avevano confessato.

«Macché! Sono due teste dure, tutta la notte li ho martellati. Niente da fare, comunque siamo sulla buona strada, tra qualche ora uno dei due crolla» e prima di lasciare il meccanico proseguì: «lei rimanga qui in sala signor Mezzaspina, mi raccomando non si muova, io ritorno da quelle due teste vuote.»

□ □ □

Nella stesso tempo, alla masseria Sarchione, Luciano e Anna erano in cucina, seduti al tavolo in compagnia di Davide, Ornella e Vito. Parlavano delle vicende avvenute nelle ultime due settimane. Aldo invece, era vicino ai fornelli che preparava il caffè.

Dopo aver messo la caffettiera sul gas, ritornò a sedersi al tavolo. Dopo un po' mentre Aldo e Vito raccontavano a Luciano i dettagli dell'inseguimento di Filippo, in cucina si iniziò a percepire un odore di bruciato. Tutti pensarono che arrivasse da fuori.

«Forse è mio cugino Gaetano» spiegò Anna con espressione di nausea «sicuramente sta bruciando delle erbacce e il vento porta il fumo fin qui alla masseria. Però, tutto sembra, tranne che puzza di erba secca bruciata».

Di colpo Ornella sobbalzò dalla sedia, sbarrò gli occhi, stese il braccio, lo puntò verso i fornelli e gridò: «Aldo il caffè!»

Si voltarono tutti di colpo a guardare verso la cucina e videro la caffettiera avvolta da un fumo denso, prossima a esplodere. Aldo saltò di scatto dalla sedia, andò svelto davanti ai fornelli e con sangue freddo, coprì la caffettiera con una tovaglia. Da grigio alluminio che era una volta, la macchinetta era diventata nero carbone. Luciano guardò il figlio accigliato e sbottò: «Ce' cazz' e' combinato mo?»

«Non lo so papà, mo vedo.»

«Ma l'acqua l'he messa?»

«No! Ho messo il latte»spiegò Aldo indifferente «e insieme alla polvere del caffè ci ho messo anche il cacao, volevo provare a fare un cappuccino.»

A Luciano gli si gonfiarono subito le vene del collo

e irato, esplose: «Uh cappuccin' d' màmete! Togliti dai fornelli, minchio' che è meglio. A rischio di salta' tutti in aria e fare 'na strage.»

Aldo ritornò a sedere al tavolo con il muso imbronciato e mentre guardava Vito scompisciarsi dal ridere, reagì: «Ma tu che cazz' ti ridi, Spilungo', ca 'a mattina fai colazione co' le fette di panettone inzuppate nei pelati!»

Vito smise di ridere all'istante e guardò l'amico incredulo, si sentì il viso in fiamme nel sentirsi osservato dai presenti, che a loro volta lo guardavano con aria disgustata per quella sua abitudine. Il Brocca aveva raccontato una decina di anni prima ad Aldo questa sua strano modo di fare colazione e il contadino aveva promesso di non dirlo a nessuno, ma in quel momento quell'impegno era sfumato come uno scoppio fuoriuscito da una marmitta di un auto dopo un ritorno di fiamma.

□ □ □

Erano appena passate le tredici e al comando dei carabinieri di Cesena, i balordi avevano ammesso di aver prelevato Mariella dal Bar La Coccinella D'oro, ma nessuno dei due voleva dire il posto dove l'avevano portata. Bo era sempre seduto in sala di attesa, turbato e preda dei suoi rimorsi: "Forse è stata usata per la tratta delle bianche? Trasferita in Cina, in Albania, in Romania o chissà dove? Forse è segregata da qualche parte qui a Cesena? O forse è andata peggio? Visto che il tenente ieri mi ha detto che questi balordi sono persone senza scrupoli? No! No, non voglio pensare che la mia Mariella sia morta. È tutta colpa mia, è tutta colpa mia! Se avessi aspettato che Mariella avesse parlato con il padre e se non mi fossi fatto sopraffare dalle mie paure... Se non avessi dato retta a Samantha e Filippo, tutto questo non sarebbe successo ed io e Mariella a quest'ora potevamo stare sulla spiaggia di Tramontone a divertirci".

□ □ □

Davanti l'abitazione di Fabrizio Fanga, in via Mulino a Talsano, il maresciallo Saccia e il brigadiere Manetti prima di scendere dall'auto, videro una Vespa Special bianca, ferma sul cavalletto, davanti al numero civico 79. Scesi dall'abitacolo, notarono un garage con la basculante mezza aperta a destra dell'appartamento. Si piegarono per sbirciare e all'interno del piccolo locale, videro una Renault Super 5 nera. Il maresciallo spostò subito lo sguardo sul brigadiere e vide che il suo collega stava fissando l'auto come se avesse davanti una tigre affamata. Con i brividi che gli salivano su per la schiena, il brigadiere voltò lentamente la testa verso il suo superiore, lo guardò negli occhi e annuì, poi i due si alzarono e mentre si spostavano davanti al portone, furono attratti dalla serratura scassinata del portaoggetti dello scooter bianco. Il brigadiere con il cuore che gli batteva come la grancassa, spinse il pulsante del campanello e restarono ad aspettare per un bel po' di tempo. Nessuna risposta, lo pigiò per la seconda volta e poi la terza. Nell'appartamento si sentivano della musica e dei rumori, il maresciallo pensò che se anche Fabrizio Fanga non fosse l'assassino, si trattava comunque di uno spacciatore e nell'attesa che uno degli occupanti della casa andasse ad aprire, sbottonò la fondina e impugnò la sua Beretta. Sentirono dei passi avvicinarsi, poi videro la porta aprirsi e affacciarsi un ragazzo dalla fronte pronunciata, alto all'incirca un metro e sessantacinque, con capelli lunghi, legati a coda di cavallo.

«Che volete!» rispose il giovane senza garbo.

Il maresciallo con tono autorevole chiese se era Fabrizio Fanga.

«Sì piccè! Ce' cazz' volete.»

«Per prima cosa si moderi con le parole, poi deve venire alla stazione con noi, dobbiamo parlare riguardo al contenuto che Elviro Gratta ha trovato nel portaoggetti della sua Vespa.»

Il brigadiere si voltò a guardare il maresciallo, con un'espressione di sorpresa, capì al volo che il suo superiore aveva buttato l'amo per far abboccare il Fanga, come aveva già fatto con il Marangia.

Il ragazzo dai lunghi capelli, fece un passo indietro e cercò di chiudere di colpo il portone, ma il Manetti infilò subito il piede tra le due ante. I militari irruppero nell'appartamento ed estrassero le pistole. Fabrizio corse lungo il corridoio, cercò di aprire la porta che dava sul retro, il maresciallo lo acchiappò dalla coda di cavallo e lo gettò in terra come un polipo. Gli puntò la pistola in fronte e gli intimò di non reagire, gli ordinò di girarsi a pancia in giù, il brigadiere mise la sua Beretta nella fondina, estrasse le manette e gliele applicò. Il giovane rimase steso in terra, sotto gli occhi vigili del maresciallo. Il brigadiere si recò in cucina e trovò, sul tavolo, una scatola da scarpe e al suo interno delle bustine contenenti della polvere bianca, era sicuramente droga pronta per essere venduta, pensò il Manetti. Sul tavolo c'erano anche un bilancino con sopra dei piccoli pesi, un sacchetto di polvere bianca e un mazzetto di soldi. Poi si spostò nella camera da letto e si ricordò delle scarpe imbrattate di sangue, si inginocchiò, guardò sotto il letto e trovò solo uno zaino, lo tirò fuori, lo aprì e restò scioccato dal contenuto.

«Maresciallo. Guardi qui. Ci sono due Beretta sette e sessantacinque e una calibro ventidue, tre Glock nove per ventuno, una Smith e Wesson a tamburo, una ventina di scatole di pallottole, tre bombe a mano e due sacchetti di polvere bianca, sicuramente droga. Poi sul tavolo in cucina c'è dell'altra droga.»

Il maresciallo scosse la testa e incollerito, l'apostrofò: «Che volevi fare con queste pistole Fanga, qualche rapina in progetto vero? E le bombe a mano? Andiamo al comando, va.»

Con le manette ai polsi, Fabrizio Fanga venne portato all'interno della stazione e fatto sedere di fronte alla scrivania del maresciallo.

«Allora Fanga, come mi spieghi tutta questa droga, le armi e le bombe? Dimmi sono curioso, racconta, dai su!»

«Marescia' io no' tengo da di' niente» rispose Fabrizio con voce aspra, tenendo la testa china.

«Ah va bene! Intanto ti fai dieci anni per detenzione e spaccio di sostanze stupefacenti e traffico d'armi, poi le impronte che troveranno quelli della scientifica sul manico del cacciavite, che hai preso dall'officina di Mezzaspina, ci diranno che hai ammazzato anche Elviro Gratta.»

Fabrizio alzò di scatto la testa e fissando il maresciallo con occhi spalancati reagì dicendo di non aver ammazzato nessuno.

«Allora che facevi lunedì scorso, verso l'una, in casa del Gratta? Ti hanno visto caricare un sacco della spazzatura nel portabagagli.»

Fabrizio rise, scosse la testa, poi si fece serio in volto e replicò: «Io non ho ammazzato nessuno le ho detto.»

Il Manetti stando in piedi alla destra del suo superiore, si piegò in avanti e portò la bocca all'orecchio del maresciallo, gli bisbigliò qualcosa, dopo si addrizzò e riportò gli occhi sullo spacciatore. Il maresciallo guardò il brigadiere con aria di soddisfazione, poi fissò il Fanga e avanzò: «Va bene, Fanga, sai, sono amico del direttore della casa circondariale di via Speziale. Quasi, quasi gli chiedo un piacere, di farti mettere in cella con Franco o' Pazzo, lo sai chi è vero?»

«No marescia'! Quello è il cugino du' Furbo, quello m'ammazza. No, la prego no.»

«Allora confessa tutto! Sappiamo anche che dovevi barattare un sacchetto di cocaina con il Gratta, per settecentomila lire.»

«Sì, sì! Parlo! Parlo! Pensava di estorcermi dei soldi, quel bastardo. Ha fatto la fine che meritava, avevo lasciato a' Vespa all'officina di quell'imbecille di Bo Mezzaspina, no' pensavo che quel figlio di puttana di Elviro me la rubasse. Sì! Ho preso io il cacciavite a Bo, ma non l'ho usato per ammazza' il Furbo. Il giorno che è morto, avevo un appuntamento con lui verso l'una per barattare la cocaina, ma quando sono arrivato, erano l'una e dieci, la porta era aperta, l'ho chiamato, ma non mi ha risposto, allora ho deciso di entra'. Nel salotto c'era 'nu casino e l'ho chiamato per la seconda volta, niente, silenzio totale, quando ho visto che non c'era, ho pensato; "ora lo sai che faccio, visto che non c'è, vedo se trovo il sacchetto di cocaina”. Ho incominciato dalla stanza da letto.»

«Fanga! Tu mi devi spiegare come mai abbiamo trovato il cacciavite nel petto del Gratta.»

«Non lo so marescia’! Allora ascolti, è successo questo, c’era il comò con i cassetti chiusi a chiave, sono tornato in macchina, ho preso il cacciavite e ho forzato i cassetti, nell’ultimo ho trovato il sacchetto di coca, poi nell’armadio c’era un orso di peluche, bello grosso, forse alto un metro, ho pensato che andava bene per nasconderci dentro la cocaina, sono tornato in macchina e ho preso ‘nu sacco da mondezza, ce l’ho messo dentro, l’ho caricato nel baule e me ne sono andato, solo che quando sono arrivato a casa, mi so’ ricordato di aver lasciato il cacciavite sul comò.»

I due militari si guardarono, poi il maresciallo si alzò, fece cenno con la testa al brigadiere di seguirlo e si spostarono nell’ufficio a fianco.

«Mi sa Manetti, che s’è fatto un altro buco nell’acqua.»

«Perché, maresciallo?»

«Il medico che ha effettuato l’autopsia, ha detto che in mezzo alle dita della vittima, ha trovato pezzi di capelli ricci e neri. Questo i capelli ce l’ha lisci e sono castano chiaro.»

«Maresciallo, tanto buco nell’acqua non lo abbiamo fatto, abbiamo arrestato uno spacciatore e trafficante d’armi.»

«Sì Manetti lo so, ma noi stiamo cercando l’assassino. Senti, metti in cella questo pappagallo e poi andiamo a trovare la segretaria di quel commercialista di Pulsano.» Continuò. «Mi hai detto che sta a San Donato, vero Manetti?»

«Sì maresciallo, abita sulla strada provinciale 107, ma che c’entra ora quella poveretta?»

«Intanto noi andiamo a parlare con lei e suoi familiari.»

□ □ □

Alle quattordici e trenta, al comando di Cesena, il tenente Romoli uscì dalla stanza dove tenevano sotto interrogatorio Raffaele Bracetto. Con voce autorevole chiamò tutti i suoi colleghi e ordinò di seguirlo in ufficio.

«Allora signori, finalmente Bracetto ha confessato, insieme a Luigi Longato ha portato Mariella Sarchione al cascinale San Francesco, hanno consegnato la ragazza a una banda di cinesi...» s'interruppe, si fece scuro in volto e continuò «purtroppo c'è dell''altro.»

Facendo segno con l'indice verso la porta, chiese all'appuntato di chiuderla, poi riprese: «Questa banda criminale recluta donne dall'estero, soprattutto dall'Asia, le attraggono con la scusa di un lavoro sicuro in un cascinale italiano, invece quando arrivano a San Francesco, vengono chiuse per qualche giorno nello stabile, poi vengono vendute come schiave e la maggior parte, viene trasferita nel nord Europa o in Medio Oriente. Speriamo solo che la Sarchione, non sia stata già portata via» dopo essersi passato nervosamente la mano tra i capelli, concluse «dobbiamo stare attenti, sono armati e pericolosi. Su, andiamo.»

Il meccanico notò perplesso che, tra i militari, c'era parecchio fermento, chi entrava e usciva dagli uffici, chi indossava il giubbotto antiproiettile, poi vide avvicinarsi il tenente con il volto preoccupato.

«Allora Mezzaspina. Sappiamo che c'è la possibilità

che Mariella Sarchione sia segregata in un cascinale, lei rimanga qui al comando e attenda il nostro ritorno.»

«Posso venire con voi?»

«No Mezzaspina. Gliel'ho detto ora! È pericoloso. Rimanga qui al comando!»

Il tenente andò in sala radio, ma nella fretta si dimenticò la porta aperta, inconsapevole che il meccanico stava origliando. Chiamò la pattuglia 13 e la 17 e ordinò di recarsi immediatamente al cascinale San Francesco e di aspettare il suo arrivo.

Si trasferì al parcheggio del comando e insieme agli altri militari, si avviarono con le auto pattuglia a sirene spiegate.

Bo non riusciva a restare seduto in sala di attesa, ad attendere ancora e ignorando quelle che più un consiglio del tenente era un ordine, sgusciò fuori dalla stanza. Venne redarguito da un carabiniere che gli ricordò che il tenente gli aveva ordinato di restare in sala di aspetto. Bo si voltò e dissimulando le sue intenzioni spiegò: «Vado qui al bar di fronte a comprarmi un panino, è da ieri che non mangio niente.»

«Va bene signor Mezzaspina, ma ritorni subito.»

Lasciato il comando, Bo vide un uomo anziano alla fermata dell'autobus, si fermò, abbassò il finestrino della sua Lancia e chiese la strada da fare per arrivare al cascinale San Francesco. L'uomo lo informò che la zona dove si trovava il cascinale era quella di Rio Marano, ma la strada per arrivarci non la ricordava bene e gli consigliò di chiedere a qualcuno quando arrivava sul posto. Ringraziato l'uomo, partì facendo stridere le ruote. Portando il motore ai massimi regimi e con la lancetta del manometro del turbo prossima a spezzarsi, Bo arrivò dopo alcuni secondi all'incrocio dove gli era parso di vedere svoltare le auto dei militari e schiacciando il pedale dell'acceleratore e inserita la quinta marcia, riuscì ad avvicinarsi. "Anche se il tenente ignora il modello di auto che possiedo," pensò il meccanico "è meglio che non mi avvicini troppo", schiacciò leggermente il piede sul pedale del freno e restò un centinaio di metri distante per non farsi scoprire. Uscito dalla città, fatti sette, otto chilometri, dopo una curva Bo sbarrò gli occhi e sentì subito lo stomaco spaccarsi in due. Le auto dei carabinieri erano scomparse. Rallentò, con la coda dell'occhio notò della polvere alla sua destra, frenò di colpo, fece retromarcia e vide tra un campo di granturco e uno di girasole, una stradina sterrata e, in fondo, le gazzelle dei militari che la percorrevano facendo sollevare delle leggere nuvole di terra.

QUARTTORDICI

Dalla porta del numero civico 315, della strada provinciale 107 a San Donato, la piccola frazione di Talsano, si affacciò una ragazza sui venticinque anni, alta più o meno un metro e settantacinque, con capelli lunghi ricci e neri, bella come una rosa rossa appena sbocciata sotto la rugiada di prima mattina. Sul viso portava ancora le ferite dell'aggressione, ma dalla sua espressione, quelle nel cuore dovevano essere ancor peggio.

«Buongiorno. Sono il maresciallo Saccia e questo è il brigadiere Manetti, lei è la signoria Teresa Crivaio?»

«Sì sono io, signorina prego...»

«Dov'è il suo fidanzato?»

«Per fortuna non sono fidanzata.»

«Ha fratelli?»

«No!»

«Suo padre dov'è?»

«È morto l'anno scorso.»

«Vive da sola?»

«Con mia madre.»

Il maresciallo e Teresa si fissarono negli occhi, lui con le mascelle serrate e lo sguardo dispiaciuto, lei invece, faceva profondi respiri e nello stesso tempo gli occhi le diventavano lucidi. Il maresciallo scosse la testa, poi annunciò:«Lo sa perché siamo qui, vero? Non mi faccia perdere tempo.»

«Mi domandavo quando sareste arrivati» avvisò la

ragazza scura in volto «saluto mia madre e poi possiamo andare.»

Il brigadiere guardò il suo superiore e incredulo, chiese: «È stata lei, maresciallo?»

«Sì Manetti.»

«Come lo ha capito?»

«L'ho capito ora, Manetti». Dopo una breve pausa, continuò: «ho cominciato a sospettare che Elviro Gratta fosse stato ucciso per vendetta quando il magistrato mi disse al telefono, che l'assassino si era scagliato con aggressività contro i genitali della vittima. Poi con la scoperta che Elviro era uno stupratore seriale, ho pensato che se non essendo stato quello spacciatore, dovevo prendere immediatamente la pista della vendetta. Ero convinto che fosse stato un parente della donna, ma quando ci ha detto che vive da sola con la madre e ho visto il modo con cui mi guardava, ho capito subito e ho buttato l'amo.»

«L'ho sempre detto che lei è in gamba maresciallo» poi si fece sorpreso e riprese «ecco che erano quelle mutandine trovate nel cassetto a casa di Elviro Gratta.»

«È vero Manetti, quel muco di naso se le teneva come trofeo.»

□ □ □

Nell'ufficio del maresciallo, Teresa confessò di essere stata stuprata da Elviro, sotto la minaccia di una pistola e raccontò: «Lui pensava che indossando un casco grigio scuro, non venisse riconosciuto, invece si sbagliava, perché l'ho riconosciuto eccome.

Quel lunedì, verso l'una, mi sono presentata a casa

sua e quando mi ha aperto la porta, non si aspettava di trovarsi davanti una delle sue vittime. Ha cercato di chiudermi la porta in faccia, ma non c'è riuscito, è fuggito in salotto, ma l'ho raggiunto. Lì abbiamo avuto una colluttazione, poi è andato di corsa in cucina, l'ho seguito, ho chiuso la porta e sono riuscita a buttarlo in terra, c'era un piccolo sacchetto di plastica nero sul tavolo, l'ho preso, gli ho chiuso la testa dentro e ho tentato di soffocarlo. All'improvviso ho sentito qualcuno fare il suo nome, allora ho stretto ancor più il sacchetto e nello stesso tempo gli ho messo la mano sulla bocca e premevo con tutte le mie forze. Quel tizio era entrato e muovendosi faceva dei rumori poi, il silenzio. Quando ho constatato che quell'individuo che chiamava era andato via, mi sono accorta che quel verme del Gratta non si muoveva più, sembrava morto. Mi sono alzata, me ne stavo andando e ho lasciato la porta della cucina aperta, ma mi sono fermata a guardare la stanza da letto: quel tizio aveva messo tutto sotto sopra. Ho sentito dei lamenti arrivare dalla cucina e ho visto che il verme si muoveva ancora e cercava di sfilarsi il sacchetto. Ho visto un cacciavite sul comò, l'ho preso, sono tornata indietro e gliel'ho piantato in petto.»

Dopo una breve pausa il maresciallo le chiese come aveva fatto a trasportare il corpo a Tramontone.

«Ho preso una coperta che pendeva dall'armadio e l'ho avvolto dentro, poi sono andata a prendere l'auto e l'ho parcheggiata con il posteriore vicino alla porta d'ingresso, sono ritornata in cucina e l'ho trascinato fino al limitare, mi sono accertata che non ci fosse gente, né affacciata alla finestra e né sulla strada, non so chi mi ha dato tutta quella forza per metterlo nel baule. Lo volevo buttare in mare ma non ci sono riuscita e l'ho lasciato lì sugli scogli.»

«Mi dica. Chi l'ha aiutata a caricare il corpo? » avanzò il maresciallo dubbioso «io penso che qualcuno le abbia dato una mano».

«Ho confessato tutto quello che è successo, maresciallo. Ho fatto tutto da sola e poi l'ha visto, Elviro era un tipo minuto.»

«Signorina Teresa, perché quando ha denunciato l'aggressione, non ha detto ai colleghi di Pulsano chi era il malvivente?»

«Così se mi andava bene» ribatté Teresa con voce gelida «tra sei mesi al massimo sarebbe stato di nuovo in circolazione a stuprare altre povere ragazze.»

«Manetti! Accompagna la signorina Crivaio in cella» ordinò il maresciallo cupo in volto, poi aggiunse. «signorina Teresa, il giudice potrà anche capire, ma la legge è la legge!»

In seguito, con l'umore uguale al sapore del pompelmo acerbo, il maresciallo Mario Saccia, si alzò dalla scrivania, spense le luci del suo ufficio e si recò spedito a casa dalla moglie e dalle sue due bambine.

□ □ □

Bo Mezzaspina lasciò l'auto a una cinquantina di metri dal cascinale, si incamminò leggermente chino in avanti verso i carabinieri e notò che lo stabile era circondato da una quindicina di militari, piegati sulle gambe al riparo dietro le gazzelle, impugnavano pistole e mitragliette. Il tenente parlava con alcuni dei suoi colleghi per mettere in atto una strategia e irrompere nello stabile, ma si distrasse e restò sbalordito quando vide avvicinarsi il meccanico. Sentì il volto andare in fiamme e stizzito sbraitò: «Ma lei che cazzo ci fa qua! Le avevo detto di rimanere al comando.»

Bo si chiuse nelle spalle e lo guardò imbarazzato.

«Ritorni alla sua auto Mezzaspina e rimanga lì, non si muova altrimenti la faccio arrestare!»

Seduto nella sua Lancia, con il finestrino abbassato, Bo sporse la testa dallo sportello e portò gli occhi al cielo appena ascoltò avvicinarsi un elicottero. Un attimo dopo un AB412 dei carabinieri girava sopra al cascinale a duecento metri dal suolo. Due militari con indosso il giubbotto antiproiettile e le mitragliette in mano si avvicinarono allo stabile e si fermarono ai lati dell'entrata, poi si avvicinarono altri due e uno di loro diede un violento calcio alla porta. Entrati, si sentirono grida e ordini impartiti dai militari e successivamente degli spari.

L'elicottero si alzò per una cinquantina di metri, i carabinieri uscirono fuori con due uomini di sembianza asiatica, con le mani appoggiate sulla testa e le manette ai polsi e vennero fatti sedere sul sedile posteriore delle auto pattuglie, uno dei quattro carabinieri che erano entrati nello stabile, si avvicinò al tenente e disse: «Tenente, in cucina è rimasto ucciso un uomo alto e grosso, con la testa rasata e la barba lunga. Appena ci ha visto, ha aperto il fuoco, fortunatamente non era bravo con la mira.»

«Va bene maresciallo, è andata bene, ottimo lavoro.»

Subito dopo Bo vide l'elicottero allontanarsi e il tenente e altri cinque carabinieri entrare nello stabile, un attimo più tardi vide uscire una quindicina di donne dal profilo asiatico, che piangevano, sorridevano e nello stesso tempo si abbracciavano. Il meccanico si avviò con il cuore che batteva forte, ma poco dopo iniziò a sentirsi disperato nel vedere che la sua Mariella non c'era. Si sentì un macigno alla bocca dello stomaco e man mano che si avvicinava aveva la sensazione di avere le ginocchia di burro. In modo apprensivo chiese della sua ragazza a ogni donna del gruppo.

Le donne si strinsero nelle spalle e fecero cenno con la testa in segno di negazione, dato che non erano italiane e non capivano la lingua.

"La mia ragazza dai boccoli dorati, quel cascinale l'ha inghiottita" pensò Bo prossimo a scoppiare in lacrime. Si guardò intorno, si avvicinò a un carabiniere che maneggiava la mitraglietta, gli chiese della sua ragazza, il militare prima lo fissò perplesso, poi scosse la testa e in modo schietto informò di aver incontrato solo donne asiatiche. Bo si avvicinò all'uscio dello stabile, varcò la soglia, fissò l'uomo barbuto steso per terra con la maglietta impregnata di sangue e i militari tutti intorno a discutere tra loro.

«Tenente!» gridò turbato«dov'è la mia Mariella?»

Il comandante alzò lo sguardo, gli si avvicinò e dispiaciuto lo avvisò di non aver notato alcuna ragazza con i capelli lunghi, ricci e biondi. Bo lo ringraziò, si voltò, si incamminò e andò verso una piccola rimessa a destra del cascinale, dove erano fermi altri quattro uomini in divisa. Uno dei carabinieri si spostò, Bo vide una donna dal fisico aggraziato e dai capelli rasati quasi a zero, girata di spalle che parlava con un brigadiere. Il cuore gli si era quasi fermato, ma in quel momento nel vedere quella ragazza, gli batté più forte di prima e più veloce. Si avvicinò, con l'indice le accarezzò una spalla, il brigadiere lo guardò e sorrise, lei per un istante restò impietrita e sentì dei brividi per tutta la schiena, spalancò gli occhi, si voltò di scatto e lo fissò con gli occhi in lacrime. Lui aprì le braccia, lei gli saltò addosso e si strinsero così forte da sembrare una statua formata da due persone fuse insieme.

Tra i singhiozzi, si sentì il meccanico, pronunciare con un filino di voce: «Ti amo.»

Mariella alzò la testa di scatto e con occhi gonfi di lacrime chiese: «Cosa hai detto?»

«Ho detto che ti amo con l'a maiuscola e ti ridico ti amo.»

«Ti amo anch'io scemo, mi hai fatto impazzire.»

«Mò non ti lascio più, amore mio» poi continuò: «ma i capelli do' l'hai messi?»

«Quell'uomo barbuto che è rimasto ucciso, odiava le donne bionde. Ha tentato di strangolarmi e per poco non morivo. Avevo perso conoscenza e quando ho aperto gli occhi, ho trovato uno dei cinesi che cercava di rianimarmi, poi per evitare problemi, gli uomini cinesi mi hanno rasata a zero.»

Bo con la mano le prese la testa da dietro alla nuca, se l'appoggiò sulla sua spalla e strinse la sua donna a sé.

□ □ □

Era passata una bella oretta da quando Mariella era entrata nell'ufficio del tenente Romoli, per fornire tutti i dettagli del sequestro, mentre Bo aspettava impaziente nella sala di attesa, diventata ormai a lui familiare.

«Va bene signorina Sarchione» approvò il tenente «firmi la denuncia e poi può anche andare» poi aggiunse «è sicura di non voler andare in ospedale?»

«Grazie signor tenente, come le ho detto prima mi sento bene, voglio solo riposarmi un po' e avvisare i miei genitori.»

Dopo aver stretto la mano al tenente Romoli e ringraziatolo di tutto cuore, Mariella uscì dal comando dei carabinieri e insieme al suo Bo, si incamminarono mano nella mano verso l'auto per recarsi alla pensione Ada. Appena entrata nell'abitacolo, il volto della ragazza si fece serio e dichiarò: «Ti devo dare una notizia Bo.»

«Dimmi amore mio.»

«Sono incinta.»

«Lo so!»

«Come fai a saperlo! Non l'ho detto a nessuno.» reagì subito Mariella titubante.

«Lo sanno tutti e a me l'ha detto mia madre, che lo ha saputo ieri da tuo padre e poi, se ricordi bene, l'hai detto addirittura a Samantha.»

Lei lo guardò con occhi terrorizzati, lui invece sorrise e l'avvisò di stare tranquilla che era tutto a posto e che suo padre non vedeva l'ora di riabbracciarla.

Poi Bo tirò fuori il cellulare dalla tasca e prima di passarglielo, compose il numero della famiglia Sarchione.

□ □ □

Alla masseria c'erano tutti, dopo il disastro combinato da Aldo, erano arrivati anche Enzo e Rosaria.

Ornella spiegava ai genitori di Bo, l'esperimento mal riuscito di Aldo e mentre Anna si recava ai fornelli a prendere la caffettiera malconcia per mostrarla a Enzo, squillò il telefono in corridoio. Luciano si alzò dal tavolo e si apprestò a rispondere.

Mariella esordì: «Pronto casa Sarchione?»

«Mariella!» gridò subito Luciano. Poi voltò la testa verso la cucina e gridò ancora «ragazzi! C'è la mia bambina al telefono!»

Si avvicinarono tutti di gran corsa in corridoio e si misero intorno a Luciano.

«Come stai Mariella, dove sei?»

«Sto bene papà! Non preoccuparti, ho Bo al mio fianco e sono appena uscita dal comando dei carabinieri di Cesena.»

«Di' al meccanico di badare bene a te e al bambino.»

«Va bene, papà, glielo dico. Passami la mamma.»

Luciano con un sorriso smagliante e le lacrime agli occhi, passò la cornetta alla moglie, ma Anna, anche lei con gli occhi pieni di lacrime e con la gola soffocata, riuscì a dire a malapena.

«Ciao.»

Dopo aver salutato tutti Mariella chiuse la telefonata, appoggiò le labbra su quelle del meccanico e i due si lasciarono andare a un bacio appassionato, sotto lo sguardo sorridente e soddisfatto, del tenente Romoli, affacciato alla finestra del suo ufficio.

Ogni riferimento ad avvenimenti reali, enti, istituzioni, persone esistite o ancora in vita, è frutto della fantasia dell'Autore e sono stati inseriti al solo fine di conferire al racconto maggiore efficacia narrativa.

Finito di stampare
da Universal Book srl - Rende (CS)
nel mese di settembre 2014